Typical American

典型的美国佬

[美] 任璧莲（Gish Jen）◎著

王光林◎译

华东师范大学出版社

图书在版编目(CIP)数据

典型的美国佬/(美)任璧莲著;王光林译. —上海:华东师范大学出版社,2015.7
ISBN 978 - 7 - 5675 - 3819 - 1

Ⅰ.①典… Ⅱ.①任…②王… Ⅲ.①长篇小说-美国-现代 Ⅳ.①I712.45

中国版本图书馆 CIP 数据核字(2015)第 147388 号

Typical American
By Gish Jen
Copyright © 1991 by Gish Jen
Simplified Chinese translation copyright © 2015 by East China Normal University Press Ltd
This edition published by arrangement through Melanie Jackson Agency, LLC and Andrew Nurnberg Associates International Ltd.
All rights reserved.

上海市版权局著作权合同登记　图字:09 - 2015 - 401 号

典型的美国佬

著　　者　[美国]任璧莲
译　　者　王光林
审读编辑　李玮慧
项目编辑　许　静　储德天
责任校对　王丽平
封面设计　卢晓红

出版发行　华东师范大学出版社
社　　址　上海市中山北路 3663 号　邮编 200062
网　　址　www.ecnupress.com.cn
电　　话　021 - 60821666　行政传真 021 - 62572105
客服电话　021 - 62865537　门市(邮购)电话 021 - 62869887
地　　址　上海市中山北路 3663 号华东师范大学校内先锋路口
网　　店　http://hdsdcbs.tmall.com

印刷者　上海景条印刷有限公司
开　　本　890×1240　32 开
印　　张　9.5
字　　数　229 千字
版　　次　2015 年 8 月第一版
印　　次　2015 年 8 月第一次
书　　号　ISBN 978 - 7 - 5675 - 3819 - 1/I・1415
定　　价　35.00 元

出版人　王焰

(如发现本版图书有印订质量问题,请寄回本社客服中心调换或电话 021 - 62865537 联系)

序 典型的意义

这一个故事说的是中国人。小说开篇第一句话是这样的:"这是一个美国故事。"确实如此,尽管说的是中国人的故事,发生的场景在美国,追求的目标是典型的美国梦。主人公拉尔夫·张的故事虽然发生在很久以前了,但走过的路、留下的痕迹和现在很多在美国的中国人比较起来,却有着惊人的相似,从这个角度而言,似乎可以说美国梦的道路一直没有多少变化。

拉尔夫到达美国时,那是1949年前。他来读书,他要学位,他要做学问,他想过要留在美国吗?也许没有。但是时局变化超过他的想象,他被留在了美国,这以后他走过的路重复了此前和此后很多中国人踩出的足迹。先是身份黑了,无法继续读书,被迫到餐馆打工,没日没夜,人鬼不知,落魄到了想死。正在这个时候他的姐姐也从中国到了美国,非常碰巧地把他从水深火热中救了出来,继而继续读书,拿到学位,留下当了助教,还结婚生子,购车买房,这不,一步一步成为了美国人。有一阵子生活的目标就是为了继续努力攻下终身教授一职。功夫不负有心人,终于有一天实现了这一目标。终于成为了典型的美国人。不过,惬意的生活似乎并没有最终带来成功的感觉,他还要什么?钱,做一个有钱人。靠什么路子?开饭馆。典型的美国人用的是典型的中国人的办法。他又一次成功了,辞去教授职位,干上饭店老板行当,每天点钞票入迷。一步一步美国梦蒸蒸日上。

不过,但是,然后。

故事的曲折在于做梦人渐入佳境时,戛然而止。故事当然没有结束,而是拐了个弯,方向变了。

当老板的拉尔夫不料被他的朋友算计了,那是一个不会讲中国话的美国中国人,他或许比拉尔夫更是"典型的"美国人。拉尔夫的生意陷入了困境之中,更糟糕的是,那位引他进入饭店生意行当的中国朋友还不多不少地占了他老婆的便宜。当他每晚在地下室数钱数得入迷的时候,她老婆和他的朋友在楼上玩起了浪漫,就差一步好事成真。不过,浪漫故事在这个时候也是戛然而止。拉尔夫最终是发现了双重的上当,尽管可以向老婆逼问发生了什么,而且还使用了一点小暴力,但是家庭还是避免了走向破裂。这似乎又不太像典型美国佬了,而是保留了中国人的风度。只是,灾难还是要让他尝一尝的。开车出去逼问老婆之后回到自家门口时,在意识恍惚中撞伤了出门来迎接他的姐姐。后者差点成为了植物人。这个情节显然很有点象征意义,是他姐姐在其落魄之际像天使般降临到了他身边,帮扶他成为了典型美国人,到后来他却差点让她成为了植物人。这样的讽刺或许也可以正好表明他的美国梦的破产。姐姐最后还是醒来了,故事到这里却是真正地戛然而止了。拉尔夫的美国人之路不知道该如何走下去?

拉尔夫是一个男人,故事集中于他,或是要讲述一个男人的美国梦之路。其实未必,因为故事的另一半是两个女人的故事,其一是拉尔夫的老婆,前面提到与拉尔夫的朋友浪漫一场,差点好事成真。有意思的是,尽管只是短暂的浪漫史,这位家庭主妇却似乎从中感受到了从未有过的感觉,简而言之即是成为自己的感觉,正是在与另外一个男人的有限度的缠绵中她似乎感受到了自己拥有自己,一种独立的感觉,当然也掺和了跟上这个男人可以做一个阔太太的幻想。不管怎样,自我的感觉在做拉尔夫妻子的很多年中是从未有过的,现在却是贸然而生。这倒是确确实实是一个典型的美国故事了。类似的感受也发生在拉尔夫的姐姐身上,这个靠读书进入医学院随后又成为美国医生的女人一直独身,不过,却鬼使神差般地恋上了一个已经成家的男人,而后者还竟然是拉尔夫曾经教过书的那个系的头头。拉尔夫因为他姐姐的恋上有妇之夫与其闹翻,但改变不了这个女医生的自由恋爱,因为她要做她自己,尽管她似乎并没有这么清楚地表达过这个意思。故事结尾时,似乎她的好事最后是会成真的。

不算离奇,也不算非典型,更不算风流过度。

拉尔夫们的故事算不算典型的美国故事,这其实不重要,重要的是其中透露了一些有关美国梦的典型因素:发财,实现自我。前者表现的是外相,后者表现为内心憧憬的实质,两者的结合充实了美国梦的内涵。从这个角度来看,故事看来简单,实则寓意颇深。"典型的美国人"与美国梦并向而行,但因为当事者是中国人,掺杂了中国因素的美国故事免不了要偏离一点美国典型,但也就是"一点"而已,最终这个故事是与美国相关的,关联之处正是在对于美国梦的有意无意的寻觅过程之中,物质的追求——发财,与精神的变化——自我的发现,不可阻挡地发生在了这些个人物身上,对于大多数中国移民而言,这或许是一个不可避免的发生过程;正如在小说里,拉尔夫们最先是用一种嘲讽的语气来表述其对典型美国人行为的鄙视,也正是在这个意义上,典型美国人也可以称为"典型美国佬",但是在不知不觉中,他们自己却一点一点地成为他们曾经鄙视的对象,或者,至少是对象的一部分,这可能会是有点出乎他们自己的意料之外的;当然,最大的意料之外应是他们在做美国人的过程中所遭遇的大大小小的磕磕碰碰,以致差点陷入悲剧。对于生活的美满的期待往往会冷不丁地被击得粉碎,而这也正是有关美国梦的故事常常会表现出的场景,美国文学中的一些与美国梦有关的经典之作如德莱赛的《嘉莉妹妹》(1900)、菲兹杰拉德的《了不起的盖茨比》(1925)早已在美国文学史以及美国文化史上留下了一些场景的不灭的痕迹。拉尔夫们的故事多少映射出了这样的痕迹。因此,可以说,"典型美国人"中的"典型"具备了多个层次上的意义:华人对美国人的讥讽,华人走的美国人的道路,美国梦的表现特征以及展现的不能没有的辛酸,后者让拉尔夫们成为了"典型的美国佬",而这三者的结合又使得原本应是典型的美国故事因为有了一些华人因素的掺入而稍稍变得有那么一点非典型了,故事的结尾在描述拉尔夫感慨自己在美国的命运无常的同时也表露了希望犹在的曙光,美国梦的批判性故事通常会有的悲催结尾和灰暗色调在这一抹曙光中得到了亮化的处理,拉尔夫们的美国之路不管怎样还得继续下去,尽管在拉尔夫眼中,"美国不再是美国"了。

与故事的内容曲折变化相应的是叙述风格。讲述者时而幽默,时而讥讽,时而严肃,时而又来点哲学探究,这样的叙述风格乍看有点杂乱,但符合人物性格变迁轨迹。更值得一提的是,叙述很有掌控,各种语调常有碰撞但互相融洽,火候恰当好处,用这样一种叙述语调讲述几个中国人在美国的故事确实是把握了人物塑造的要旨,既入木三分,又别有风味。

小说《典型的美国佬》发表于1991年,是美籍华裔作家任璧莲的首部长篇作品,至今依然是其代表作,也是美国华裔文学的必读作品之一。小说曾获美国国家图书批评奖提名,被评为"《纽约时报》年度好书"。

任璧莲的英文名为 Gish Jen(杰什·任),这也是她的笔名。她原来的英文名是 Lilian(莉莲),关于为什么要改名字,她有过一番有趣的解释。在一次采访中,她告诉采访者,她觉得 Gish 这个名字读起来与她的姓 Jen 很相配,放在一起读有一种抑扬顿挫的感觉(Gish 一名取自一部无声电影中一个女演员的名字),此外更重要的是,写作给了她一种解放的感觉,她也要在取名方面,自我解放一番,于是就有了 Gish 这个名字。另外,这个名字比较中性,让人看不出是女性还是男性,这也是她喜欢的一个原因。或许可以从中看出,她性格中"任性"的一面。

"任性"不仅仅表现在她取笔名一事上,也可以从她选择自己的职业上看出些许端倪。任璧莲 1955 年出生在纽约市郊,是第二代华裔。父亲是中国江苏宜兴人,1940 年代因为战争原因,作为水利工程师的他被派往美国与美军洽谈合作事宜。母亲是上海人,也在那个时候到美国读书拿学位。1949 年后她父母亲在美国滞留了下来。任璧莲在哈佛读的大学,专业是英语,小学五年级时她就表现出了对写作的爱好,在学校的刊物上发表过她的第一篇习作,后来读英语系也应是这种爱好的延续的结果。不过,那时她并没有想过要当作家,相反,她想的是要做一些比较"实际"的事情。如同其他中产阶级移民家庭的孩子一样,她想到要读医,上法学院或者是商学院。最终她选择了斯坦福商学院,有趣的是之所以选择斯坦福,是因为那里有一个很好的写作项目,她可以去选修。结果到了那里,她就知道来错了地方,在商学院一年的时间里,她把精力都放在了写小说上了。一年后,她放弃了斯坦福。在1980年代初到中国山东一家矿业学院教授英语,后来又进入了著名的爱荷华大学"作家写作项目",从此开始走上写作之路。

任璧莲开始于1980年代后期发表作品。《典型的美国佬》源于她1987年发表的短篇小说《在美国社会》,两篇作品中的人物相同,后来这些人物又出现在其他一些作品中。她似乎对拉尔夫·张一家有一种特别的青睐,这一家两代人在美国的生活经历成为了她观察美国社会、描述她所知道的一些华人的心路历程的特别视角。或许是因为她与这些人物的关系过于密切,有些读者会把作为作家的她和她笔下的人物等同起来,比如有些读者想当然认为她就是这部小说中张家的小女儿蒙娜,这让她觉得很是有趣,但同时也多次声明,她的小说不是自传作品。这当然也从一个侧面看出,读者对其作品的喜爱程度。

除了《典型的美国佬》之外,任璧莲的重要作品还有:《蒙娜在应允之地》(1996),《谁是爱尔兰人:短篇集》(1999),《俏太太》(2004),《世界与城镇》(2010)。

2013年任璧莲在哈佛大学出版社出版了一部演说集,题目非常吸引眼球:《老虎写作:艺术、文化和互依互靠的自我》(*Tiger Writing: Art, Culture and the Interdependent Self*)。2012年她应邀在哈佛大学美国文明项目开设了系列讲座,讲述她的身世、生活经历以及写作与中西文化交融的关系,此书是她的讲演集。在这部书里,她阐释了"自我"的构建过程,从东西方两种思维方式的角度,提出"自我"构建的两个方面,其一是"独立的自我"(independent self),其二是"互依互靠的自我"(interdependent self)。前者以个体为中心,后者则倾向集体;前者向内(自我)找寻真理,因此权利与自我表达对其非常重要,后者从关联中寻找意义,责任和自我牺牲对其而言意义非常重大;前者强调独特性和唯一性,从个体固有的特征出发看待世界,界定自己的能力和价值,后者突出共同性,从上下语境和背景出发看世界,强调的是诸如地点、角色、忠诚等要素。任璧莲同时强调这两种方式并不是对立的,而是互相关联的,同属于一个中性轴,只是处在不同的节点上。在同一个文化里,这两种不同的"自我"都会存在。显然,她是要从文化交汇和交融的角度来谈论这两者的区别与联系,如果前者更多地指向西方与美国,那么后者则指向东方,而指出其不同则正是在于强调其相关之处,在认识不同的基础上达到通融的目的。这,对于任璧莲这样的沐浴美国文化成长,同时又与藕断丝连的中国文化时时相遇的华裔作家而言,实在是最恰好不过的话题了,是最有体会的经验之谈。而从她对这两个不同的"自我"构建的阐释出发,再来看《典型的美国佬》中的拉尔夫·张一家,我们则会发现那些个拉尔夫们也经历了"自我"构建的相应的过程,从"互依互靠的自我"到"独立的自我",但后来又会回到"互依互靠的自我",只是这种回归不是简单的回头,而是转向更深层次的"自我"发现,发现这两种"自我"和睦共处的需要,由此拉尔夫们的美国道路或许才能够走得更加踏实,更加有成就感。从这个角度而言,这部作品在让我们走进拉尔夫一家多姿多彩和多灾多难并存的移民生活的同时,也让我们体验了一把文化交汇与交融的精彩,有兴奋,也有辛酸,而更多的则是一种暗暗的欣喜,因为知道了路在何方,尽管前面的磕碰依旧会不断出现。

金衡山

致我的丈夫，生命的赐予者

本书的完成得到了邦亭学院、哥白尼协会、马萨诸塞州艺术家基金会、麦克道威尔侨民聚居区，以及全美艺术资助协会的慷慨支持，对此我谨表谢意。我还要向许多友好细心的读者——戴夫、爱莲、珍妮、尼尔、路易斯、杰恩·安妮、苏珊娜、麦克辛、卡米尔、杰恩、露丝、山姆和妈妈——表示衷心的谢意。

请注意，由于上海话没有标准的音译，因此本小说中所有中文用的都是普通话，用拼音拼写，只有姓还是按老的罗马拼法。

目录

Typical American

第一部　甜美的反叛
　　初出茅庐 / 3
　　情窦初开 / 9
　　堕入情网 / 16
　　风云迭变 / 21
　　在地下室 / 31
　　解救 / 42
　　特雷萨 / 47
　　继续解救 / 53

第二部　家
　　远离家庭的海伦 / 61
　　新生活 / 64
　　冷彻肌骨 / 75
　　为姑子做媒 / 83
　　胡思乱想 / 87
　　一见钟情 / 90
　　格罗弗驾车 / 96
　　等待 / 109
　　海伦在家 / 114
　　最后的进展 / 116

第三部　如此新生活
　　张家佬 / 121
　　拉尔夫驾车 / 127
　　激情 / 135
　　考试 / 139

　　　　　爱的激励 / 148
　　　　　新居 / 153
　　　　　终身教职 / 160
　　　　　坐在牛奶瓶洋铁皮箱上 / 167

　　第四部　结构松弛
　　　　　神秘莫测 / 173
　　　　　拉尔夫得到了回音 / 182
　　　　　魔力商标，千真万确 / 190
　　　　　悦耳的音乐 / 197
　　　　　从前的张家佬 / 205
　　　　　海伦在呼吸 / 208
　　　　　拉尔夫的新主意 / 213
　　　　　痛得及时 / 221
　　　　　靠数字生活 / 225
　　　　　盖房 / 230
　　　　　留心屋顶 / 237

　　第五部　寝食不安
　　　　　钢铁巨人 / 243
　　　　　海伦的房屋 / 250
　　　　　一个黑洞 / 254
　　　　　阖家团聚 / 257
　　　　　在猫屋里 / 261
　　　　　拼命 / 266
　　　　　喂狗 / 269
　　　　　走进白色走廊 / 272
　　　　　方寸已乱 / 278
　　　　　信念 / 284

　　译后记 / 287

第一部
甜美的反叛

初出茅庐

  这是一个美国故事：拉尔夫·张既非思想家，也非实干家或工程师，更非梦想家，就像他的那位白手起家的百万富翁朋友格罗弗·丁一样，他只是一个中国小男孩，挣扎着长大，做好他父亲的儿子。他在本故事中出场的时候只有六岁。他不知道美国在哪里，也不知道美国是个什么样子，但是，他倒是知道他有一副圆乎乎的耳朵，鼓出来就像是城里唯一的一辆轿车的侧镜——这辆唯一的轿车是他父亲的。一觉醒来，他常常会发现自己的耳朵被拴在床架上，上面还有一串串的死臭虫。"耳环！"他的表兄弟们哈哈大笑。他母亲告诉他说，这只是一个人生阶段（大意如此，是用上海话说的）。那些男孩还没长大，他不必去理睬他们。要等他们长大？他想，更为明智的办法是，与其等他们长大，还不如用手将耳朵捂住。他紧紧地捂住耳朵，希望能将它们驯服，少给他带来痛苦。傻孩子！人人都拿他取笑，只有他母亲耐心地规劝他。

  "这不是办法。"她皱着眉毛，"你在听我说没有？"

  他点了点头，手放在耳朵上。

  "手放在耳朵上怎么能听到？"

他耸了耸肩。"我听着呢。"

就这样一来一去。后来,她感到厌烦,于是就像他的私塾先生一样训斥他:"你是在听,却没有听见!"——中国人要区分努力和结果,所以经常会说这种话。英语的动词很简单。一个人在听。不管怎么样,一个在倾听的人怎么会听不见呢?英语里认为是理所当然的事情在汉语里却要分辨清楚。为了阐明这个目的,甚至还有一个动词结构。在普通话里,ting de jian(听得见)①指的是一个人在听,而且听见了,ting bu jian(听不见)意味着一个人在听,但却没听见。人们听他们所能听见的,看他们所能看到的,做他们所能做到的。一切就是这么理解。这是一个古老的文化在说话。到处都有限制。

那会儿,拉尔夫还不叫拉尔夫,只叫意峰。但他已经知道了。他母亲耐着性子哄他:"上课的时候不要把手放在耳朵上,好吗?像这个样子,你麻烦够多的了。"如果他把手放下来,她就向他许诺,要给他蜜饯、月饼和钱。如果手还放在耳朵上,她就会说:"你知不知道,你爸爸连我也会打的?"

"懒惰,"他爸爸说,"愚笨,除了成天吃和睡,还能做什么?"这位正直的学者,前政府的官员,称他为 fantong(饭桶)。他给儿子分配学习任务:意峰要好好向他的大姐学习。他要好好观察她的一言一行,并且注意模仿。

她的大姐[意峰叫她 Bai Xiao(百晓)]脸红了。

双手放在耳朵上,意峰拼命地捂住耳朵。捂,捂,捂。

这是1947年。意峰已差不多长大成人。抗日战争结束也已两年多了。眼下,到处是满目疮痍、通货膨胀和道德败坏。或者说在他父亲的眼里情况至少是这样。站在凉爽的阳台上,想象着行进中的军队和新

---

① 原文系汉语拼音拼写,为保持原貌,仅在拼音后注上汉字。下同。——编者

朝代的出现,想象着他们所熟识的社会的结束,他感到非常悲观。

"说点好听的好不好?"他母亲建议道。

但是他父亲随时都会发一通议论,大谈毁灭和阴暗。"堕落!"他说,"愚蠢!腐败!"这些都是他一生的敌人;谢天谢地,他已不居官位了。

"米酒喝得太多了。"拉尔夫的母亲思忖道。

这是江苏省的一个小城镇,离上海不远。这里的商店尘土覆盖,泥泞的小路坑坑洼洼。这个地方还盛产木材和陶土。这里的每一种噪音都有一个知名的出处。镇上的那个后来取名为海伦的姑娘一个人在哼着西方的情歌。在修道院的棒球场上,百晓(即特蕾萨)在接教练投过来的棒球,拉尔夫(意峰)则走在回家的路上。他在运输部找到了一份差事。他母亲知道此事。为了写一篇文章,他父亲拿出了砚台和 maobi(毛笔),这时他母亲准备说话。

他父亲宣布他要写文章,揭露堕落!愚蠢!腐败!

"美国。"这时他母亲插了一句。

他父亲继续磨墨。意峰就是不能出国。

"但是也许他应该去。"

一阵沉默。他父亲的手悬在砚台上,转动着。他使劲地握着笔,没人比他握得更紧了。他把毛笔握得直直的。

政府奖学金!专业培训!他的儿子,一个优秀的工程师!没人知道像他这样的父亲会发生什么事情。他的墨越来越黑。最后他忍不住向朋友们作了一番探询,结果发现事情远比起初看上去的复杂。尽管意峰在考试中名列17,但他却是被挑选出国的十人中的一个。

"没有这样的后门。"他父亲说。

"你的独子。"他母亲恳求道。

他父亲向旁边看去。"对立面一个接一个地开始,"他说道,"Yi dai qing qing, qi dai huai(一代清清,七代坏)。"

当然,意峰终于来到了美国,怀着一肚子傻乎乎的希望。但这是私下交易，没有通过政府，他也不是来参加先进的专业培训，而是读研究生课程。人人都认为这是一个更好的机会。他回国时可以带回一个学位！

"一个学位。"他傻愣愣地重复着。

他母亲为他准备了送行宴会，给他的皮箱塞满了西服。

在码头边，他父亲向上海港方向凝视着，凝视着远处真正的大船，还有岸边那杂乱无章的小船。这时，她将一块手表塞进了意峰的手中。"你爸爸想送你这个。"她告诉他。

意峰点了点头。"我会永远记住他。"

天很热。

在去美国的航路上，意峰一心学习，复习数学、物理和英语，长时间不停地在陈旧的书本上进行挣扎。随着海轮的左右摇晃和前后颠簸，他给自己定了两个目标。他要在班上考第一名，要是不把博士学位证书送到父亲手上，他就不回国。他还写下了一系列的附加目标。

1. 我要修德。（一个真正的学者是一个好学者，古语云：朽木不可雕也。）

2. 我要为全家争光。

还有呢？

3. 我每天要做五分钟的健美体操。

4. 我只吃我喜欢吃的东西，而不是什么都吃。

5. 别人停下不吃后，无论如何我不能再吃下去。

6. 无论如何我不能和姑娘有什么瓜葛。

在制定第七条到第十条时，他卡了壳。后来他意识到有关姑娘的第六条太重要了，实际上，它不仅仅是一条，而是包含了至少四条内容。因为他知道，即使是最聪明，最勤勉，也最正直的学者，其坏事就出在姑娘身上。学者接吻，得性病，还没等到学位就已一命呜呼。

无论天晴下雨,月圆月缺,拉尔夫总是认真地学习着。大海在歌唱,在喷吐,在冲击着甲板,而他一个劲儿攻读着。地平线渐渐显现,最后露出陆地轮廓,他还是攻读着!当陆地轮廓加厚,变形和解体,如同胎儿不可避免地要长出眼睛和耳朵时,他仍在孜孜不倦地苦读。甚至当岛屿将那些密密麻麻的棕色的粗糙后背抬出海面时(清晨的海洋晶莹发亮,好像它已经变成了一片光亮),他的目光依然停留在书本上。因为他已发誓,要想达到重要目标,那就必须学习,直到他能够看到金门大桥的塔门。

那将多么光耀夺目!光辉灿烂!不错,这不是自由女神像,但是在他的脑海里,桥的墩距闪闪发光,这是自由和希望的象征,是对晕海者的拯救。然而,船进海港的那天,到处都是雾,直到他差不多到了大桥下面才辨认出大桥。他所听到的一切也都是雾中号角声。这些号角声一高一低,一高一低,就像是一位发了疯的音乐家在演奏着他最喜爱的两个音符。

这时还有谁能够静心看书?

多少年后,当他讲起这个故事时,他会声称他所做的唯一的观光就是挑一个好天气回到大桥去游览一下,拍些照片。不幸的是,他忘了他的照相机。他乘火车去纽约的沿途,名山轰隆而过,而著名的江河、平原、峡谷和整个神圣的美国风光,他都没有抬头看一眼。

"那么你怎么知道你经过的是些什么地方?"他的小女儿常常会问。(这是蒙娜,她就是这个样子,像只蚊子。)

"我听见别人在议论。"他通常会这么说。然而,有一次他满脸通红。"我几乎一眼也没看,"他局促不安地耸肩说,"真有趣。"

纽约。他承认或许他曾在那儿看了几眼。印象如何?不管怎样,这座理想的城市仍然在闪耀,毕竟这是城中之城,人们可以称之为一个时代地方。拉尔夫游览了新世纪的风光:地铁,许多大桥梁以及高速公路。他对帝国大厦感到肃然敬畏。那些打桩工程!他对滑行铁道和

初出茅庐 7

阜氏转轮感到非常惊讶。在自助餐馆——在他看来,这些餐馆非常先进,而且效率高,特别是自助餐馆的机器,光亮得像个舞台。日常的生活细节同样给他留下了深刻的印象:精制的盛牛奶的纸板盒,安了弹簧的窗帘和随处可见的电冰箱。真没想到他会看到这些东西。没想到他在琢磨。这些东西是如何制造出来的,齿轮在转动,杠杆在倾斜。甚至这里连理发工具也是机器!这里的空气充满了汽油味。没有一样东西是用竹子做的。

他确实在留意。

不过,总的来说,他也的确在认真学习。他走路在学习,吃饭也在学习。第一个星期。第二个星期。

然而,到了第三个星期,可能发生的事情也发生在这位最勤勉(他自认为他至少最勤勉),也最为正直的学者身上了。

"她是那种——你们怎么说的?——举止轻佻的女人。"他说。

情窦初开

给他作一个描绘：年轻，浮华。长长的头发梳得油光发亮。他身高162公分，如果穿上一件新的非常时髦的淡灰色双排扣外套，他的身材就会显得更加矮小。在其他方面，他有着一张挺正常的大脸庞，小酒窝，一对眉毛一上一下紧张地跳动着，远离那只平坦、宽大而又平和的鼻子。他那副小小的牙齿镶嵌在宽大的牙床上，一副圆乎乎的耳朵。随着消化问题的时隐时现，他那娇嫩得像处女一般的皮肤动不动就会变红变白。他从不戴帽子，但是无论到哪儿，他都会随身带一顶巴拿马帽子，尽管这顶帽子老是碍他的事。他似乎已经产生了做绅士或戴帽子的念头，要想放弃这种念头确实不容易。

简而言之，他是一个玩偶。管留学生事务的女秘书，尽管讨厌自己的职业，讨厌她的上司，讨厌工作，但却喜欢他。

"Name?"他重复了一遍，或是 nem，但他想 nem 不对。想到英语单词中的长元音 a，辅音 th 和 l 给他带来的麻烦，他的脸都红了。讨厌英文字母表有失学者的身份吗？不管如何，他通过了。

"名——字。"她拉长声音说，并将它写了下来。她见过这种情况，外国学生能够阅读和书写,说几句英语,但却不能对话。名——字。

"名字:意峰·张。"(他在报他的姓"张"的时候,其发音听上去就好像是英文的 angst①;多年之后,他才习惯了张和英文的 twang② 同韵。)

"英文名字叫什么?"凯米问。英——文——名——字。

"我——中国人。"他答道。他正想解释 Y. F. 是他名字的首字母时,凯米哈哈大笑了起来。

"英文名字。"她又说了一遍。

"你笑什么?"

后来他意识到问这个问题是非常大胆的,他从不会去问一个中国姑娘她为什么要笑。但是话说回来,中国姑娘决不会大笑,不会像她这个样子。无论如何,这决不会是一个有教养的中国姑娘的行为。他现在在一个怎样的国家呀!

"我在笑你。"她的声音在回荡,很顽皮,但比他所期待的要深沉得多。她身上散发出香水的味道。他不禁猜起她的年龄来。"笑你!"

"我?"他由于受到嘲弄而缩回了下巴。

"你。"她又说了一遍。"我?""你。""我?"他们在开玩笑?用的是英语! Shuo de chu(说得出)——他说道,于是单词就冒了出来! Ting de dong(听得懂)。

"英文名字。"最后,她又说了一遍。她向他出示了打字机。她得填表格。

"没有英文名字。"如何说英文名字的首字母?他为使她感到失望而抱歉。过了一会儿,他的眼睛又亮了起来。"你给我取个名字吧。"

"我给你取个名字?"

"当然,你给我。"他为说了点英语而感到很兴奋。

---

① angst:焦虑。——译者
② twang:鼻音。——译者

"今晚——我——可以——将——这——份——表——保——存——着,"她试图告诉他,"这样——你——找——到——一——个——你——所——喜——欢——的——名——字——后——你——可——以——明——天——告——诉——我。"

讲得太多了,他听不懂。不管怎么样,他等着,凝视着,运用局外人的便利,做得粗鲁一些。她色彩斑斓,多么迷人啊!橙黄色的头发,粉红色的脸蛋,蓝色的眼睛,红红的指甲,绿色的衣服。衣服里面,一对乳房既硕大又结实,就像是土方工程。他想起了遍布中国乡下的坟墓:无名氏的小坟墓,大人物的大坟墓。这个女人使他想起了他所见到过的最大的坟墓:在山东,即孔子的坟墓。

与此同时,她在脑海里搜索着她以前的男朋友。罗伯特?尤金?诺曼?她玩弄着零乱的卷发。弗莱德?约翰?史蒂夫?肯?"拉尔夫。"她最后说道。她把名字写了下来。拉——尔——夫。"你喜欢吗?"

"当然!"他粲然一笑。

然而,在回家的路上,拉尔夫却不太乐观。他是不是太仓促了?他知道这给他省却了许多事情,他想和别人一样果断,注重实际,没想到却发现做过了头。他满心忧虑。当然,一段时间以后,当他向别人打听时,他发现其他的中国学生(有五个人在攻读硕士学位)都被他们名字的首字母难住了。他们要么小心地为自己挑了一个名字,要么就让聪明的人帮他们的忙。

"拉尔夫,"满脸平滑的老赵(年轻的同学称年长的为"老",反之年长者称年轻者"小")查了查他的一本书,"意为狼。"他说道,然后又查了一下词典。"一种狗。"他进行了翻译。

一种狗,拉尔夫陷入了沉思。

至于他自己,老赵取名为亨利,这至少是八个国王所用过的名字。"我父亲为我取的。"他说道。

如果拉尔夫听上去更像是意峰,那么情形或许会好一些。在取英文名这门艺术上(除了他,似乎人人都知道),人们认为这是可取的。但这又会怎么样?谁关心它的意义?拉尔夫拿定主意认为:表格上的东西无关紧要。他是一个负有使命的人,重要的是他要注册好合适的课程,选好合适的班级,买好合适的书籍。所有这一切比他所预料的要难得多。例如,有两门课班级名单上没有他的名字,其中有一门课注册已经结束。为了对付这些问题,他按照学费没有到时的办法来处理。当他选的其他两门功课相互冲突时,他便到留学生事务办公室,这里,满面喜色的凯米会很乐意帮助他。

这时,拉尔夫注意到她很美,或者说他想象她一定很美,因为大约有一半和她有过交往,且有过风流韵事的人看上去都不像留学生。("慕名俱乐部。"老赵解释说,手上拿着一本成语书。)然而,野蛮人的粗大身材,长长的鼻子和毛茸茸的前臂使她看上去不是拉尔夫那号人(茸毛特别使他厌恶,他认为它像猴毛)。不过不管怎样,他已非常疲乏,无心去考虑这些事情。后来他意识到,他已完全来到了世界的另一边。他长途跋涉,一里又一里,乘船又乘火车,就是要使自己大有作为。他的学位,他的学位!

因此,对于凯米,他只有感激,没有别的意思。

"谢谢你,"她说,"谢谢你。"有一天,他帮她修好了卷笔刀,当她说"谢谢你"的时候,他回答道:"那是当然!"从那以后,无论什么时候他说"谢谢你",她都会回答:"那是当然!"说这话的时候,她还调皮地向他眨眨眼,这种斜视使得拉尔夫的裤裆鼓鼓的,好在他的手上还拿着那顶帽子。

他是否已将这种现象混同为恋爱?还谈不上。他给凯米堆放纸张。他教她用中文说谢谢。"谢谢!"现在,无论她是否有理由谢他,只要她碰到他,她就会说:"谢谢,谢谢!"拉尔夫尽量让她的音发得更准些。"谢谢,"他告诉她,"谢谢。"他集中精力发好自己的音,而不要把他上海话里的嘶音传给她。所以他所知道的一鳞半爪的东西在这儿起了作用。他尽其所能和盘托出。"这就是我所说的吗?"她问道,"谢谢?"还没等他有机会表态,她又开始说:"谢谢谢谢!"兴趣甚浓,拉尔夫不忍心去打扰她,只有点头。"很好!"

"你知道,我想过几天开始学习中文,"凯米说,"中文或法文,要不就是芭蕾,我一直喜欢芭蕾。"

"噢。"拉尔夫说。(对于那些他渐渐开始理解的事情,他就作出这种回答。如果碰到不懂的事情,他就会说:"啊?")

好感越聚越浓,但都天真无邪——邮寄包裹,快速处理野蜂。当然,还要帮她上司菲特先生的忙。

说到菲特先生,这是一个冷酷的家伙,一个说一不二的人,一张脸时常露出讥笑的神态。如果换种生活方式,那么他很可能是一条食肉鱼。在现时的生活里,他的一只粗大的手拿着一张卷起来的报纸,好像那是他用来打人的短棒。当拉尔夫误入此地时,菲特先生正用这只短棒在轻轻地敲打着他的大腿,另一只毛茸茸的大手则放在凯米那张干净的办公桌上。

"但是我在这里。一点整就到这里的。"凯米噎住的声音使得拉尔夫的喉咙也受到了感染。"对不对,拉尔夫? 对不对?"

拉尔夫郑重其事地作了证实。菲特先生瞪着眼,一言不发。凯米直说谢谢。"再告诉我一遍如何说,"她说,"我知道我说得不准,我总是做错事情。"

"不,不,你音发得很好。"

"不,我没有发好,你再说一遍,正确的发音。"

拉尔夫犹豫了一下。"谢谢。"

"谢谢。"她脸上露出了喜色。"谢谢! 你是说我说得正确? 谢谢?"

拉尔夫点了点头,微微一笑,把帽子摆正。

现在,他开始对美国有了越来越多的了解。他仍然孤独,但这只是一层迷雾,独处的时候,冷锋热锋汇聚一处,有一种很容易被渗透的感觉。他学习的时候感到很自在,他一旦投入学习就不再去留学生事务办公室,而是去有石阶的图书馆。在这里,他趴在前后环接的橡木桌上,刻苦学习,要不他就去厨房。厨房坐落在 123 号大街他的寄宿房间的尽头,在这里,他和同学们一道在炉边的黑板上排疑解难。在做方程式时,他们惊奇地看到,他们的测验可以做到整数,而不是到小数点后第五位。这公平吗?谁知道?这是美国。他们不停地做着,大家都讲普通话,而英语则留着去模仿某些教授的讲话。

厨房还是拉尔夫利用空闲时间学习烹调的地方。现在他会做三种饭:米饭、蛋炒饭和油煎鸡蛋。他还成功地为聚会做了几次水饺。他的同学们搞了一个合作烹调计划,拉尔夫不断练习烹调,以便加入他们中去。其他的进展有:他找到了一家李将军饭店,这儿的晚饭一顿一美元,还有拌有胡桃和果酱的香蕉圣代(这是街上的小吃)。他常去一家杂货店购物,在这家杂货店的隔壁他又找到了一家旧货店,他在这家旧货店买了一盏房间里用的灯。他在美国已经有了一段经历。现在他又去一家新的更加便宜的杂货店,尽管第一家杂货店比第二家更友好,而且每次给他找钱都是一个硬币一个硬币慢慢地数。

第一家杂货店店主在店门口对他怒目而视。

问题变得严重了。

他买的那盏灯原来是只坏灯。

他的问题变得严重起来。

越来越严重。

谁会想到,这只饭桶会成为一名工程师?

纽约失去了它的魅力。他漂游在纽约街头,好像是穿越一块耗尽而充满灰尘的土地,千年没有发生过重大变化。

这时他想起了他应该交上去的一份表格(他对表格这类事情总是糊里糊涂),于是走进了留学生事务办公室,发现凯米又和菲特先生在争吵。这个人真霸道!他那长长的肚子挤到了凯米的办公桌上。他伸出手臂,后来又缩了起来,他的指头放在她的吸墨水纸上。凯米正用双手捂住耳朵。

拉尔夫的心像京剧里的鼓一样咚咚作响。这是高潮:铙钹相击,哐的一声!主人公便出场了。

堕入情网

老赵总结说:"如果猫有鼠吃,那么它们就不会追逐苍蝇了。"言下之意是,小张,你不会恋爱的,除非你的功课很好。

这话是在复习数学的时候说的。正当老赵吞下阿司匹林的时候,拉尔夫偷眼看了一下老赵的作业。没有一个红×符号。

"你真糊涂。"老赵接着说道。他是一个心胸开阔的人,平时很仔细,善于体贴别人,只是他的关心也太直率了。"你应该清楚这点。"

但是 ting bu jian(听不见),反对者们会知道他们想要知道的是什么。例如,凯米就像是星星和天空。有时候,拉尔夫认为她是杨贵妃再世,杨贵妃是唐朝的一位名妓,皇帝为了她而身败名裂。然而,他老是梦想着,"她像一颗星星,天上的一颗星星"。要不,"她像一只鸟,天上的一只鸟"。在他的眼里,她再也不是大块头,不野蛮了。她的外形缩小了,特别是她的鼻子。她手臂上的茸毛也已消失,原来他的眼睛里储存了一大堆可爱的脱毛剂。

"想想你的父母吧。"老赵敦促道。他的衬衫口袋里满是活动铅笔,鼓鼓囊囊的。"想想你的父亲。如果他听到了你的所作所为,这会要他的命的。"

拉尔夫神情恍惚,带有一种恋母似的快感。

现在他已有了一些求爱的经验。例如,在战争期间,水管被炸后,他就和他的同学摆渡来到女生寝室,他们将各自的桶放在某个女生门前,使得女生们大为高兴。但是他现在身在美国,这意味着什么事情都有可能发生。调查表明:当他的同学们都在攻克结构的有限成分分析时,拉尔夫则在观察美国,他的英语已有长进,能和美国人交谈。他惊奇地发现,实际上美国人喜欢在紧张活动之后松弛地坐下来休息一下,抓一抓他们那沙色的下巴,然后告诉你他们眼中的年轻中国人所应该知道的事情。他就是这样了解到,白宫的天花板随时都会塌下来,还有其他的一些事情。他还了解到,他决不能把粘贴在汽车保险杠上的小标语贴在新车上。如果女人有头皮屑,那么这通常也只是洗发膏所散发出来的薄片而已。

最后的这一个智慧得自小吃店里的一个老头。

"女人?"拉尔夫陷入了沉思。

"神圣的耶稣。"老人说道,跟着他不仅解释了何为女人,而且还讲了其他的一些基本常识:政治上出的毛病(女人);美国佬的毛病(女人);美国的毛病。

"女人呢?"拉尔夫问。

"钞票。"老人说道。他紧紧地抓住他的三明治,结果馅儿给他捏得鼓了出来。"这就是这个国家的人所知道的一切。钞票,钞票,钞票。"

"还有女人?"

"女人最懂了。你知道女人知道什么吗?"

"钞票。"

"钻石。珍珠。又大又厚实的裘皮大衣。"

"礼物?"

"你懂了。"他使劲点了点头,三明治上放了一块盐制土豆片。"厚重的礼物。"

在回家的路上,拉尔夫买了一条围巾。第二个星期,他又买了一瓶润肤膏。礼物在中国也同样铺路,他知道这类建议。别针,腰带,靴子。帽子,垫子,开听刀。她会了解的,这是他在商店里的感受。

不过,在外表上,他似乎还是激情炽热,像一个小男孩透过一堵牢固的花园墙在倾诉着自己的心里话。"喔喔喔喔。"拿到礼品后,凯米低声地哼唱起来。"谢谢!"但是她从不佩戴别针或别的什么礼物。有时候拉尔夫感到奇怪,不知道她是否把他的所有礼物都换成了现金,就像处理学校野餐时别人送她的那台收音机一样。他试图用钢笔在送给她的各种礼物上做些记号,以便查找,但是做完之后他却无法使自己到商店去核查。相反,等大家晚上都回家之后,他站在她那张空空的办公桌前,抚摸着她的东西:她的打字机,她的剪刀,她的铅笔盒,她的吸墨用具,好像是哄它们吐露出它们骨子里所应该知道的事情。她爱他吗?

那一年下了一场暴风雪,雪有28英寸深。人行道变成了隧道,这个季节的汽车已消失不见。雪堆看上去好像根本就不会融化。

但是神奇的是,有一天,雪堆居然融化掉了。后来拉尔夫和凯米经常出去喝咖啡。空气确实暖和起来。如果说拉尔夫还没有得到她,那么至少他已赢得了她的信任。此刻,她一面吃着油炸面饼糖圈,一面告诉他,她将如何离开她的工作,只是她已向菲特先生的老板保证她要留下来。

"院长,"她叹了口气,"他拒绝再给我加工资。我不知道为什么。"她眨着眼睫毛,好像空气中有什么东西在烦扰她。"你认为那是错误的吗?"

消除疑虑。这就是她所需要的一切,虽然他们也确实谈到了房屋和汽车,谈到了她如何一直梦想到巴黎去度蜜月。

"嗯,"拉尔夫沉思道,"那还远。"

后来,有一个春天的下午,他们碰巧在黄昏时分一同出去。他们去了他们一直去的那家小吃店,但是这一次,这家店的门面金碧辉煌。等到过一会儿他们出来的时候,他们发现他们谈论的时间比他们意料的要长得多,现在——谁会想到?——已经是深夜了。吵吵嚷嚷的街道此刻变得格外幽静,一条忧郁的小道爬上了一座看不见的小土墩,还有其他地方。他们顺着小河向公园走去,压低了声音。树叶发出了亲切的沙沙声。

"你当然会幸福。"他对她说。

"我不幸福。"

"你知道……"他犹豫了一下,但是勇气占了上风。"你知道,你像是天空中的星星。"他笨拙地做着手势,手里拿着帽子。

"我不是星星。"

"你是小鸟。"他又说。

"小鸟?"

"小鸟。你知道,天空中的。"

她看着他,好像她从未听到过高于天花板的事情似的。

"你知道,"他说,"在上面。"

"那些都是陈词滥调。"她开始抽噎起来。

"哭了?"

"你和其他的家伙没什么两样。"这时她哭了出来。"你认为你与众不同,但是你和别人一模一样!一颗豆荚!你就是!没人听!没人关心我……"

怎么回事?他甚至都不知道。

她仍然在哭。

"冷吗?"最后他问了一句。看到她没有回答,他就把他的那只手臂伸了出来,小心谨慎地搂着她。女人就是这样哭的吗,整个身体都在颤动?他小心地抱住她,一半以为她会反对。她将那张湿漉漉的脸倚靠到了他的肩上。靠在他胸前的乳房再也不像是土方工程了。

美国!

膝盖夹着帽子,他轻轻地亲吻了她那温馨的头额。

清晨过去,白日来临。
"从右数,第二张表格。"凯米说,她的脸沉下来。"到星期二,"好像她已经辞职离开了似的,"如果你有问题,菲特先生会乐于解答。"

他回去给她购买礼物。事情将会发生变化,他想,事情一定会发生变化,然而没有变。因此,当凯米6月份突然离去的时候,拉尔夫面对着一大堆货真价实的东西堆放在那只黑色的皮箱里。最后那一天,凯米含情脉脉,将菲特先生公然蔑视院长,从而将她开除的经过告诉了他。

"我们的计划。"她伤心地说道。

计划?

蜜月。巴黎。蜗牛。院长有一座房子和汽车,还有过一个妻子,直到案发。除了菲特先生,没有人怀疑过什么……他给她的是一个多么艰难的时刻啊!其实也不过是几次较长的午餐而已。

拉尔夫从她的铅笔盒里捡出一支铅笔。然后将铅笔向桌面戳去。铅笔匀称地断了,留下了一个无头锥体,一座木头火山。他又戳了一支。

凯米回来没有睬他。菲特先生走出了办公室,尽管她实际上一句话也没有说,但是她向拉尔夫亮了一个扭曲的微笑,拉尔夫以为她说不定还在关心他呢。他后来认为他本应该给她购买钻石。不是他有钱给她购买钻石,而是他仍然这么认为。他应该给她买一件厚厚的裘皮大衣。他应该给她买辆汽车。

"忘掉她,"他的朋友们说,"即使你送她一辆车,她也不会爱你。"

这话有点道理,就连拉尔夫也这么认为。然而,他还是一直闷闷不乐,不吃饭,不讲话,沉浸在痛苦之中,就好像是一个小孩。他的生活格调很低,这种格调有人能够无期限地持续下去。

因此,如果不是共产党在秋天解放了满洲里,毫无疑问他的这种情绪将会持续下去。

风云迭变

王国有兴盛,有衰败。不管中国在1948年经历了些什么,无论她是令人悲哀地垮台还是使人兴奋地得到解放,她,古老的中国,一夜之间发生了变化。这是舞台上的戏服更换。从一堆破旧的丝绸里钻出了一位红色的同志。一个全然不同的人!至少说看上去如此。然而,这难道不是有关各种变迁的故事吗?过去弯曲着身子躺下,这样,当它应该翩翩起舞时,它就……

但是好戏还在后头呢!在那个时候,甚至都没人知道应该点起泛光照明。当时的一切就是满洲里,从某种程度上来说,这种震惊已不是震惊。人人都知道在雅尔塔会议上,满洲里的港口已为俄国人所用,而且撤退的时候,俄国人不是将枪支交给国民党,而是交给了共产党。现在共产党占据了这个地方,意味着什么?有人说,他们并没有占领它,而是别人将此送给他们的。

然后到了冬季,淮河流域。目前尚无进展。震惊终究是震惊。随着共产党不断向南挺进,震惊一个接一个而来。古老的丝绸在下跌——飞速地移动——但是他们仍然认为:共产党不会,也不可能越过长江。一切已很明显。

  一切似乎都不可能发生,然而,披着美丽新衣的春天还是带来了最大的震惊。

  回家!在拉尔夫从父母那儿所收到的最近一封信里,他的父亲写道,你母亲请你听这一次。但是拉尔夫无法服从。他回了一封信:美国不让我们走,他们担心我们会用我们所学的知识去帮助共产党。人们正被带到夏威夷离船上岸……

  这是许多学生在痛恨之下所写的信。美国有法律和秩序,交通灯遍布各处。然而,高贵的美国人怎么会做出这种事情?后来学生们猜测说,一定是国民党唆使他们这样干的。然而在当时,学生们没作这种猜测,他们大声责骂。这是不合法的,根本不合法!更不必说是错了。拉尔夫义愤填膺,光是出于这个原因,他就和别人一样发狂。然而,另一方面,他也满腹狐疑。如果能够回去,他会回去吗?要是能为家庭和祖国冒点生命危险就好了,要是热爱它们的方式没错就好了。但是,他只是希望。他希望共产党最终无法掌管国家。当然,美国不会承认他们,那他们怎么可能掌管国家呢?

  他拒绝加入美国籍。他把拇指搁在鼻端,对意在帮助他的救济法表示了蔑视,好像在声称他的家就是中国,中国就是他的家。不是吗?尽管他在其中的地位就像是挂在理发店里的照片,由于挂得时间太长而退了色,尽管他再也不知道他的家在什么地方,或者准确点说,是否因为他不知道他的家在什么地方,换句话说,正因为它们变得抽象起来,所以他才觉得和它们更为亲近——他喜欢过它们,但是他更想念它们,想念更为简单。然而,像他这样的家庭一旦消失,宛如遁入一个人群,或一片荒野,或某个绑架者的洞穴,这种想念也就没有这么简单了。转眼之间一切便杳无音信。谁知道为什么,谁知道出了什么事?它们的故事就是一个打开了的人孔,他无法去关闭。

尽管如此,他还是梦想着去挽救它们——梦想着会有一个简单的结局,找回丢失了的盖子。这位孝子砸开了岩石牢房。这位孝子通过和毛泽东商谈来消除分歧。(当然,毛泽东说,他知道,毕竟他也有父母。)这位孝子将他的老婆凯米当作牺牲品,男人们用黑黑的手指去拉她的裙子,而他则站在一边轻声地说,对不起。

凯米,他梦想着。过了这么几个月了,他还是想着凯米。

只要他能睡着,他就想着凯米。睡不着的时候,他就在床上翻来覆去,什么也不想。他的身体一会儿痉挛,一会儿干燥,一会儿承受痛苦,一会儿又欣喜若狂。他硬把脚踝朝床架上撞,把肘和手腕往墙上撞,一直折腾到天亮,精疲力竭。最后,他终于可以回顾一下清醒的时候所发生的一切,欣赏着教科书一般的事实:地大物博的中国,他们家的房子和花园,食物防腐的简易办法和让他的两个姐姐出人头地的梦想。记忆充塞了他的头脑:新年盛宴,鞭炮和栗子。他的两个姐姐,一对假小子。百晓养了一只全白的猫,他一想到这就浑身痒痒的。他那过分高大的母亲和更加高大的父亲。他记得他的二婶收集了不少仙人掌,五叔满脸的胡子,八叔喜欢抽鸦片,还有一位社会名流妻子。他的祖父脸上满是斑点。表兄弟们身上的臭虫——这些臭虫——还有池塘狭口处那可笑的木桥,有一次在他们集体上桥时,桥訇然倒塌,只是发出一阵警告似的嘎吱嘎吱声!然后他们就全都落到水里,齐腰深地陷进泥土和鲤鱼里,他们笑着,鞋子全都脱了胶。

当然,还有其他的回忆。中学的第一天,在众人面前,他把自己名字的笔画给弄错了。后来就是回家。接下来就是来到后院,和佣人一起打断了一只公鸡的脖子。他用切肉刀砍掉公鸡的头。肉给毁了!佣人叫道。这么多的话!厨房也喋喋不休……

但是有一件事值得高兴。现在佣人的饶舌已经成了无声电影里的合唱,成了一排张大了的嘴巴,或者说一群鱼,叭喇,叭喇。而他的父亲正向上走——在水下,他已变得没有骨头,成了一个芭蕾舞演员。他的黑袍紧贴在身上,他的鞋子已经坏了。

在纽约,拉尔夫将一只翼波状盖饰男皮鞋踢到了房间的另一头。

他楼下的邻居立即用扫帚柄来敲他的门,向他提出抗议。这位邻居倒是十分敏感。当拉尔夫跑来跑去打转转时,他说他也跟着这样做,他要拉尔夫买一块小地毯。一块地毯!一想到他的父亲正遭受着折磨,拉尔夫就将他的另一只翼波状盖饰男皮鞋加入了第一只的行列,又用脚趾将他的拖鞋踢到了一边,他不希望他的父母遭受折磨。他希望什么也没碰到他们,什么事也没发生。他看到一个毛茸茸的老共昂首阔步走进他父亲的书房,打嗝,向地毯上吐去,捡起一个纸卷……拉尔夫已经愤怒了。指印!这个混蛋的指印!

然而,拉尔夫还可以设想出另一种场面。这个人昂首阔步走了进去,打着嗝,吐痰。拉尔夫的父亲继续磨他的墨。这时出现了一道微光——一把切肉刀。拉尔夫的父亲引经据典,这个老共正在切割拉尔夫父亲的脖子。

但是这种事情没有发生,也不会发生。

这就是拉尔夫所愿意设想的:一只鸡被煮,然后凉掉。黄昏时分,佣人们正搜索蚊子,蚊子很狡猾,它们正扑在窗帘上,由于它们的挣扎,窗帘凸向院子里。拉尔夫的父亲总是告诉他们不要打得太狠,他们只要稍稍赶赶就行了。他做了一个示范,很优美。蚊子确实脆弱,很容易被征服。但是佣人们还是猛打。扑哒!又一个被打下来了!他们有说不出的高兴。外面,知了在不停地叫着。是夏天。水稻田已经变黄,像羽毛一样。巨大的荷叶高悬在湖上,就像是献给神祇的盘子。

然而,拉尔夫所想的却是许多其他的事情。特别奇怪的是这件事:在上海登船时,他不该从他母亲手里接过那块表。

"你父亲想送……"

他是不是偷来的?他想起来他没有偷,但是不知怎的,他仍然感到奇怪,正如有时候他所想知道的:表里是否有什么东西,这种滴答声是不是他的母亲所传递给他的某种秘密生命,某种必不可少的心跳,没有了它,家里其他的人就会消瘦,缺乏血色。一想到他们,他就不再戴这只表。他们是半透明的古代纸灯,没有点亮,排成一列,挂在院子里,脆弱得不能移动——但是他的父亲,一位坚强的汉子,见到拉尔夫的时候,仍想说话。

我们还活着。他的声音很遥远,一种透过墙壁传过来的声音;然而他的嘴角留下了动嘴的皱痕。痛苦之下,他半睁着眼。他的眼睑像包糖纸一样发出劈啪声。我们死了。

拉尔夫甩起拖鞋,向房间里扔去。

又有人敲门,敲门。

敲门。接下来拉尔夫知道的事情是:他的签证有麻烦了。

"忘了?"他的朋友说,"忘了移民局?忘了更新签证?"他们摇了摇头,感到迷惑不解。

如何解释这件事?没有戴手表,他想大胆地去闯一闯。而且他的睡眠又一直不好。

但是唯一接受他解释的是小娄,他就是这个样子,像个吸收器。至于那些说话滔滔不绝的人,如果说他们有个头儿,那么这个头儿就是老赵。"你应该每天晚上在同一个时间上床睡觉。"他皱了皱眉头。"第二天再在同一个时间起床。"

这是对作息不定时的忠告。但是拉尔夫不愿放弃他自己的时间,有好多次他都想摧毁他父亲的世界。哪个儿子不想?但是他不会成功,问题就在这儿。

他发现他对此无能为力,就好像他神秘莫测地让签证过期一样。

"最好去问问留学生顾问,"老赵说,"最好带点糖果给菲特。"

好像凯米的朋友就可以持过期的签证冒险去找菲特先生似的!据传闻,菲特先生向人透露说,凯米加了薪,结果院长被迫离职。有人说工程系主任现在接替了他的位置,其他的人则说他要永久接管这个职务。拉尔夫想象着再次和菲特先生通电话的情景。他想象着放逐队带着狂吠的狗和绳子刚好赶到。

Xiang banfa(想办法)。一个必不可少的中国主意——他得想一个办法。在一个障碍重重的世界里,一个人应该知道怎么干。但是他有什么banfa(办法)呢?他所想到的就是他所听到的许多比他聪明的人的故事。例如《三国演义》里的军师,在需要箭的时候,将一只只装有稻草人的船驶向敌人占领的河里。夜晚时分,敌人不停地射着箭。到了拂晓,船只顺流而下,他从稻草人身上拔下能够使用几个星期的箭。有这么一个中国人!另一个故事是,皇帝正为找不到千里驹而感到绝望。后来他的宰相告诉他要等待,第二天他带了一匹死马回来。一匹死马?皇帝说,花了五百块金币?宰相回答说:对,但是当人们听到你为一匹死马所支付的代价时,他们就会知道你会为一匹活马支付多少钱。一点不错,皇帝很快就有了许多可供挑选的马,于是他很容易地从中找到了他所需要的马。

但愿拉尔夫有一个像这样的顾问!不过他得做他自己的顾问。他一而再,再而三地去想,仍无法找到任何banfa(办法)。一星期一星期没完没了地拖下去,就好像一英里又一英里的大海。怎么办,怎么办。最后,他无力地想,要不就扯个谎。这年春天,他已经修完了课程,反正秋天只安排写论文。如果他不在走廊上,不在课堂里,那么这就不就是好机会吗?人们会忘掉他的,除了和他一起准备硕士论文的教授。幸运的是,平克斯喜欢他。

或者说,他至少过去喜欢他。

"你的意思是让我说谎?"平克斯说。他摸着他那参差不齐的胡子。"当他们问的时候,你让我说我不知道你在哪里?"这是在平克斯那间狭窄而且堆满了纸张的办公室里。

"也许这个问题没人问。"拉尔夫说。

"但是假如他们要问,你让我说谎。"

在这种下午,城里的每一辆汽车似乎都有喇叭问题。窗户只开了一个缝,"嘀嘀嘀嘀"的喧闹声仍然不绝于耳。

"不是我不希望你有好运,"平克斯说,"祝你好运。但是请原谅,我不喜欢说谎。让我告诉你,即使你不说谎,也会有人说你鬼鬼祟祟的。但另一方面,如果你说了谎,他们说你偷偷摸摸,那就更坏了。"他停了停。"我只能告诉你我知道的。"

拉尔夫咬着嘴唇。"如果我被送回家,共产党会抓住我。"他说。

这至少使得平克斯又摸了摸胡子。他的脸的下部有点向下打褶,好像是由于惧怕而从闪闪发光的圆顶前额里缩了回去。拉尔夫解释他如何会被投进监狱,甚至有可能掉脑袋。

"是有可能被杀掉还是肯定会掉脑袋?"

拉尔夫犹豫了一下,说:"有可能。"

平克斯叹了口气。"请原谅我将此点明,"他说,"如果你不上学,你就不会被抓。"

拉尔夫站起身。

"很抱歉,"平克斯听上去有点累,"但是有一件事我需要向你解释。有些人十分关注他们的名声。你懂我的话吗?"

"不懂。"拉尔夫说。

"即使是在他们的本国,有些人也不在家。"

"不在家?"

"你读报吗?"

"中文报纸。有时候读。"

"瞧,也许我是偏执狂。但是事情正在进行,不用多久,人人都会成为间谍或共产党或两者都是。你知道我在谈论什么?"

拉尔夫摇了摇头。

"你应该看报纸。我们都应该小心一点儿。"平克斯解释道,情况恶劣的时候,有些人的情况比其他的人更糟。"

"人们不喜欢你?"

"这是一个宗教问题。"

"人们因为你的宗教信仰而不喜欢你?"

"你去过哪儿,南极洲?"平克斯说,"例如德国人。德国人不喜欢我们,'因为我们的宗教'。"

"哦,"拉尔夫说,"我懂了。你是犹太人。"

"你应该看看报纸,"平克斯又说,"那是一个很好的主意,应该听取,我看得出来,你是需要的。"他将纸夹扔到办公桌的吸水用具上。现在他又开始摸起胡子来。"好,好,"他接着说,好像是对他本人说似的,"如果他们问,那就让他们问。但是对于你,这样一个幼稚的……"他从椅子上站起,踱着步,关上了窗户。

9月里,拉尔夫大气没敢出。接着是10月,11月。后来大雪纷飞,覆盖了一切。连拉尔夫寄宿房间窗外的瓦砾堆都变得风景如画,瓦砾堆的斑斑锈迹经过这么一调和,形成了堆堆白雪,而且,在一个角落里,还形成了一连串漂亮的雪球,就像是雪人躺在那儿打盹。拉尔夫拉开窗帘,将书桌挪了一个位子,这样,太阳就可以使他的茶保温。他曾经想过,他会很想念图书馆的,他很高兴他仍和别人一起做饭,至少他在晚上还看到人。但是使他吃惊的是,他发觉他白天喜欢一个人工作,独处的时候,他发现自己的注意力高度集中,他以前从未有过这种感觉。他的论文《由光测弹性分析去看齿轮的应力分析》进行得很顺利,比他想象的要好得多。不久他发现,尽管他听到了许多有关研究课题通不过,还有导师将学生留了10年20年的恐怖故事,实际上,他在期待着做博士论文。他的博士文凭! 他一想到这就有了某种充实感。每天他都在想,他是多么幸运。每天他都在想,如果他的家人看到他这个样子,他们会感到多么自豪。这些年来,他的生活一直站在令人焦虑的白泡沫浪峰上,这是怎么回事?他想,在他的生活中,只有一次他所做的事情实际上是对的。

然而,到了阳春三月,条子就来了。请拉尔夫去见菲特先生,这是第一张条子。紧接着第二张又到了。跟着就是第三张,是由菲特本人用那只黑黢黢的手签写的,请拉尔夫去一趟,否则将面临严重后果。

拉尔夫心情沉重地将办公桌推回墙边,拉上窗帘,将方程式和图表收集好。

"菲特从不喜欢你。"老赵一边放下一箱书,一边大声嚷道。他杀死了一只蟑螂,然后拿给拉尔夫看。

拉尔夫的新居当然不像他的旧屋。现在搬家了,拉尔夫意识到他是多么喜欢那座四方形的砖瓦房子,一层层的窗户和安全出口,还有许多看不见但却可以预料到的过道,他是多么地喜欢它的布局啊!房子的地板经常有人拖,经常有人洒水。秩序井然,不仅所有的门牌号码都是一样的字体,一个家庭,而且信箱上的号码也是门牌号码的缩小形式,是同一家族。连房客多少都很相配。

可是,他的新屋有一段时间曾做过办公室,即使现在,一楼仍有许多房间被当作办公室,但二楼则作为房间和仓库,三楼是房间,还有更多的办公室。人人似乎都缺些什么。有一个家庭没有母亲,有一对夫妻没有家具,有一个男的没有腿。生意看上去没有生意。不过,各个房间所不缺的是客人,而且为数还不少,所以(有的门上有门牌号码,有的有信箱号码,有的则什么都没有)白天里,一连串陌生的脑袋会突然一齐伸出来,有时候身体还要碰碰撞撞,至少在拉尔夫装好锁之前是这种情形。紧接着就是有人试他门上球形把手的声音,有人试着喊道:"布鲁斯?布鲁斯?你在里面吗?"砰,砰,或者是:"开开门好不好,简,快点,将门打开。"

然而,拉尔夫无法吹毛求疵。很明显,菲特先生行动起来了。这会儿,拉尔夫刚刚收到移民局的信。"我们已经注意到……"近来,那个在

风云迭变 29

他的中国朋友附近转来转去的陌生人是干什么的?"高个儿,"老赵说,"牵着一条狗。"

拉尔夫又搬家了,这一次搬到一个有跳蚤的屋里。后来,一个高个儿带了条狗来到这地方后,他又搬家,搬到从前的一家旅馆。然而,有一次他做梦做到菲特先生正用铅在他的水里放毒,于是他只好又搬家。现在,如何对付这些电话?他的中国朋友都知道他早已不用电话了。他还告诉他的房东太太,要她们否认听到过他,并说更不知道他住在哪儿,也不知道如何找到他。然而,有人打了两次电话,指名道姓找他。

"所以我说我不知道。"里特太太说,她是他现在的房东。"我说,我不租房给中国佬。我认为他们会带臭虫来。"

拉尔夫搬了家。10天之后,电话又响了。

"听着,"贝里尼太太说,"我不管你出了什么事,不要在我的房里惹什么麻烦,要不然我就杀了你。"

在地下室

到了8月,他像螺旋一样搬了九次家,离开了他的中国朋友。但是,这些朋友和大学仍然形成了某种以他为主的宇宙中心,不过,这只是一个原点,他很少能看到别人。这倒不是他住得远。起先,亨利·赵,弗莱迪·王,米尔特·陈和乔治·李都常来。随着时间的推移,他们都被召回到他们自身的生活中去了。这是自然规律。这是钟摆摇到另一个平面的缓慢移动。或者说这就是法则:随着他的生活的下降,他们的生活就开始上升,正引起注意。现在有了罗曼司和旅游计划。老赵在一次教堂设计中赢得了一辆轿车。乔治·李私奔了。拉尔夫愈来愈成了他们茶余饭后的笑料,一个受洋鬼子欺骗的教训。在拉尔夫看来,他们成了另一个迷失的家庭。

只有圆脸的小娄是个例外。他不仅和拉尔夫保持联系,而且还经常带着礼物来看他。一盒猪肉面包,一只锅子,还有烦恼。拉尔夫感到:这些烦恼正好和他的烦恼相配对,谁知道这些烦恼究竟是什么? 小娄生性缄默,不善言辞,当拉尔夫听完他的消息后,他们会坐在那儿,一刻钟一言不发。他们谈论烦恼,谈论他们所有的朋友。有些事情就是不对。拉尔夫常常吃饭时玩他的帽子,而小娄则茫然地看着。

不过,拉尔夫还是感激他的来访。不管怎么样,这些来访是某种可以依靠的牢固力量,缓解一下紧张气氛。它们是一道防波堤,是抗击依附在他身上、随时都可能将他拖到屠宰场的某种黑色底流。他感到自己很渺小,赤着脚,缺乏摩擦力。目光短浅。日常生活事件似乎扩大了另外一种力量。小娄的造访成了菩萨关注人间疾苦之举。他门口台阶上的死鸽子就是拉尔夫真正的自我在侵蚀着他的脚跟。一切都在起作用,一切都在吼叫,回荡,好像某种调整已经消失,某种球形把手一直在旋转。他现在的情形是:精疲力竭。抬眼望未来,他看不到未来。生活本应蒸蒸日上,欣欣向荣,就像天空中的火花,一旦这种希望破灭,谁不感到伤痛?拉尔夫曾经设想他的父母屏住气在观看,感到惊愕,而今……

接下来又是一种痛苦,更静,也更重。这种痛苦源于人们所知道的情形:有一天,一个人向后看,而不是向前看,有一天,他所取得的和他将要取得的一样多,他所受的爱戴和他所期待的一样深,他所感受到的幸福和生活赋予他的一个样。到了那一天,他是否应该感到吃惊——他所过的生活是否已经够了?他能够将此称为生活,从而对此感到满足吗?

所以,拉尔夫感到不仅未来已经丧失,而且连过去,那个本可以支撑着他的一对引擎,也已一去不复返。他失去了家,失去了是家的地方。家!还有家里的生活。不,它并没有使他的生活希望达到极点。这不是镀金时代。他可以给它镀金,但事实是缺乏。缺乏什么?缺一点,缺很多,他也说不清楚。但是他确实知道他所失去的世界在丧失过程中已经变得极为宝贵,就像没有得到的爱。在他的记忆里,凯米是多么的完美,多么的迷人啊!就是因为她已进了屋,并在身后锁了门。现在,他那绷紧的头脑变得极为清晰,看清了所有的这一切。看着这一切,他在思索着:如何生存?他的新工作?

他的新工作。作为一个中国人,他认为最安全的就是在中国餐馆工作,在125号大街高架铁道的腿柱旁,这种餐馆就像是小孩玩具似的撒得到处都是。他们是否要人洗碟子,上菜,做面条? 不错,拉尔夫没有经验,但是人人都是从没有经验开始的。

结果证明,没有经验没有关系。

"请问,我可以和你们的老板谈谈吗?"他用普通话问道。

"你说什么?"回答就会折返回来,或者说,至少他猜测是这样,他一句广东话也不懂。"什么?"

有一两次,他试着用英语问,但是没用。说话不对,他还不如做一个野蛮的入侵者。城门已经关闭,但是他仍然敲着门,直到最后,在鲜肉铺里,一个坐在凳子上的小姑娘说道:"有事?"

这句话英语说得很标准。小姑娘跳下凳子,勉强地擦洗着柜台面,但是她知道她父亲在哪里,而她父亲看上去好像也是在美国出生的,而且喜欢吃口香糖。他似乎答应了,他可以雇人。果真是的。

拉尔夫的非人生活开始了。一大早他就要起床,洗刷,穿上血淋淋的衣服,然后到店铺的地下室里去。地下室里,借着黄色的40瓦灯光,一箱箱的动物包围住了他,猪和兔子靠着一堵墙,鸽子和蛇靠着另一堵墙,他要一小时接一小时地杀鸡,拔毛,然后再清洗。第一个星期,粪便、垃圾和烂肉使他天天要吐。但是到了第二个星期,他只是脸色发白。到了第三个星期,他便工作自如,好像生来就在这个世界干活似的。本能——首先要对付的是最令人作呕或最使人烦恼的鸟。他熟练地向鸟群走去,然后抓住牺牲品的脖子,剥光它的颈部,再将喉管切开。扔在桶里的鸟仍在挣扎。然后,他将死鸟放在热水里翻滚一下,松松羽毛。接下来他要将鸟毛拔掉。一切做得既轻松而又老练,如此一来,他的老板再也不在楼下嘀嘀咕咕,而只是从楼梯平台那儿喊他去点数。

这意味着有些饭店在大多数时间里要来装货。如果没有这个含义,那么境况就会变得令人失望。如果有这个含义,那么在这个时候,动物就会嗅一嗅它们的钢丝墙。拉尔夫就要洗手,这是一个礼仪。先去掉各种噪声,然后,就像西方极乐世界的大门一样,地板门就会打开,将一束几乎让人无法忍受的光线降临到地下室里。兔子会愣住,两眼红彤彤的;猪会发出长声尖叫。拉尔夫会作好准备,让自己镇定下来。这时就会出现一个人——先是阴影,接下来就是半影;拉尔夫就会像一个牧师一样穿过那神圣的烛台,穿过那雪花般亮晶晶的尘土,默默地和外部世界交流——小心翼翼地将自己置身于另一个人的控制之下。他弯下腰去接受它们,这些——他的鸡,还有他的所作所为。

然后,门就会砰的一声关上,于是他就会坐回去工作,什么也看不到——双眼编织着光晕,也就是说,斑斑光圈——直到他的眼睛重新调整过来。

这个活持续了多长时间?他无法说清。漫长如几个世纪。直到有一天晚上,小娄前来看他,给他带了个消息:平克斯已被提名为系主任。

"去吧。"他建议道。

现在,拉尔夫再也不会傻乎乎地去让他的希望膨胀,但这些希望仍像吸收雨水的河流一样,一浪接一浪地来。他拿出书本,温习了几天,然后打了个电话。平克斯同意见他。为了这次会面,拉尔夫穿上了干净的衣服,精心地将自己打扮了一番。他提前一个小时到了校园。校园是多么美丽!他已经忘掉了。他欣赏着一幢幢有大柱子的大楼,即使是在雨中,这些建筑也是庄严雄伟的。他欣赏着人字形砖石铺面。他欣赏着美国梧桐,这些美国梧桐犹如重要的思想,从长着矮草的平凡的小块土地里升起。他欣赏着工程大楼前的塑像,尽管这座塑像不是工程师,而只是一个矿工,他头上戴着类似浴巾的东西。

但是他依然来得很早,他想放松一下。

直到他迟到。他为什么不把表戴上呢?

脸刮得光光的平克斯看了他一眼;不过,当他看到拉尔夫在注意他时,他说:"所以你晚到了几分钟,忘掉它。我们是什么,火车,必须准时?"

不过，他这话说得很快，好像是一个日常事务安排得很满的人。

拉尔夫凝视着平克斯的新办公室，有以前旧办公室的两倍大，两面墙上有五个大窗户。

"有什么需要帮忙的吗？"平克斯说。

他的头上挂着一只钟。

平克斯又说："有什么事需要问我的吗？有什么事需要告诉我？"

这时拉尔夫能说些什么？他满脸羞愧，摇了摇头。

"这是什么？二十个问题？"

"我想，"拉尔夫鼓足了勇气，"完成我的博士课程。"

"你想完成你的博士课程？"

"我……我……"

"但是你的签证。我怎么知道？你的签证，对吗？"

"签证。"

"请向我解释一件事，"平克斯说，"请向我解释你的签证是怎么回事？"

拉尔夫摇了摇头。

"你不知道？"

"不知道。"

"你是不知道，还是不愿说？"

"不知道。"

平克斯抓了一下下巴。"我告诉你向谁打电话。留学生办公室……"

"不可能。"

"你已经问过他们了？"

拉尔夫犹豫了一下。"是的。"

"你问过他们了。"

"是的。"

"他们说了些什么？"

拉尔夫无法回答,于是平克斯坐在转椅上旋转着,一个接一个地向五个窗户外面看去,从右到左。然后又看了一遍,从左到右。

"听着,"最后他说道,声音更加缓慢,"我不喜欢说谎,很抱歉,我也不喜欢听到说谎。让我告诉你一些事。处理你问题的最好办法就是真诚。我知道,在中国,一切都要通过后门。你以为我不知道?我有耳朵,我听,我知道。但是中国是中国,这是美国,你懂吗?"他向窗户,他的办公桌,还有他的一排排书籍挥了挥手。"走前门。听我的话。你想到什么地方去,不要偷偷摸摸地,也不要让人家为你而偷偷摸摸地。"他看上去若有所思。"我不是说我不愿帮助。"

拉尔夫不知道说什么。

"你是一个好人,我想帮助你。"

拉尔夫点了点头。

"我要做的就是打电话给留学生办公室。"

拉尔夫一言不发。

"我要做的就是打电话给乔治·菲特,让他将你的事情澄清。"

"不喜欢我。"拉尔夫说。

"谁不喜欢你?"

"菲特先生。"

"乔治?不喜欢你?"平克斯望着窗外。"乔治是一个人物,他不喜欢许多人。"

拉尔夫点了点头。

"给我些时间,我将给他打个电话。不是今天,今天是……"他看了看他的表。"但是明天,我会给他打个电话,然后,我再打电话告诉你。"

拉尔夫犹豫了一下。他应该冒这个险吗?"没有电话。"

"没有电话?那么将你的地址告诉我。"

明知道这样做不可取,但是拉尔夫还是将地址告诉了他。

"你按我说的那样去读报吗?"

"当然。"拉尔夫撒了一个谎。

"很好。"平克斯说。

拉尔夫每天都跑去看信箱,没想到都是空的,有时候看完了之后,他会掀起金属盖,伸手进去摸一摸,看看是否丢了什么,但是他所摸到的都是些螺丝帽。在某种程度上,他并不感到奇怪。平克斯的办公室是不小,但是菲特先生仍旧是菲特先生,平克斯如何能是他的对手。

然而,拉尔夫发现他的希望每天都在增长。在他看来,他要重新布置场面,平克斯的办公室越来越大,工作的时候,他会看到他的幸运符号在扭转——每一次都有新东西提供给他。每天他都会神情沮丧地离开信箱。这种情况持续了一个星期,两个星期。

最后,他不再去了。小娄认为他应该再去找平克斯一次,但是拉尔夫知道这没有用,一个儿子离开家庭,将自己置身于野蛮人的手上,还会不出事?这是追逐女人的人所应得的惩罚。

或者他是这样说的。但是,电话铃再次响起的时候——再次——他查看了一下电话号码簿,找到了平克斯住的地方,花钱租了一间靠近他的房子。

"只要过六个街区就行了!"他告诉小娄。

平克斯,平克斯,平克斯。拉尔夫现在想起他的时候,心头就有一种发高烧的感觉。有时候工作的时候,他会看到平克斯道歉似的从鸡笼后面走出来。他会看到平克斯跪在他旁边,提出要帮他褪鸡毛。

不行,拉尔夫会坚持说,不行,不行,不行。你是教授,这种工作不适合你。

但是平克斯站在那儿,卷起袖子,看着拉尔夫的一双手,给我看看。

此刻,拉尔夫整个晚上都在欣赏着平克斯的房子,一座堂皇的三窗之宽的褐色沙石楼,坐落在一条干净的街道上,一只大白炽灯照耀着门口两侧,照耀着一对寒霜覆盖着的紫杉树,而这反过来又点缀着短小而

在地下室 37

宽广的楼梯。三个十来岁的孩子一上一下,无忧无虑地奔跑着,一位保养得很好的妻子,还有平克斯本人。拉尔夫发现,平克斯手上拄着一根象牙柄的手杖。

他想鼓足勇气去找平克斯,但是他还不如和他约一下。或许他应该接近他的一个孩子,拉尔夫想。他们看上去不太吓人,特别是最小的一个,一个满头橙黄色头发的丑姑娘。尽管有几次他追随她到了家,但是他从未说过一句话,生怕会为此而遭逮捕,而后被遣送回家。不行,必须找平克斯本人。一次,他尾随平克斯到干洗店,一次到杂货店。有一次,他随意出来走走,来到了人行道上,恰好看到平克斯就在街道的另一侧。这离他的目标只有五个门道这么远,如果他不穿过街道,那么他们很有可能就会面对面地碰上。

在他头顶上,月亮喜气洋洋地躺在了树后。

他又到平克斯的邻居一带去窥视。他透过窗户向里看。屋里,有些人将圣诞树拉倒,另一些人则仍将它们竖起。他又转了一圈。然后,一半是为了取暖,一半是为了避免给某个警察看到他在这儿三次游荡,他躲进了酒吧间。

这是一个大胆的举动,差不多足以弥补他早期的神经过失。他早就知道酒吧——上海多得很——但是从前他从未进去过。拉尔夫摇了摇头。这么小的地方挤着这么多的人,人人都得站着,除了花生和椒盐卷饼,什么吃的也没有。他们为什么不多开些灯?挤在散热器旁,他看到一个男的额头撞到了他的空玻璃杯上。一次,两次,他没哭吗?拉尔夫畏缩着,将注意力转到了另一个人身上,这个男人将一个女人拉到他的凳子旁。她将一只手镯递过去给他玩,他想把手伸进去;她亲了亲他,就在凳子旁,亲了好长时间。

拉尔夫看了好长时间。

他满含哀伤,扭动着身子向门口慢慢走去,差一点撞到一个手持拐杖的人身上。

"你好?"拉尔夫说。

平克斯向地面看去。

"我是拉尔夫。拉尔夫·张。"拉尔夫的嘴巴似乎在同自己说话。

"当然,"平克斯说,"你还以为我不知道你是谁?"他站到边上让别人通过。

几个月来,拉尔夫第一次笑了起来。"你好,"拉尔夫说,"你好!"

"我不仅知道你是谁,而且还知道你是个什么东西。"平克斯接着说道。

这一次,拉尔夫站到一边让别人通过。

"我不仅知道你是一个说谎的人,而且还知道你是一个偷偷摸摸的人。你不断地在我家附近转悠,你会被抓起来的,你听到了我的话吗?"

"什么?"拉尔夫大吃一惊。

"我允许你有怀疑的权利,但是现在我算看透了你,你听见我的话了吗?再也不要说什么我是一个可怜的移民,我和菲特先生谈过了。现在我告诉你,我已经叫过警察了。我的女儿戴着一只口哨。"

拉尔夫慢慢地往回挪。

"你听见我的话了吗?你现在是在美国。如果你想说谎,想到处偷偷摸摸,那么你应该回到中国去。在这里,美国,我们所拥有的是道德。无论对还是错,我们从不偷偷摸摸地。"

拉尔夫盯着他。

"你听见了吗?"

拉尔夫想点头。

"我们不偷偷摸摸地,"平克斯嚷道,"我们有道德!你不断地盯着我的女儿,我要杀掉你。"

恰好在此时,又有一个人要挤过去。这个人向前跨了一步,平克斯向后退了一步,于是拉尔夫一低头,跑了。

回到家中,他拿起了一把切肉刀,在手上不停地转动着。他切下了一小片指甲,将刀片放到手心,用劲下压,皮肤上开出了一个三角形,就像是一顶帐篷飘到了他身上。结果,他看到血一滴滴地流下,蜿蜒到了手边。然后,翘起手腕,他看到血流到了另一边,越来越厚,越来越颤动,小鸡也不过如此。他想象着将一只小鸡拿在手中,在他熟练的操纵之下,小鸡变成了肉,司空见惯的情景。给死鸡拔毛令人浑身起鸡皮疙瘩,不过血得先放掉。他摸着从前不知砍过多少次的颈脉搏。穿过这道线是多么的容易。一个时辰,一个脚步,人就到了那里,穿过屏幕进入了另一个世界。真诱人。奇怪的是这道防线从前居然没怎么穿过,哪怕是出于好奇。这道屏幕就像是某人所搭起的一件东西。在现实世界中,小刀错移一英寸就能很快改变一切,这怎么可能?

他在手上的第一个三角口旁又开了一个三角口。当他的小指触到大拇指时,他感到手很粗糙,血线交叉。

或许他该洗手了。

所有这一切都是他的血吗?

他将手按到枕套上。一个红印,没有手指——一张嘴,一个大亲吻的证明。

明天,他想在平克斯屋前自杀。

他醒来的时候,手上仍拿着切肉刀。有人在敲他的门。

"电话。"咚咚。"电话。"

习惯。对他而言,生存就是一种习惯,于是他搁下切肉刀,冲向街道,这一次是到房主的前妻所控制的大楼去。房主前妻的名字叫索妮亚,她的签名到处都是——打破了的窗户上,遭冲撞的门上。这地方一旦空下来,索妮亚就会再次冲进来,用大锤敲击着几堵墙,一块地板。

但是这与拉尔夫有什么关系?一旦搬了家,他就睡觉,睡觉,他的白天和黑夜云纹状般汇集起来,就好像众多的香草糊和众多的巧克力给刀剁到了一起。他已停止工作,正如他满怀一切希望。他希望小娄会来看他。但是小娄根本就没来过,于是他再也不去关心他来不来了。他躺在那儿,看看会发生什么。什么事都会发生,这是美国。他已把自己交给了这个国家,然后进入梦乡。

解救

时间飞逝。拉尔夫睡觉。

时间越积越厚。但是拉尔夫仍在睡觉。天空爆裂。尘土落入他的眼中。

他翻了个身。

尘土落入他的头发。

他翻了个身。尘土落入他的耳朵。他不管它。更多的尘土在寻找着他,他用小指堵住耳朵。

从天花板那儿传来了呻吟声,没错。

在平静中绝望是一种奢侈。谁不知道这点?眼下,灰石正雹子般地下落,一块块那么大,即使他把床罩盖在头上,他仍然可以感觉到它们。"哦,索妮亚,索妮亚。"他听见。"索妮亚,索妮亚,索妮亚。"

索妮亚。

"索妮亚亲爱的,索妮亚宝贝。"

更多的雹点。

"哦,索妮亚亲爱的,索妮亚甜美的,索妮亚糖馅饼!"

馅饼。

"哦!哦!哦!"

扫帚,他想到。他需要一把扫帚,还要有柄子。

"哦!哦!"

他将一只鞋子向吵声扔去。在一片尘埃中,板条露出了笑容。他重新躺下,想睡觉。糖。馅饼。这是白天。

一觉醒来,他感到很饿。他的胃在燃烧。还有膀胱——这是毋庸置疑的事实。他慢慢地坐起来,眨着眼,咽了一口唾沫。满嘴尘土。他想吐。他用手擦了擦脸。现在是什么时候?他屁股向床边挪了挪。双手放在膝盖上。他将自己摇起。他摇晃了一下,床发出了嘎吱嘎吱的响声。光脚走了几步,留下一片黑色足迹。

鞋子。

他找他那双黑鞋,发现鞋上覆盖着灰尘。他想把它们掸去。尘土留在上面,形成了一个又一个的条纹。还能说什么呢。对着洗澡间的镜子,他看到他的头发也已染白。还有他的衣服。

外面则是一片白色。一个阴谋。一片白,但却温暖,这天可以脱掉夹克了。他艰难地走过一条条大街,手上拿着帽子和手套,对广阔的蓝天和眨着眼的太阳视若无睹。

他不应该受到嘲弄。

孩子们喊叫着,兴高采烈。还有那冰柱,长长一串约有两三吋长,亮闪闪地沿着管道滴下来。但他理也不理。一个小男孩向他打招呼:"请问,先生?几点了?"拉尔夫没有回答,而是挑衅似的向前移动着,跟着又偷偷看了一下小男孩吃惊的脸色——像甜饼一样红。拉尔夫希望他表现得更粗鲁一些。

这是2月份。这还不是春天。这个春天是个假春天。

他想,在杂货店,他计划买些什么。米,但没有地方煮。面包。

从打开的门里传来了一阵热狗香。

解救

热狗！向前走一步。

番茄酱。再向前走一步。调味品。酱瓜条。甚至连纸船看上去都美味可餐，在他的脑海里闪烁着剩余的调味品和黄油。过了一会儿，他到了店里，在口袋里摸索着零钱。什么都要，他告诉店里的人，对。第一道菜上来，他狼吞虎咽，一会儿吃下去了；第二道菜上来，他品尝了一下。甜甜的，咸咸的，暖暖的，汁又多，又柔软。牛肉香肠汁。德国泡菜味。甜面包——一会儿是汁泡面包，一会儿又是干烤面包。他的胃咕噜咕噜地叫了起来。每只 20 美分，他付不起。但是他仍又要了一只。又一只。

他的胃开始膨胀。

80 美分！他勇敢地咽了下去，柜台后面的人吃惊地看着他——不是这，对不起，不是这——拉尔夫走上大街，他的胃收缩，放松，收缩。

放松。永远这样？

一座公园。他用前臂清掉凳子上的雪。大雪纷飞，一长条地堆在那儿，像一座山脉。然而，他坐下来的时候，凳子仍是湿的。湿的毛线。他的大腿下部开始感到刺痛。他在考虑他的生活。3 美元 16 美分——超过了他的限度。他付清了账，将硬币按大小在大腿上一个一个向上排列。天平的另一边，没有工作，没有家庭，没有签证。

一个身着皱巴巴乳白色毛衣的高个儿小伙子从旁边走过，双手放在口袋里，嘴里还哼着歌。接着又是一个脚穿红后跟鞋，身着红外套的女孩一蹦一跳地走过。形成对比的是，女孩戴了一顶大的蓝帽子，像煎锅一样诱人。拉尔夫注视着：她走了两步，着迷似的盯着树枝，然后又走了两步。她飞快地旋转着身子，手提包向空中抛去。手提包是红色的，有一根精致的金链子。她只用两只手指捏它。这是诱惑吗？如果是的，那么它正在起作用。手提包再次向空中抛去。抓住它多容易——快！——从空中。但是，拉尔夫只是捏紧了手指，让女孩一蹦一跳地过去了。

就这样,他通过了考验。他一时感到高兴,就好像一个人在镜中趁机瞥了一眼自己,发现了一个有几分尊严的人物。与此同时,他感到奇怪:什么考验?他受到了考验吗?谁在考验他?

为什么考验他?这就是他真正想要知道的事情。为什么在众人之中要考验他。远处的小路上有一件黑外套向他这儿移动,就像是一个姗姗来迟的答案。他眯眼向它看去。

受苦应该有个目的,在特殊的场合下,受苦的人应该经过挑选——这些就是思维之宅,在这里人们已经找到了庇护。总的来说,拉尔夫不信宗教,但是在艰难时刻,神祇在上升,有些神祇起来考验他,激励他,有些神祇则顺便来看看他。他对自己感兴趣,从而相信自己也是兴趣的主体。所以,经过一个月又一个月的电话后,特蕾萨终于在公园里找到了他,他颓丧地躺在凳子上。拉尔夫认为,与其说自己被营救,还不如说被解救。

"真幸运!"特蕾萨后来说。因为,她很有可能会向左走,而不是向右走,回到池塘边,而不是到山上……

但是什么样的尘缘会产生这样的黑外套,使它停在这儿——什么样的尘缘会促使它说出同样的上海话,使它就在他的眼前变出一个姐姐,他的姐姐?拉尔夫惊奇得说不出话来,太惊奇了,以至于在跳起拥抱她时,一下子将她撞倒,于是她摔倒在路边,扭伤了脚踝。然后他也跌倒了。他们两人都哭了起来,不知道该做什么。运气?这怎么能仅仅叫作运气?

"奇迹。"这是拉尔夫对故事的描述。"奇迹!"即使是多年以后,任何人都可以从他的口气中听出这个词的含义——岩石开花,黑夜冲洗掉了斑斑黑迹。生活本身在展开。正如他最后所明显得到的。没想到他发现自己躺在硬币装饰着的冰土中,躺在美国,在所有的人群中拥抱到了他的姐姐。除此以外,还会是什么?得救了!百晓在他的怀中!

解救

不可能的事!所以他应该想到,所以所有的人都会想到。但是,心在燃烧。他还和从前一样站在那儿,用某些人讥讽似的恩惠,拥抱着她,好像决不放她走似的。

特蕾萨

现在我们来看看他的解救者特蕾萨。她的故事包含着这样一个悲痛的真理：拉尔夫长大后几乎就等同于她，而她本就是拉尔夫。这就好像在出生之前的冲刺中，他们两人相互穿错了对方的衣服。至于她的后果——谁能想到她会是个受婆婆气的小媳妇？她人既聪明，又很贤惠，但是话却不少，那声音就像是来自她的内心深处，戆得像个猪头三，和她父亲一个样。长长的脸，棕色的头发，大大的嘴巴，满脸的雀斑。除此以外，她还兼有她母亲最坏的癖性，而且有过之无不及。这就是西方影响走样的典型。她父亲坚持要给孩子吃牛奶，结果特蕾萨长成了一个女巨人——170公分！人还未进屋，脚已先进来。看着自己的脚，她母亲感到懊恼不已，但是看到特蕾萨的脚后，她更是感到毛骨悚然。还有这女孩的步态！在女隐修会学校，她不仅取了特蕾萨这个英文名字，而且还学会了棒球——经过她父亲的许可——所以，现在她走路的时候，步履轻盈，有时双手插在口袋里。她母亲终止了她的女隐修会学校学涯，送她去学习舞蹈，希望舞蹈训练能将她束缚住，据说这有助于步态的优雅。

但是特蕾萨不在乎,她很高兴在某一领域一错到底。当拉尔夫笑她的时候,她和他一起笑。她不也是一个与社会格格不入的弃儿吗?白天,姐弟俩一起摇头,满眼泪光。只有在温柔的晚上,万籁俱寂,一只宠猫躺在她的大腿上,她才希望成为另外一个人。比方说,就像她的妹妹,她得到的祝福是祝福中的祝福——做她应该做的人,和她的时代及地点相合拍,这样,尽管她毫无保留地向别人作贡献,但是她也不可避免地得到几倍的回报。她的恋爱是典型的。她帮助一位兔唇同学做家庭作业,写一部分校园戏剧台词,于是便被介绍给了这位同学的哥哥,这个人温柔,潇洒,聪明,超出了她的想象。

不用说富有,这一点已使她母亲很高兴。尽管她父亲对他的妻子谈论这种事情感到不高兴,但是看上去特蕾萨的妹妹和她的未婚夫将要得到结婚许可。没人这么明说,但是也没有媒人,她未婚夫的信件可以寄来。特蕾萨想暗示——她不在乎是否她妹妹先结婚。

没人会听她。她妹妹长时间地坐在鲤鱼池塘边的凉亭里,思考着回信。她妹妹念诗,想找些词句来引用。她很欣赏她未婚夫的书法。成天思念他使她青春焕发,心情欢畅,令人不可思议。

最后有消息说,特蕾萨订婚了,对象是上海一位银行家的儿子。只有一件急事——她的未婚夫提出要见她。

"没听说过,男孩自己来相对象?"她们的母亲发起愁来。

她们的父亲像丢一颗炸弹一样丢下了他的观察:"现代派。"

但是在城里,正如媒人所指出的,事情正在发生变化,她巧妙地进行着。当然他会喜欢他所看到的。

"当然。"她们的母亲同意了。但是,在以后的几次谈判中,她试图将事情作这样的安排:特蕾萨开车经过,这样,这个年轻人就可以看到车里的特蕾萨。

媒人道歉,解释。

她们的母亲作了让步。这个年轻人可以透过窗户看特蕾萨走路。

接下来就是她最后的安排。这个人可以站在某个公园的门口,而特蕾萨则在几百呎之外的一条小路上散步,手里拿一把阳伞。

"一把阳伞?"

不要让太阳晒到皮肤。她们的母亲坚持这一点,由于没有理由让一个女孩冒险去晒太阳,于是这个问题就解决了。只是特蕾萨哪儿也不愿去。

"Meimei(妹妹)。"她们的母亲提醒她——小妹。

她们正站在环绕鹅卵石院子的多荫连拱廊里。特蕾萨犹豫了一下,看了看她父亲。她父亲点了点头,退回到书房。她知道,他的意思是,她也应该退到她所能找到的书房里。

修行。孔子曰:六十而耳顺。当然,她只有26。但是责任感仍在招呼着她,其声音就像是她自己的。Meimei(妹妹)。

"不管怎样,"她说,"不带阳伞。"

然而,到了晚上,还没等出发,她就已克服了她那点傲气。她的装备不仅包括她妹妹那把带淡黄的粉红色阳伞,而且还包括一双新的丝缎子鞋。鞋子的尺寸太小了,这个主意不是要使她的脚更容易让人接受——她的未婚夫离得太远,不会看清楚——而是要帮助她保持一种淑女的步态。如此无礼!她挣扎着想听从他们,但却没想到受到了引诱。现代派。不是她父亲所设想的那种类型。

这是否就使他合她的意?

她将新鞋子放在床边。

他们选择这条小道是为了保证画面里不会有什么小东西——没有花,没有低墙,没有一切可以用来衡量的东西。有人建议让她妹妹陪她走一段,但这建议很快遭到了否决,因为这太复杂。因此,她顺着小路前行的时候,只有她一个人。这是8月份。热气缠绕着她,粘乎乎的,脱不开身。好在不用蹦跳。特蕾萨小心而缓慢地向前移动着——一步又

特蕾萨 49

一步——汗水淋漓。她一边走,一边想着企鹅乘凉的办法:冰雪融化,企鹅受不了的时候就将肚皮贴在雪地上滑翔。生物学——这是另一件她母亲希望特蕾萨在女隐修会学校没有学过的东西。她觉得自己好像是在教科书里。本能。雌性跳着交配舞。尽管太阳焚灼着她的右侧,但是这个怪人依然左手拿伞,缓慢地向门口和她的未婚夫走去。

她的右肩一阵焦灼。

然而荒谬的是,她的左肩也感到焦灼,她未婚夫的凝视像另一个太阳钻进她那纤细的丝绸裙荫里。处在这双重光线中,她是多么的热啊!她处在火一般的观察之中。雌性动物跳着交配舞。她的脚是多么的肿啊。一步,又一步。她能够感觉到大地在辐射,穿过她那双细纺的布鞋。

她的脚跟在起泡。

现代派。

热汗淋漓之下,她想到了她妹妹。对她来说,勇于面对希望是多么容易啊!

现代派。

向前看去,特蕾萨可以看到一点天空——一道纤细的蓝墙,看不清楚。下面,松柏看上去既肮脏又各不相同,就像是许多归类混乱的展览品。在她的右侧谦虚地站着一排美国梧桐,正在脱皮。

她的脚颤动着。

这些天来,城里出现了一些激进的思想者。

或者说她听到的是这样。热汗集中在指缝里。

现代派。

如果他刚从法国或日本回来,头脑里装满了思想,却不料他已和一位甜美的乡下小姐订了婚,那么情形会怎么样呢?出身于这种名门家族!那又会怎样?他会和他的父母坐在一起。一个能干的女孩,脾气又这么柔和!

当然,他或许更是一位上海银行家的儿子,其远大抱负就是成为上海的一个银行家。

她的脚充满了激情。一个能干的女孩,脾气又这么柔和,人又漂亮!现在,她装扮得多么漂亮啊,就好像她的脚趾已经被布条捆过似的。一步,又一步。

她不能再走了。

但是,她仍又迈了一步。

一根手杖。她可以把阳伞折叠起来,用它做手杖。这决定说来就来,就像一道裂缝。就这样让他看好了!要鼓足勇气,叛逆就要做出叛逆的样子!于是,她大胆地折起阳伞,一跛一跛地走向右边,离开了小路。她没有向后看,而只是向前看,向正在脱皮的美国梧桐看。

凉荫。她歇了下来,感到头晕。好了!

然后:她做了些什么?什么——她感到紧张。

什么也没做。这是她的想象吗?她仍然感到后面有个人存在。一种凝视,像椅背圆圆的大理石镶嵌一样凉爽。她想说点什么,但是喉咙发干。

他可以说点什么。

但是他依然在凝视,只是凝视。在等待。

现在怎么办?一只小鸟尖叫着。她看到这只鸟不知从何处飞了出来,它的翅膀闪耀着黑色,接着又是白色。

她转过身来。

回复意见是,由于某种家庭危机,银行家的儿子近年内无法结婚。事实上,特蕾萨发现,在他们公园约会之前,这个儿子就和他爸爸的小老婆跑掉了。所以,多羞人!多丢脸!而丢面子的正是他的家庭。

但是她仍感到茫然。小路;灌木丛;石头;大门;大门之外,火辣辣的太阳,一小块无人的空地。她的脊柱扭曲;在梦中她扭曲,一次又一次地转向那块空地。一种反常的向性。

特蕾萨　51

她父母商量着,争论着。

最后,他们把她送到上海,送到他们的好朋友那儿。这朋友有一个生病的女儿,特蕾萨要陪伴她几个月。他们不许她把猫带去。在一封书写优美而且富有诗意的信里,特蕾萨听到了她妹妹结婚的消息。跟着就是共产党。她父母的朋友急切地写着信。凭着一大笔资产和几个关系,他们找到了一个办法,用学生签证将女儿送出国。对特蕾萨怎么办呢?

信和政府一同倒塌;他们没有收到回音。

香港。东京。旧金山。特蕾萨为她病弱的朋友取了一个英文名字,海伦。就像特洛伊的海伦,她解释道。同时,这名字听上去像她的真名,海蓝。她们伤感地嬉戏着,一半为自由和旅游而感到眩晕,一半感到害怕、孤独和焦虑,同时还有点烦躁。她们在中国相处得很好,但只是作为最一般的朋友。多少年后,她们笑着看到蒙娜和凯丽这两个女孩进行两人三腿赛跑,她们说,她们以前就是这个样子,用一根旧绳子绑在一起——她们的交叉史,她们父母之间的关系。共同点多,相互之间谈论起来就要比和陌生人谈话容易得多,但这并不意味着她们的意见相互一致。即使是经过几个小辩论,如果她们不同意,她们也尽量决不流露出这种表情。所以,她们变得既更加亲切,又更加孤独,就好像各种颜色,一旦编织在一起,就会发出更加清晰的光芒。每天都会带来基本的妥协,所以谁也不会谈论它,就好像这种无价的友谊属于一个王国,不能谈论。"你们这些家伙相互之间这么正宗。"有一次凯丽告诉海伦。这是她在上中学的时候。她想争取做前几名的优秀生。

海伦递给她一道菜。"这么多的家庭成员,我已经全部失去了他们。"她说。

没有详述。眼下正是日落前夕,是一天之中太阳欢快地凝视厨房的时候,而不是研究地板的时候。凯丽用那只滑腻腻的手去拉窗帘,但是尽管如此,阳光还是将一切冲洗干净。

继续解救

"我一遍又一遍地打电话。"特蕾萨叙述着营救过程。出于对孩子们的考虑,她讲英语。"我不知道拉尔夫这个名字是否正确。"屋里的人都笑了。"我想,如果拉尔夫是他的名字,那么怎么会没人听说过呢?但是我问了 Lao Chao(老赵),他说就是这个名字,拉尔夫。所以,每天下课后,我就向每一个所能找到的寄宿舍打电话。要不我就找这个朋友,Xiao Lou(小娄)。老赵说小娄知道一切。但是这个小娄和这位拉尔夫一样难找。不管怎么样,我还是要试试。有一天,我终于找到了小娄!只是他什么也不说。他只是看着我,就像这样。"她瞪着大大的眼睛。"就好像我是个歹徒,我离开的时候,他再也不抬手。"她停顿了一下。"你们知道,这个小娄的故事很惨。后来,他自杀了。"

"怎么死的?"凯丽想知道。

"用一把刀子。"蒙娜立即说道。

"蒙娜!不许你说话,你应该听姑姑说!"

蒙娜咯咯笑了起来。"就像这样!"她捶击着胸膛。"啊!"

"没什么好笑的。"特蕾萨说。蒙娜闭住了嘴。

"中文报纸上作了报道。"海伦摇了摇头。"真惨。"

"有时候我想,或许他是来找我的,但是没能找到。"拉尔夫哽咽着说,"小娄是个好人,心肠好。"

"真惨。"凯丽说。

"是啊,真惨。"蒙娜沉重地叹了一口气。

特蕾萨瞪了她一眼,但是又接着说了下去。"不管怎么样,最后我给一个地方打电话,有人说,不错,这儿是有一个中国人叫拉尔夫。她想她看到他出去散步了。"

"事情就这样发生了,"拉尔夫解释说,"我到这里的时候已非常疲倦。我忘了问他们是否有人给我打电话,请不要再说了。"

"我们真幸运,能够这样。"特蕾萨说。

"幸运?"蒙娜问,那副神态天真无邪。

特蕾萨又瞪了她一眼,但是还没等说什么,拉尔夫就已接过了暗示。

"不是幸运,是奇迹!"他说。

当然,跟着而来的就是黑外套,紧接着就是姐姐!

首先要照看一下特蕾萨的脚踝。拉尔夫想叫一辆出租汽车,这件事他还从未做过。他试着举起了手。很快,黑地上掀起一阵滚滚浪潮,一辆车子开了过来。绝了!拉尔夫惊奇地看着他的召唤。司机掉过头来。"医院?"拉尔夫说。还没等他把话说完,车子就摇摇晃晃地向前驶去,反应这么快,拉尔夫一下子给摔到了后座上。他头昏眼花地挺直了身子。到了医院,特蕾萨很快被送进一间雪白的房间里。他跟着拥了进去。出来的时候,她手里拄着一根拐杖,看上去像一个复员军人。

然而,他们过了好几个小时才回到特蕾萨的住处——一所女子宿舍——在这种情况下,拉尔夫可以进去。拉尔夫挥了挥手,向办公桌旁的女人致谢。卡嗒!——电梯的门。卡嗒!电梯的门又打开了,就好像幻灯投影机的快门,在拉尔夫面前闪耀着幽幽的光彩。一张张苔藓绿的墙纸像结实的棚架一样贴在墙上,与之相匹配的是苔藓绿地毯。墙上还有电灯。金箔上面,火焰形状的灯泡螺旋似的向上。拉尔夫虔诚地走进大厅。特蕾萨在九号门口停住了。"按这个。"她吩咐。于是他非常尊敬地按了一下,但是没有反应,没办法,他只好又重重地按了一下,希望所产生的噪音会使门打开。门依然没开。没关系——特蕾萨将她的皮夹子递给他。她有钥匙。但是,正当他琢磨着这只手提包的节形别针时,房门一下子打开了,而且开得很大。拉尔夫呆望着,手提包已经打开。他本以为他会碰到一把梳子,一面镜子,一只零钱皮夹,或许还有些纸夹子。但这儿站着的却是一个女人。

围绕着这个女人的是中国。拉尔夫注意到了纸卷,门口的鞋子,年历,盖着的茶杯,好像这些都是她这个人的一部分,是她衣服的外延。他感到它们那么的熟悉——感到她是那么的熟悉——因此,即使是半秒钟后,他也说不清他到底认出了什么。后来她开始说话(声音柔和,带有呼吸声),他意识到他根本不认识她。于是,特蕾萨给他们作了介绍。后来,他开始留心一些细节。纤小的脚。强健的小腿。瘦长的身材。节制的步伐。她似乎本能地小心,不要占去太多的地方。黑色卷发一直拖到肩部。大前额,小嘴巴,微微向后削的下巴,在此映衬之下,这张心形的脸蛋似乎向前倾斜。羞怯,拉尔夫满怀希望地归纳道。思考型。话不多。

但是海伦也不听人家的话,看上去像想别的什么似的,但注意力集中。她知道客人什么时候需要茶,而不是等客人去讲,她的表现方法是将他的杯子添满。她想的是匹配,平衡,联系和完成。就是说,与其说她想的是家庭,还不如说她考虑的是美学。她热爱巴黎,同伙和社交圈。例如,鞋子(他是对的),一盒盒的鸡蛋——还有碰巧的是绕着盖子自由转动而不粘在上面的开听刀。时隔不久,一个干净的拉尔夫,穿着一身全新的衣服,戴着一个红领结,潇洒地出现在厨房台前。

海伦打开了柜子里的每一听罐头。

特蕾萨将此向拉尔夫作了介绍。

然后就是腰带,圆形别针。搜索皮箱时,拉尔夫找到了一顶宽大的无檐圆帽子、袜子、奖品、一套钢笔和铅笔、一把发刷、手镜和梳子。所有这一切海伦都在用,炫耀,佩戴,不是偶尔,而是天天,脸红红的。他说她的方言,而她则说他的方言。她给他做牛尾汤,大葱蒸鱼。既然没有佣人,海伦就学习烹调。他会为她尝味道吗?

他会的。他吃一口菜,就会有一番刺激,然后作出一番评论。他一会儿说这菜太咸,太甜,另一会儿又说太辣。然而,令人感到矛盾的是,品尝这种烹调不仅没有减少,反而增加了他的思乡之情。令他感到痛苦的是,她的烹调和他家里的老式烹调很相近,这种相似使得他胃痛,即使他咂着嘴巴的时候。多放点姜,他指点着。少放点醋。多放点酱油。

一天,她刚烧好水晶般的小鸡,还有红烧鲤鱼。拉尔夫拿出了特蕾萨带来的祖传戒指向她求婚。不是他那时买不起新戒指。从英语语言学校的朋友那儿,特蕾萨和海伦打听到,大多数的公司不在乎制图人画什么样的图纸,就这样,拉尔夫在一间舒适的房间里找到了一个工作,他用的制图板倾斜着。其他的人满肚子怨气。漫长的时间,还有那些硬木头凳子。但愿凳子有靠背,他们说。弯了那么长时间的腰后,他们就会休息一会儿。他们的前途如何?他们渐渐地感觉到,后十年的事情将很明显——每一个项目结束后,他们都会被解雇,到时他们就得到另一家公司去找新工作。在新工作中,正当他们逐渐做得得心应手的时候,他们就会被再次解雇。

但是拉尔夫并不在乎。他很高兴早上能有一个地方走走(路上有一家同样的油炸面饼糖圈店),还有每个星期的薪水。

接下来就是拉尔夫是否有可能完成博士课程。这件事本身就是一个侥幸。国民党倒台后,其他的中国学生和他一样非法。"没有身份"——这就是他们站在移民局前的情形,突然之间,像冬天的树一样没有保障。现在怎么办?他们等着。有传闻说,对于滞留在此的学技术的中国学生,美国准备对他们采取行动——或许将他们全部送回学校。签名上课。拉尔夫和别人一起去,不,他不是共产党。但是,他的身份是"没有身份"。至于他怎么会这样,"英语不太好,能原谅吗?"

"请再说一遍?"

"什么?"

志愿服务者放他通过了。

真是值得庆贺!

为了省钱,海伦租了一套西式礼服,还有与之相匹配的婚纱。婚礼在学校教堂附近的一所附属小礼拜堂举行。宴会则放在一所小的布满了康乃馨的社交厅里。管乐铿锵,桌子颤动。外面,天下着雪。然而,新婚的拉尔夫和海伦对饭菜,装饰,客人,对方,甚至还有后来的照片都感到满意,尽管大多数照片实际上没有调好焦距,曝光过度。摄影师是一个醉鬼。但是谁愿意这么说?不过,海伦还是把这些照片挂了起来。一张是她和拉尔夫,另外两张是他们两人分别和特蕾萨拍的照。她甚至将三人合拍的照片挂了起来,看上去就像是一个三只头的幽灵。"三位一体的奥秘。"特蕾萨后来开玩笑说。但是在当时,她和别人一样有礼貌地称赞着。他们很像,她同意,是一张美好的全家照。

第二部
家

远离家庭的海伦

　　无论从哪一方面来看,海伦在中国的生活都是一帆风顺的。她前面曾有过一对孪生姐姐,但都死掉了。所以,尽管她是个女孩,而且一生下来就险象环生,呼吸极不正常,但是她父母仍然感到欢天喜地。后来,她有幸生存了下来,又时不时地染上重病,从而使她赢得了格外的照应。或许她本来也不需要那么多的照应,诸如牵涉到她祖父解雇医生之类的事情。她妈妈总是忧心忡忡,要不就在海伦的床边轻声嘀咕,声音很低,海伦听不到,但却可以感觉到。她的话激起了一种感觉,一阵骚动,她发誓,这种东西决不会来自身外。

　　但是她仍感到满足。她生性淳良,所以,她的两个妹妹和三个弟弟本来是应该讨厌她的,结果却争先恐后地去讨她的喜欢。他们送她上楼下楼,为她唱歌。她是全家的娱乐。她的生活抱负就是永远呆在家里。美国人一般好动,而中国人则好静。动是一种堕落,一种流放。对海伦而言,静特别正确。她童年的一个麻烦事就是,她知道她如果没有病死,那么最终就会出嫁,和婆婆家住在一起。与其这样,她希望还不如死掉。她感到非常虚弱,成天听其他女孩讲故事,例如什么一个邻居的女儿从杭州一直走回家啦,却又被送了回去。当然,这个故事比较极端,但是她朋友的表妹怎么样呢?嫁到乡下,在一只大的铜锅里洗澡。锅下是一坑的柴火,好像她是一条猪后腿,而锅里的水则已经被她公公、丈夫、丈夫的七个弟弟和婆婆所用过。"不要担心,"海伦的父母安慰她说,"我们会给你找一个好人的,一个你也喜欢的人。没人会打你。"但是海伦知道,至多他们会送她去一个新奇而贫穷的地方,在一个奇怪的世界边缘,好像有一个狂暴而漆黑的大洋将她和她所热爱的人分开。

如今她在美国。头几个月里,她几乎是一坐下来就想,如果她那仅有的几件衣服穿破了,她会怎么样?她得多么地小心啊!特蕾萨到处奔波,要找出她那位躲避着的弟弟。海伦尽量走得少些,走得轻些,这样鞋子就可以节省下来,延续到国民党解放中国,那时她就又可以回家了。她的学习和她走路一样轻,她为什么要拼命去学英语?上课的时候,她给家里写信,每天都希望有回信,但是音信杳无。她一个星期去三次唐人街,将它看作上海的另一个外国区,就像英租界或法租界。她学会了烹调,这样她就有中国饭吃了。没有中国饭吃的时候,她就不吃。特蕾萨(什么都吃,甚至奶酪和沙拉也吃)当然觉得她傻。"在上海你吃外国菜,"特蕾萨说[她叫它 dacai(大菜)],"为什么在这儿就不吃了呢?"但是,在很长的一段时间里,海伦还是不吃,她们两人都认为这会使她生病。

但是她过不惯,就是生病也是这样。

不能老是这样下去。最后,信仰动摇,海伦学习更用功,路走得也更多。她买新衣,给父母的信少了。她依然整个下午独坐在那儿,一动不动,呆望着,就像希望幽灵前来拜访,或染上消耗病似的。但是她也培养出一种对美国杂志和美国报纸的爱好。美国收音机——她把菲尔科牌收音机放在起居室角落里,靠近桌边,这样她就可以不停地听。她跟着收音机一起唱:"玉米和象的眼睛一样高……"她不再坚持要把所有的衣服都叠起来,而是用衣橱。她开始说"红,白,蓝",而不说"蓝,白,红",区分"兴趣"和"感兴趣"和"使人感兴趣"。她得了几次感冒。她嫁给了拉尔夫,正式接受看上去已经是事实的东西——她确实已跨越了一个狂暴而漆黑的大洋。现在是她尽量习惯这种流放生活的时候了。

新生活

除了她自己真正的家,海伦哪儿也过不惯。不过,拉尔夫和特蕾萨对他们的新安排所流露出的极大热情有时候也不禁使她受到感染。一切看上去多么的合理!拉尔夫应当娶她,特蕾萨的朋友——这就好像他们的父母将会如此安排似的。

"你不认为她有点像我们的小妹吗?"有一次,拉尔夫问特蕾萨。

"有点像。"特蕾萨说。

海伦脸红了。

"这么凑巧,"拉尔夫说,"你知道,那天,学校里有个人在谈论一个人,他将房子拆毁,然后重建,好像这一切是理所当然似的。"

"这就像我们,像我们这个家。"特蕾萨深有同感。

"奇怪的是,这个房子有个漏洞。所以说,如果有漏洞,那么这个人为什么要搬?这是一个问题。还有,他一直不喜欢房屋的内部结构。太小了。"

"嗯,"特蕾萨说,"漏洞不漏洞,或许他已习惯了。"

"我猜是这样的吧。"拉尔夫不太肯定地说。

海伦叹了口气。在家里,谈话总要给她留有余地。人们谈下去之前要停顿一下,看看她。这里,她得将自己投入会话之中,比方说就像现在的暂停一样。

"你知道那句有关妻子脚踝的谚语吗?"她轻声地说。

"什么?"拉尔夫问。

"不要插嘴,"特蕾萨说,"她正在说。"

"我听不见。"

"那句谚语。"海伦放大了声音。"你知道那句谚语,有关妻子脚踝的?拴在她丈夫的脚踝上?"

"当然了,"特蕾萨鼓励道,"用一根长长的红绳子。从她生下开始。"

"那么,我想我的脚踝被拴到了我丈夫和姑子两个人的脚踝上。"

"什么!两个人?还有我的脚踝?"特蕾萨一边抗议,一边大笑。接着她又用英语问道:"你是在拖我的腿吧?"①

他们一齐笑了起来。"妙!"拉尔夫嚷道。

"是妙!"海伦表示同意。

不过,他们快活吗?至少搬家之前是这样,现在他们该搬到125号大街北面一座年久失修,没有电梯的公寓里了,这里有一股霉味和狗味。这就是最穷的学生所居住的地方。这里,学生们尽量操持好家务,因而房间和过道大为迥异。要节省。拉尔夫,海伦和特蕾萨都同意这一点。然而,他们后来感到震惊。这么多的黑人!多年之后,他们常摇摇头,说他们受到了歧视,但是在当时,他们感到非常困窘。还有,这是什么样的一个公寓?这套公寓倾斜。特蕾萨用手指碰了一下柔软的灰泥,结果,潮湿的灰泥就像雪崩似的落了下来。"我们不是那种住在这样的房子里的人。"她说。

但是他们的房屋管理人似乎认为他们就是这种人。那个彼得!他

---

① 这是双关语,意为:"你在拿我开玩笑吧?"——译者

新生活 65

期望他们一直站在他的门口,他在锅炉旁闲逛的时候,他那条半德国种的牧羊狗就向他们扑来。至于他们的境况——"紧急"吗?他会问。只是无论是与不是,他都不会来——不来看他们的水管问题,不来看他们的天花板问题,不来看卧室后面墙上的裂缝,而这裂缝看上去是要越裂越厉害。

"裂缝。"拉尔夫一边说,一边将狗赶跑。"油漆剥落,大裂缝。"起先还挺礼貌。后来火气上升:"你什么也不管!这座房子要倒下来了!"结果彼得有一次说他"会过来转转"。有一次,他解释说他的老板——这座公寓的主人——几个月前已经在屋顶上作了点修补。

"是吗?"

"咳,我不知道这家伙说的一切是否有道理。"他说。

Fantong(饭桶),拉尔夫叫他。海伦和特蕾萨都笑了起来。最令人烦恼的是:裤子的拉链已经张开,双脚搁在那张无腿的办公桌上,狗在门口,他要经常去翻查课程表,一张,又换一张,有时两张一起翻。他应该做律师?医生?工程师?好像他可以做工程师!好像他可以拿到博士学位!

彼得说,一个人想做什么就能做什么。

"这个人在愚弄自己!"拉尔夫摇了摇头。

与此同时,海伦雇了一个水工,刮掉了松散的涂料,这样,它就不会悬挂在那儿,又将拉尔夫的文件柜推进卧室,挡住裂缝。这个地方还可以称作家吗?文件柜旁,她放了一只高高的书橱,跨在它们两个之间的是一个宽大的小书橱,站在上面正好可以清理天花板。

"不错。"拉尔夫称赞道。

"我从杂志上看到的,"海伦告诉他,"这叫组合壁橱。"

"组合壁橱。"拉尔夫重复道。后来他评论说,正是从她这种解决办法中,人们可以看出他们张家是如何地适应新生活。

"不像那个彼得,"拉尔夫说,"他在欺骗自己。"

消遣:拉尔夫喜欢模仿彼得的走路。他会颓然倒下,一只手指擦着耳朵,但是特蕾萨兴致勃勃地喊道:"不,不像这样。"她又拖着脚慢吞吞地走着,露出了她的膝部。海伦哈哈大笑起来。他们研究彼得擤鼻子的样子,这样他们就不会搞错;他们研究他的喷嚏,他的笑,还有他妄自尊大翻阅年历的方式。"好了,让我看看,"特蕾萨大声吼道,"典型的彼得!"拉尔夫大声响应:"典型,典型的彼得!"拉尔夫甚至还模仿彼得的杂种狗博依博依,神气活现地到处游荡,炫耀似的猖猖狂吠,称他自己为"拉尔夫,拉尔夫"。他来回踱着步,一只刷子尾巴一扫一扫地挡在门口;他向海伦和特蕾萨扑去,她们就用杂货袋来躲避。不久,不知怎么的,"典型的彼得"变成了"典型的美国佬",变成了典型的美国佬这个,典型的美国佬那个。"典型的美国佬不好。"拉尔夫会说。特蕾萨说:"典型的美国佬不知道如何行事。"海伦若有所思地说:"典型的美国佬就是想做万物的中心。"当然,他们确信,他们在美国这儿不会"变疯",这儿"没人管他们"。当他们对欺骗他们的店员摇头时,他们更确信:"典型的美国佬没有道德!"他们讨厌一个邻居猛地折断门锁上的钥匙时说:"典型的美国佬使用蛮力!"或者他们讨厌另一个邻居的小孩,他声称民主党的对立面是一只企鹅。①("企鹅?"拉尔夫问道。"一种鸟。"特蕾萨解释道。接着他也笑了起来。"典型的美国佬正好是哑巴!")他们到处都发现故事。一个小男孩偷了他父亲唯一的一条裤子。一位母亲将她女儿拴住。一位动物训练员一气之下,将他老婆的耳朵咬掉了。

"是用他的嘴吗?"拉尔夫不相信这个故事。

但是这是真的。海伦在美国报纸上读到了这个消息。有一天,报纸诚实地承认,他们是正确的。二战以来,美国人已经堕落。至于原因却极为复杂。坐在兼做起居室和特蕾萨卧室的绿色房间里,海伦大声

---

① 民主党的对立面共和党(Republican)和企鹅(pelican)两个英文词谐音。——译者

新生活 67

朗读着报纸上的一篇文章的全文。拉尔夫和特蕾萨则全神贯注地听着。

"那正是我们所说的。"拉尔夫最后发表了评论。他看了一下特蕾萨;她点了点头。

"美国人现在要放松一下,好好享受一番,"她说,"他们厌倦定额分配。"

"你再读一遍好吗?"

海伦很高兴她在家中至少有了这么一个摇摇晃晃的席位。当然,表明他们聪明的证据还有。想想看,他们在外国所能看到的是事情的真相!在他们头顶上,随着他们的聆听,天花板灯光在他们的头发上落下了光晕。他们听到的一切都会好起来。

唯一的问题是为什么拉尔夫彻夜不眠,聆听隔壁一张床上海伦睡觉的声音。这不仅仅是和一个女人同房使得他和街灯一样彻夜不眠。再也不是这个问题,他已习惯了这个伴侣,或者说已差不多习惯了——习惯她早上隔着床罩穿衣,光着柔软的膀子去打扮,习惯她有时候隔着门和他姐姐讲话。他多多少少已适应了叫妻子,适应了别人叫他丈夫,不管这意味着什么。他甚至适应了性生活,对此他一天再也不想要两次了。一次就足够了。笨手笨脚地摸索已成了记忆。他已开始轻松自如。他会绕到她床上,抚摸一番,于是她就会转过身来。再抚摸几下,解纽扣,接下来就是轻点,轻点,听听会不会吵醒他的姐姐。这很简单。安静,安静。

但是海伦从不说什么,或者说连一点响声都不想弄出。她太安静了,拉尔夫感到着急,不仅仅是一起在床上,而且是整个晚上,在他们自己的床上。她怎么了?她隐藏东西而他找寻:钥匙,电池,还有信。她把杂志放在床垫下面。她还会向他藏什么?或许是一种病,他想。他使劲地听着。因为她不仅仅呼吸,她吸进,然后停止,然后再一点一点地将气吐出。他斜视了一下圆形天花板,想弄出她所弄出的声音。轻轻一声,好像她一直不在出气。或者说好像有什么阻力……哪儿?在胸腔里?不,在喉咙里。他感到他自己的喉咙里或许就有一小扇门钉着。他想象他出去看医生。肿瘤。手术。她想埋在哪儿?他甚至都不知道。或者说更糟的是,他头脑里有一幅妻子没有喉咙的图画。她怎么呼吸?她怎么吃东西?他咽了一口。如果他知道会出这种事,那么他会娶她吗?如果他不愿意,那么他会娶她吗?

他希望有个人谈谈,有个人能够告诉他,在新婚夫妇中,爱的比重是多少,履行新责任和新义务的热情有多少,在各种纷繁的人类情感中,这些责任和义务占据着什么样的地位。他们两人的对话超出一般人?少于一般人?他们的吻够吗?架打得多吗?出了什么事?他希望他是在中国,这样,如果他的婚姻出了什么问题,他可以讨个小妾。他想,那是一个更好的制度,毫无疑问。尽管他现在在思考这个问题,但是他却不知道他是否真的知道出了什么事。因为这是一件奇怪的事情——他早就知道这辈子他会结婚,但是他从没有停下来想想,一旦结了婚,他会是个什么样子。他认为,结婚就是一个故事的结束,就像攻读博士学位,只是结婚故事更短,事情也更少。不是生活不会再起,而是生活处于其他领域。在家里,丈夫会发号施令,妻子顺从。他们在枕头下面找到和谐,就像孩子们在新年的早上找到栗子一样。

他是这么认为的。但是实际上,他呆在这里,凝神细听。这会儿她半转了个身子,这样她的脸就掉过去了。他根本听不到她。她停止呼吸了吗?他稍稍坐起了一点。一辆卡车撞上了一个坑洼,轰隆一下子过去了。远处的收音机,女高音,但是很微弱。他从背后将睡衣从头上脱下。

什么也没发生。他尽量镇定下来,像大地一样耐心。直到最后,这想法像曲折的雨水一样落到了他的头上——这不是他等待的声音,而是别的东西,一种认可——他所要做的一切就是保护她。他不想让她浮游到历史中去,浮游到时间中去,浮游到膨胀的浮团中去。他要她成

新生活 69

为永恒,要她成为大厦,高大的建筑就根植于大地深处。

依然什么也没发生。他翻身起床,绕过通道,来到她的床前,浑身颤抖。他是多么地爱她啊——他这么爱她,真可怕——爱她的声音和存在,爱她的肉体相伴,爱她的做事方法——卷起浴巾,用鸡毛掸掸灰。能够了解另一个人的习惯,知道她什么时候梳头,而且还知道她藏东西,这是多么地荣幸啊!他希望她不要藏东西。尽管如此,他还是喜欢她。他无法想象20年后他会怎么想。50年呢?让她到街上去走走会怎么样?他想把她放到一个缎纹盒子里。

他用手指碰了碰她的枕边。屋里的电灯呈电弧形上升,一直通向天花板,形成了半拱形条纹,灯下,他几乎可以看出她身体的起伏波动。但是他仍把手放在腋窝里取暖,然后又轻轻地捧起她的头。头枕在他的手上很沉,他想抓住她的头发,但这比他想象的要困难,他的一个手指悄悄地伸进她的耳洞。但是,他想把她的头转向他这一边。啊!她又呼吸了,好多了。她打了个呵欠,似乎受到了影响。

他唤醒她了吗?他一动不动,弓着腰,凝神细听。

她安顿下来了吗?

他决定数10下,然后再走。1,他开始数起来。2。

但是等数到11的时候,他还是悬在那儿——她呼吸的时候他就屏住气,让呼吸停止,就像她让她的呼吸停止一样。

但是清晨一到,白日又再次降临。拉尔夫问海伦她是否有什么事要告诉他。结果什么事也没有(或者说她至少什么也不承认),于是孩子般的爱变成了青年的困窘,变成了成人的专横。

"这样。"拉尔夫做示范动作,吸进,吐出。"要均匀,你明白吗?你应该这么呼吸。"

海伦模仿着他,怯怯地问道:"这样对吗?"

"对。"拉尔夫发表了他的看法,"再来一遍。"

海伦又来了一遍。

"再来一遍,"他吩咐道,"再来一遍。"

海伦想了一下,然后尝试着屏住了呼吸。

"不对,"拉尔夫说,"这样不对。"

"再做一遍给我看?"她歪着个头,很高兴地看着拉尔夫兴致勃勃,像权威一样吩咐她的样子。

就这样循环往复,拉尔夫扮演丈夫,海伦扮演妻子。

后来,操练结束之后,拉尔夫走向正在切菜的海伦。在此期间,他已经见过了他的新导师,这一回不是平克斯——他很想念平克斯,平克斯现在正全天咨询——而是皮尔斯,罗得尼·斯·皮尔斯教授,他那把油乎乎的山羊胡子使他看上去更像是一个手艺人,而不是工程师。一个瘦骨嶙峋,爱吹毛求疵的家伙。不管如何,拉尔夫按照规定和他见了面,然后走了回来,现正准备学习。如果不是皮尔斯的声音在他耳边轰鸣,那么他一定会专心学习。这种轰鸣就像是将贝壳放到耳边,聆听大海的呼啸。"详细一点,张先生。"所以,他现在准备怎么办?"我们是否可以说,这是一种爱好问题。"爱好。"工程师很多,我不想去预测。但是我要告诉你。帮一个忙。请相信我。你自己什么也没意识到。"

他自己什么也没意识到。结果,这是他一个小时内第四次到厨房去。第一次是去尝汤,第二次是让海伦给他泡杯茶,第三次,他又尝了一些汤。"放点盐。"他当时说。她于是亲自尝了一口汤,然后充满深情地回答道:"你知道什么?"她叫他 fantong(饭桶),这正是他父亲从前所常说的。当然,她是在开玩笑。她不大开玩笑,但有时候她确实开玩笑。这时,她称此为"戏弄",一个奇怪的字眼,有时候他感到奇怪,不知道她是否将这种字眼和她抽屉里的其他秘密藏在一起。不管如何,这一次她将下巴靠在洗涤槽上,以防她开玩笑的时候口水会流下来。当他呵她喉咙的痒时,她笑了起来,这使他感到很高兴。

但是现在,当他再次站到门口,回到她的身边,他想他看到她的肩

新生活 71

膀担心似的耸了一下,她的肘缩了回去。"不了,不了。"她身子也不转地说道。或者说他认为她是这么说的,反正他进来的时候,她问的是:"再来点汤吗?"

他摇了摇头,只是站在那儿,想再呵她喉咙的痒,但不知道怎样去做。他知道有一种办法,但是他知道这种办法就像是船长靠着星星来掌舵。他凝视着头上一眨一眨的荧光圈。深不可测。"当然,"过了一会儿,他说道,"来点汤。"

她给他舀了一点。

"放点盐。"他笑了起来。

但是这一次她没有叫他 fantong(饭桶)。相反,她用英语温顺地说了一句"好吧",然后去取盐瓶。她想加点盐。有什么不对? 但是,看着她一只手加盐,另一只手去抓鼻子,他感到自己不是一家之主,一个学者,而是一个高高站在木凳上的孩子,孤立无援,周围充满了活泼的气氛。他听到了一个温顺的声音:你父亲连我也会打的。

房间里回荡着温顺。

"不对。"

"不对?"

他听到自己在说:"你的呼吸。"

他们结婚时很年轻,但是重复以前说过的话已经是很容易的事情了。"再做一遍给我看看。"她说。头没有歪。他做了示范。她完美地模仿着他,同时切着胡萝卜。

"那些胡萝卜有什么意思?"

"不对?"仍然在切。

"你连看都没看。"

她抬眼看去。

"很好,"他说,"我要你一直这样呼吸。"

她同意了。但是十分钟后,他又看到她在屏气。

"你在听?"海伦问,"从墙角那儿?"

他勉强点了点头。

"有什么不对的吗?"

"你在藏东西。"他说。

"藏什么?"

"一切。你有事情没有告诉我。"

她削去胡萝卜上一块粗糙的皮。

"说点吧,我要你说一点。"

她想了一下。"你要汤吗?"

"不要。"

"你要茶吗?"

"不要。"

"你要——"

"不要!"他大嚷着离开了。

他们之间是一种什么样的爱情,使得他们产生了斗争而不是和平?几天以后,他们又吵了起来。过了一个星期,他们又吵了一次。一次又一次,直到他们对此已驾轻就熟——直到吵架已成为他们婚后生活的一个核心——他们所熟知的亲密形式。可悲的改进。拉尔夫敲着海伦的脑袋。"什么话也没有?这儿有什么人吗?快点打开。"敲打使拉尔夫感到凶猛,但却使海伦感到茫然,结果,他敲得更多。他命令她呼吸,指控她有意屏住气(实际上她一点也没有),直到她跑进另一个房间。有时候她会把门堵住,这样他就无法开门,于是他就会砰砰地敲门。他从未梦想过在自己的势力范围里竟会出现这么一个弱者。但是他会在那儿嚷叫:"我是这一家之父!你听到了吗?是父亲,而不是儿子!"她会放声痛哭。每到这时,他就会温柔而充满歉意地后退几步。这些是他们共同生活中最富有激情的时刻,也是最为焦灼地缠结在一起的时

新生活　73

刻。那时,海伦感到这些是多么的重要,多么的不可缺少啊!

与漫长的时间相比,她似乎处于某种更为深沉的事情里,而不仅仅是婚姻。这算正常还是不正常?海伦不知道,也不想去忌妒,但是她仍不住地看到,这些天来,拉尔夫对特蕾萨是言听计从,哪怕是他对她所说的话没有多大兴趣。例如:"我们说典型的美国佬,这是错的。"这是特蕾萨的新话题。她不止一次地解释说彼得只是一个工人,和他们一样,而博依博依只是一条狗。"真的吗?"拉尔夫不知道她是什么意思,但是他凝神细听,好像要去发现他那基本的人的价值。他歪着头。他皱着眉。有一次,他甚至拿小指去清理耳朵,好像耳垢就站在他和某个更为重要的拿学位的自我之间。

除了将希望寄托在时间上,海伦还能做什么?

冷彻肌骨

但是到了最后,拉尔夫对他姐姐的爱也发生了变化。对此海伦多少感到有点高兴。

这时,3月像个恶棍一样降临到他们头上,除了阵阵大雪和冰雹,还有狂风和阵雨,室内不比室外好多少。拉尔夫的工作随着晴雨计的变化而忽好忽坏。有几天,他呆在家里。他开始抱怨特蕾萨。她正学习,准备上医学院。他观察到她真 nuli(努力),真勤奋。他又开始叫她百晓,起先是在她的背后,后来干脆当着她的面。这就好像他们的过去,那本已被忘得一干二净的永久过去,此刻又被海运邮寄了过来,完好无损地到达他们面前。

"压力。"这就是特蕾萨所要说的一切。"我们所承受的压力太大。"

海伦看着屋顶上的漏洞。在最恶劣的风暴里,她在房间里安放了13个器皿,每一个器皿都有其自身的节奏和音高。有些砰砰,有些啪哒啪哒,有些淅淅沥沥,有些则劈劈啪啪。她在等天花板下落。有一次,她甚至通过活板门爬到屋顶上去看了一下。

"你爬过了活板门?"拉尔夫问道。

"没什么,真的。你应该试试。"她说,一副满不在乎的样子,尽管从某种程度上来说,她也感到大吃一惊。她的变化真大,也真快啊!她想她至少有这一点值得高兴。同样是这个姑娘,从前决不会给自己准备洗澡水,现在却将绿豆放在螺丝盖上钻有洞眼的罐子里,准备发豆芽。这就好像一旦她退回到自己的世界里,她就会被某种事情所占有——一种将其据为己有的本能。现在,她自己做中国煎饼,煮豆子,然后将其捣碎油煎,再将它们塞到自己做的面包里。她做窗帘,做床罩,将拉尔夫的电灯重新绕上电线。她不禁感到自豪起来。太自豪了,真的——她不想流露出这种感情——但是她认识到,照这样下去,她已渐渐成为一种秘密力量。她是隐而不露的双针线,不会让袖孔穿破。所有这一切都是因为她发现了一个秘密——工作是一种享受。努力之后便是结果。编织之后,帽子就出来了。浇水之后,植物就成长起来。由于从未做过事,所以她为这些微小的满足所吸引。在水池旁,太阳之门在她手腕上一开一闭,使她感到惊诧不已。她意识到——是的,正是现在,在给桶盛水的时候,她感到强壮起来。正是现在,在计划如何不会在干净的地板上留下脚印的时候,感到了平静。

当然,她的手还很娇嫩,不会去使用拖把,或屠刀,这一点依然重要。一次,在一阵同情之下,一个陌生的美国女人紧紧地握住了海伦的手(典型的美国佬式的无礼)。当时,这个美国人感到惊奇,为什么海伦的皮肤那么的柔和,光滑。"是吗?"海伦说。但是实际上,她知道这一点。她知道她还娇小,手臂没有肌肉。她就好像在镜子里一样欣赏着她的迷人姿态。这一点很重要,重要的是她同时既忙又不忙——她是一个中国姑娘,很能干。特蕾萨的工作或许就是她的生活。但是,作为海伦的一部分,她仍懒洋洋地穿着她的睡衣,戴着一条闪闪发亮的真丝围巾,鼓着掌,看着她的弟弟在玩魔术。鞋子里变出一条围巾!他怎么知道她手中有王牌?后来,他将前因后果都告诉了她,秘密的符号和折叠以及迷惑她眼睛的方法。标准货。他耸了耸肩。真像个弟弟。他向她吹鼻子,一种爱的象征。谁都可以玩好。

现在再也没人对她表演了。在她依稀的记忆里,戏法又和魔术一样重放光彩,就好像一只古镜被蜡烛重新镀上了银色。但是工作之后,她仍是"无所事事",举止娴雅的上海姑娘都是这个样子。她不让特蕾萨和拉尔夫知道,她下午的大部分时间都用来听收音机,或看她藏在床垫下的杂志。她特别喜爱广告,这使人感到相当困惑不解。图画的哪一部分是"天鹅绒"?哪一部分是"图画领口"?她还喜欢了解美国人的家庭生活——例如,每天早上,许多美国人做的第一件事就是洗个淋浴。(这使海伦感到惊奇,她只在晚上偶尔洗澡。)有时候,她通过电话和英语语言学校的朋友谈话。常通电话的朋友有:朱丽叶·熊和波琳·胡。更多的是珍妮斯·赵。只有在这些时候,她才会唱些歌,想怎么呼吸就怎么呼吸,保持安静——这一点现在比过去更为重要,因为她有一种预感:她可能怀孕了。现在,她只是感到乳房胀痛,一种奇怪的压力,也许是一种感觉。但是,如果她母亲在这儿,海伦知道,她就会经常告诉她,要 man man zou(慢慢走),要小心。她会说,一个安详的母亲会生出一个安详而幸福的孩子。

但是,谁不为拉尔夫家操心?听到海伦的这个消息,拉尔夫高兴得跳了起来。但是,他大多数的时间仍睡在睡椅上,就像一只特大的卷轴枕头。他没有一件事做得好。一天,特蕾萨听到,管理人的狗已经被送到兽医那儿去了,好像很严重。跟着到了第二天,更坏的消息——彼得让人使博依博依无痛苦地死去。"肿瘤。"特蕾萨说。

"死了?"拉尔夫说。他开了狗的许多玩笑。现在,他感到难过。"博依博依?一只狗会得肿瘤?"

谁也没有办法,特蕾萨解释道。

拉尔夫没听见她解释。"你很开心。"他指控她,就好像特蕾萨提供这则消息,就和这事有关似的。

冷彻肌骨　77

"我不开心。"她说。

这事过后不久,她手挥一封信上了楼。这只是一个州立大学,但是她拿到了钱,奖学金。

"你很开心。"拉尔夫一步不让地说道。他从睡椅移到了床上。

这时,散热器当啷当啷,发出了很大的声音,好几次了——这么大,声音将拉尔夫吵醒了。怎么回事?

"什么事也没有。"海伦回答。

事是有的。起先他们没注意到这一点,但到了早晨,他们感觉到了。

"屋里很冷。"拉尔夫说。

海伦和特蕾萨跑到楼下彼得的办公室去提意见,但她们发现屋里没人,他的桌子给摔倒了,几只抽屉也没了。灰色和粉红色的橡胶贴附在办公桌容膝空隙的下侧。办公室的窗户已被打碎。

特蕾萨摇了摇头。"谁知道出了什么事?"她将桌子扶正。

"走了?"拉尔夫在楼上喊道,"彼得?没有暖气?"

还不至于那么坏。他们又穿了几件毛衣,感觉到能吃苦耐劳。典型的美国佬不可相信!他们一致认为彼得会回来。要不房主会回来。他们一致认为,再过两个星期,房主就会回来讨房租。如果他们认识房主,他们就会给他打电话,但是他们不认识。他们四处打听。有谁认识他吗?但是人们认识的只有彼得。

第三天,拉尔夫打开了窗户。他认为屋内比屋外还要冷。窗帘通常很柔软,但眼下,它们都折拢起来,像巨浪一般膨胀,充满了生命力。

"雨要来了。"特蕾萨说道。

"真蠢,我怎么没注意到。"拉尔夫说。

第四天,依然没有管理员,没有房主。拉尔夫又加了一条床单,睡到了床的一边。

海伦将特蕾萨拖进小衣橱。"我们该怎么办？"

特蕾萨在绿色的黑暗中眨了眨眼。我们挤在这些衣架中干吗？她想知道。但是，她只是小心翼翼地回答："能怎么办就怎么办。"海伦的沉默困扰着她。她和海伦之间的关系总是建立在沉默的基础上。抑制。只是到了现在她才领略到，视觉基础也同样重要。如何去理解那些沉默呢？例如，眼下的这个沉默在空气中凝固。一种奇怪的潮湿。她思考着，不想去理会那些叮叮当当，摸上去冷冰冰的衣架。过了一会儿，她尝试着地说道："你知道，我一直在考虑着结婚。"

"真的！"海伦惊奇地嚷了起来。尽管如此，这毕竟是一种回答。特蕾萨感到她路子走对了。

"你不觉得这会带来变化吗？"

海伦不禁点了点头。

但是后来，得得得得，海伦惊奇地走进了地下室。她所追求的一切是她们应该束手投降，放弃对拉尔夫、寒冷和雨水的幻想。这是她一直在追求的感觉。一种欢快的团结。她希望和另一个人小声聊聊，就好像坐在他们的床边一样。但是瞧瞧所发生的一切。她用不着电筒，但她还是紧紧地抓住它，手指一点也不放松。地下室里原来就有一只电灯开关。这么多的灯！灯泡的天堂。火焰，避雷针，电子管和圆圈，不用说还有各种规格、各种瓦数和各种颜色的普通鳞茎形灯泡。它们就像是水果悬挂在那错综缠结的金属藤上，喜气洋洋。海伦呆住了。屋里没有影子。她眨了眨眼。对于彼得，他们还知道些什么？他们究竟知道多少？这里多么暖和！她一边走，一边可以感觉到她脸上的热量。她稍稍解开纽扣，眯着眼看去。她的眼睛水汪汪的。她用手遮住眼睛，转过身来，又向上看去。有什么办法关掉几只灯吗？

只有一只开关。

再向下走几步，木头踏板一弹一跳，一边的扶手也松掉了。小心一

冷彻肌骨

点,宝贝。再走几步。她透过拖鞋感触到了坚硬的混凝土地板,她松了口气。锅炉就在前面,这只怪狗很庞大,白白的,有一种曲线美,外面还有一层粗糙的石棉皮。她绕着这只怪物转了转,感到她好像是在电影里。一部西部片。她想找出焦点。表上那些脆弱的指针全都指在零上。这只怪物的肚子上有一扇门。她大着胆子将门栓打开,然后跳了回来。没有火花。她小心地倚靠了一会儿。什么也没有,只有一只满是孔的斗。黑森森的。她砰的一声将门关上,又绕着怪物转了一圈,这一次更为踏实。锅炉顶上有一堆纸板,有些纸板上还留有扇贝形的馅饼屑。有一根管子上附有一根鞋带,鞋带系在一根金属丝上,金属丝又系在一根绳子上,绳子上又系有一本肮脏的、溅满了咖啡的小册子,随着年深月久,小册子的边缘已经变软。当然,上面写的是英语:物主信息手册——系列200油锅炉——保留这些操作指南,留作将来参考。

她读着。

拉尔夫正陷入睡梦中。他想坐起来,但却坐不起来。他想移动,但却移不动,好像地球的万有引力加大了似的,或者说好像他躺在海底,所有的大浪都在向他倾来。他踢掉了床罩。太暖了。后来,醒了。暖?

"暖气又有了?"

海伦点了点头。

"暖气。"拉尔夫感到惊奇。他伸出手,用手去摸散热器。"彼得回来了?"

"还没有。"海伦说。

"我们有暖气。"他扭动着脚趾。"暖气。"

一个奇迹!

"你怎么弄的?"特蕾萨想要知道。

海伦吞吞吐吐地描述了锅炉的大小和吓人的程度。她是如何找到操作指南的。指南有多么复杂。有许多术语她都不懂。但她很欣赏这详细说明。

"你修的?"

"后来我按后面的电话号码打了一个电话,"海伦接下去说道,"地下有一个油箱经常需要加油。"

"真的?"

"该彼得掏钱。"

特蕾萨摇了摇头。"真聪明。"她说。

海伦谦虚地谢绝了这个恭维。但是,特蕾萨还是想了一晚上,第二天又想了一天。她一向尊敬海伦,但她过去对海伦的钦佩从来没有此刻这么强烈。世界上的智慧多么不同啊!谁能说出哪一种更重要?人们无法说出,根本就说不出,尽管这一切都已确凿无疑——在中国起作用的在这儿未必就起作用。

第三天,她意志坚定地回了家。在家门口,她用大蒜皮擦了一下眼睛,然后眼泪汪汪地走了进去。

"怎么了?"海伦问道。"快坐下来。"

特蕾萨将手帕捏成了一个球形。"我的奖学金被取消了。"她说了一个谎。

"取消了?"拉尔夫问。

"取消了。"

"不可能。"拉尔夫坐了起来。"怎么可能!"

"看上去似乎不可能,是吗?"

"不公平!"

"这就是我要说的。太不公平了。"

海伦为特蕾萨泡了茶,并灌了一瓶热水。每个人都早早地上了床。

但是拉尔夫在黑暗中睁大了眼睛,无法入眠。"我睡不着。"他告诉海伦。

冷彻肌骨 81

"真的。"

"也许我睡得太多了,"他说,"我厌倦了睡觉。"

"那么就起来吧。"海伦说。

为姑子做媒

"他又学习了。"第二天,海伦在电话里告诉珍妮斯·赵,"一切都好。"

"是时候了。"

珍妮斯·赵正是那种海伦在中国或许决不会认识的人。这倒不是因为她的背景很坏,而是因为她很小的时候,父亲就死了,所以她母亲得靠出卖珠宝来养活全家。如果某位富裕的女人已经厌倦了这几件东西,那么珍妮斯的母亲就会将它们拿到其他的女人那儿寄销。她还不算是一个小贩子。但是,她的女儿珍妮斯却已长大了,看到了中国社会的许多方面,一个有教养的女孩是不应该了解这么多的。她知道国界线在什么地方。她知道社会现实根本就不是现实,而是许许多多的规矩,人们无法想象打破它们会是个什么样子。起先,海伦不太相信她。在美国,珍妮斯是班级的组织者——和许多人交朋友,特别是那些曾经瞧不起她的人。有人说,她是那种墙倒她来推的人。但是这对吗?海伦想,珍妮斯从未戴过珠宝,这是一种身份象征。退学的时候(在因战争而逃离原居住地者法案下,她填表做了永久居民),珍妮斯说要和她保持联系,于是海伦消除了对她的疑虑。她们不是真诚的吗？珍妮斯人很好处,她本人又有好多话要说。她叙述着各种各样的中国学生事件,从而消除了一切尴尬的场面。野餐,跳舞。她邀请海伦和拉尔夫到各种场合去。"你们应该多出去,见见更多的朋友。"她说,"不要把自己锁在屋子里。"

他们从没去过,海伦不十分清楚是何原因。这多少和这事有关:珍妮斯的丈夫到美国来不仅受到中国政府的资助,而且他已差不多完成了博士学位论文。"一个履历。"海伦大着胆子说。

"嗯。"拉尔夫哼了一声。

"如果他明年9月完成,那么这只有5年,包括他的硕士学位！当然,他可以将许多学分从中国转过来。"

"嗯。"拉尔夫又哼了一声。

"珍妮斯说你和她丈夫是老朋友,同学。"

"是吗？"拉尔夫抓了抓头。"再说一遍,他叫什么名字？亨利·赵？"

这是不是说海伦不应该和珍妮斯太友好？海伦不知道,这就是说,拉尔夫知道她们在接触,但不知道她们一天要聊三四次,更不知道她去过珍妮斯那儿,珍妮斯来过她这儿。珍妮斯说,不用将丈夫们卷进去,她所提出的这个主意就像是餐前的小吃。海伦勉强却兴奋地认为,拒绝她恐怕太不礼貌,尽管她的另一部分在想,珍妮斯的丈夫是否已经知道了她们之间互访以及她所告诉给珍妮斯的一切。一想到她也许将丈夫的事情披露给了另一个男人,她就感到喉咙干燥。

然而,这就是吐露和分享日常生活的乐趣,这使她的生活多少有点依靠。在极大程度上,她将亨利·赵打入了一种地狱,在这里,他已不再是一个人和潜在的威胁,而只是幽灵,一声很大的声音就可以将他吓跑。电话通话更是容易。电话里,连珍妮斯都嘲弄了这一种扑朔迷离的现实。亨利和拉尔夫究竟什么时候会碰面呢？在中国,海伦受过教育:要格外谨慎,这个世界就像一个溜冰场,一个有限的空间,四周都是墙。这些话不可避免地回荡了过来。但在这里,世界是巨大的,一切都是无穷无尽的地平线。她的话像一阵电弧,消失了,好像进入了一个波涛汹涌的海洋。

一阵放松。"唯一使我担心的是,如果他发现特蕾萨的奖学金没有被取消,那会怎么样。"海伦说,"当然,也许他不会发现。"

叮当。海伦可以听到珍妮斯在后面洗碟子的声音。"你知道他们说什么吗?"珍妮斯最后说道,"即使是蚯蚓也不会永久呆在地下。"又是几声叮当。"你这姑子应该在他发现之前就结婚。"

"她自己知道这一点。"

"是吗?"珍妮斯不再洗碟子了。

"那一天她是这么说的。我是说她应该结婚。"海伦犹豫了一下。她的话和她所理解的并不一致。

但是没有机会去寻找更好的表达方式。"我知道合适的人选。"珍妮斯说。

特蕾萨准备去看看吗?太礼貌了,无法拒绝。海伦发现自己在听。在中国,朋友总是相互之间安排事情。她对珍妮斯的反应感到很熟悉。这是一种好意,海伦知道如何接受。是亨利的一个朋友,珍妮斯说。一个博士。"但是,呃,他出生在这儿。"她说完了。

"出生在这儿?"

"嗯,我应该说,他是位百分之百的美国人。"珍妮斯说。

"你是说……"

"但是,"珍妮斯说,"他喜欢中国菜。"

"一个洋鬼子?"海伦说,"大鼻子?"

这件事就这么结束了。

或者说看上去是如此。几天以后,又一个候选人出现了。出生在中国,不太高,头发不多,而且还有一些白发,但是他说上海话,拿到了博士学位。

为姑子做媒 85

"我不知道。"海伦起先说道。但是,珍妮斯问了许多海伦无法回答的问题——女人结婚不是很自然吗?问问会有什么伤害?——晚上,她随意地向特蕾萨提起了这个男人。

"珍妮斯·赵的一个朋友?"特蕾萨将书放到大腿上。

"他拿到博士学位。"海伦开始说。

"你告诉了珍妮斯·赵?"

这时,海伦的脑袋塞满了她自己的问题。她怎么能这样难为她姑子?她成了什么哪?她再也没有提过这个问题。

所以,当再次提出安排一次介绍的时候——这次是特蕾萨提出的——拿到博士学位的上海人就成了候选人。

珍妮斯的手中这时只有最后一个单身汉,她的房东。矮小,没有博士学位。"出生在美国,"她告诉海伦,"除了我们这幢房子,他还拥有许多财产,还做生意。"

"他是广东人吗?"海伦不想让人听上去带有偏见,但是他的方言至少是个考虑范围。"他说什么话?"

"英语,"珍妮斯说,"这是美国。他的家到这儿已有好几代了,我想他连哪个省来的都不知道。这又有什么关系?他富。你应该看看他穿的衬衫!一件件既漂亮又浆硬。他的鞋子像镜子一样闪闪发光,他有一个女仆。就是这,想想吧,没有家务!"

一个矮小,出生在美国,没有学位,说英语的生意人——给特蕾萨?这是一个笑话,但是最后还是安排了一次宴会,只是为了消遣,并不当作一回事。

胡思乱想

如何让拉尔夫一起去？海伦盘算着该用什么样的方式和语调,定在什么时候,没料到所有这一切在他身上都是白费时间(许许多多的事情都是这个样子)。"晚饭？在老赵家？当然可以。"他说道,快乐得像只新青蛙。如果他上星期是只蝌蚪,那又会怎么样？他变了？

她会知道这一点吗？

截至当时,地球仍按着一定的速度和一定的角度在旋转。它遵循着它的轨道,结果,从前是泥土的世界现在有了太阳、连翘、水仙和鲜花盛开的槭梓。但是,拉尔夫仍旧认为,他从睡椅中起来是另外一种奇迹,他自己的奇迹。和社会紧紧地连在一起,他想象着和更为雄伟的力量联结在一起。他认为,他在公园所得到的解救和暖气上来有关,和特蕾萨奖学金的取消有关。现在,他自己责备自己,居然会为这事庆贺。这些天来,他几乎希望百晓事业成功——不,他确实希望。世界赋予了他,他不在乎回报。例如最近,在众多的事情中,皮尔斯教授送了他一本书。拉尔夫已经从睡椅中站起,三天之后,一件神圣的礼物。

起先,他没有意识到它的神威——这个用方格纸包裹起来的平面矩形,它上面所依附的一簇簇灰色缎带花体看上去像个拖把头。"你可以打开它。"拉尔夫笑了笑,小心翼翼地撕开了包裹纸。《积极思维的力量》。"啊!"拉尔夫叫了一声。

"我一直想给年轻人搞一个版本。"皮尔斯的山羊胡子一摇一晃。"你知道,要用英语去思维。但是,书已脱销,所以,你手上拿的是名副其实的真本。"

"啊。"

"我太太的主意。你知道,这些年来,我一直患头痛。这和你无关。但是她说,头痛回来的时候就是你重新露面的时候。"

拉尔夫捧着书看了起来。这是一个艰难的过程。他没有看到思想,而是看到了形状,这些形状又成了字母,他又将这些字母拼成文字,然后再去查字典。他辨认出一个词组,然后再看一遍,看下一个词组的时候就将前一个词组搁着,直到整个句子,整个一页都成了他的。他很孤独!当然,这本书是一本畅销书,这一点他可以从书的护封上看出。但是有多少人记住了这本书?根据作者的旨意,他写下了一段声明放进钱包:基督给我以力量,通过他,我可以做出一切。他可以做出一切!这是一个信仰和想象的问题,一件拉尔夫从前从未考虑过的事情。一个"想象"的问题。他需要用信仰,用他的全部身心去描述他的理想。因为一个人要拿定主意。什么主意?奇怪的是,拉尔夫没有把握。当然喽,当一个工程师。一个强大的人,就像他的父亲,有一天晚上,他这么想着。但是第二天早上,在教堂里(尽管他从未皈依宗教,但是他偶尔还是和特蕾萨一起去),他抬头凝视那五彩斑斓的窗玻璃映现的景象,从中得到了答案:他想做一个那样的人神。更为现实的是,他做人神的助手,比方说离使徒有半步远。他描绘出他可以做他想做的事情。

令人惊奇的是,他的想象奏效了。没有面包和鱼,但是他注意到他的那点脚癣不见了。他注意到他的思维更为清晰,他可以主观促成某种食物出现在冰箱里。他主观促成了皮尔斯教授的度假,他开始制作计划。一个同伴研究生,皮尔斯的得意门生,没有事先打招呼就退学了,这件事改善了拉尔夫的前景。

所以,当海伦提出去珍妮斯家吃晚饭时(他的姐姐,结婚,他们的义务,等等),他想,老赵家?当然可以!

但是赴宴的那一天,他被蜜蜂叮了一下。他一边沿着街道走,一边想着自己的事情,后来,他停下来重新系鞋带,结果给叮了一下,就在两眼之间。这怎么可能?他是一个想象家!但是当他伸手去摸脸的时候,皮肤火辣辣地痛。他几乎看不见了。他的整个眉毛都肿了起来,好像多了一只眼。

一见钟情

　　杜鹃花。他们向前走着,拉尔夫小心翼翼地眨着眼。蜜蜂叮的地方仍然红肿,所以他无法好好地欣赏他姐姐鬈发披下时的美姿,但是海伦告诉他说:"很柔滑,你不认为吗?"

　　特蕾萨戴着一顶海军蓝的帽子,头发柔滑地披到肩上,肩下的那部分头发大都鬈曲,只有右边一侧的头发给人看上去乱蓬蓬的。好在特蕾萨并不在乎这种求婚。她小心地走着,袜子发出了窸窸窣窣的声音。明知这样做不可取,但她还是违心地买了一双新的朱红高跟鞋,曲线毕露,分外妖娆。她这样打扮倒不是因为她满怀希望,而是因为前一天,在下课回家的路上,这些鞋子吸引住了她——这么重要,就在商店的橱窗里,它们看上去不像是鞋子,而是某种高度适应了的生活形式。模仿鞋子就像蜥蜴模仿沙漠岩石。但是她穿的鞋子名副其实:穿破,干涸,裂缝。就像鞋的主人——她在橱窗里的映象既脆弱又僵直,一块玻璃就这样把她和某个更加富有活力的世界分隔了开来。在她的形象中,红鞋子似乎在颤动,就像她自己真正的心脏。

　　现在,她后悔买了这双鞋子。在商店里,它们看上去色彩鲜明但很高贵。配上她那身蓝黑相间的 qipao（旗袍），它们镶上了淡粉红色的边。好在她不在乎这个矮个子商人怎么想。但是她为什么要买高跟鞋呢？

她动摇了。

黄砖房子，伴有现代的滑动窗。屋里，客厅很静。这是星期天，他们3点钟开饭，美国式的。一项发明。电梯，自动的。

"欢迎，请进！"珍妮斯挺着个大肚子站在门口，向他们招手。她大胆地将头发剪短了，卷成了最新式的发型——人们称之为长毛卷狗。为了和发型相配，她穿了一件青棕色和灰色相间的围裙和与之相匹配的无背拖鞋。在她身后出现了一个高大的影子。

"老赵。"拉尔夫想表现得热情些，但是他的喉咙挣扎着，就像一只快要淹死的河中老鼠。

老赵像海军一样窜了出来。"小张！"

旧时光。老赵看到他时显得很高兴。这使拉尔夫心情更糟。老赵耸立得多高啊！不可避免。他的头似乎比拉尔夫记得的要长，几乎难以捉摸。他的眉毛更黑，也更粗浓了。但是，他那光滑的脸还和从前一样笑容可掬。甚至当他们俩站在那里时，拉尔夫就怀疑到他正人不知鬼不觉地在事业上取得成功。

"我们好久没见了。"拉尔夫说。

"太久了，太久了。请进，噢，对了，这一位，如果我没有认错的话，是你姐姐吧。"

"你怎么知道的？"

"我找你的时候，"特蕾萨解释道，"想起来了吗？我们那时见了面。他很帮忙。"她点了点头，微笑着。

"不错，你应该谢谢我，"老赵开玩笑说，"如果不是我和你姐姐，你或许已成了一个乞丐。"

"嗯。"拉尔夫说。

"也许不是一个乞丐。"海伦安慰他说。

"不错！你怎么可能成为乞丐？不要听他的！"珍妮斯做着手势，似乎格外高兴。"他以为这是中国！好像这儿有乞丐似的！"

"这儿确实有乞丐。"老赵说。

"哦，"拉尔夫说，"你见过我的太太吗？"

珍妮斯用肘捣了一下老赵。"没有，没有，我们从没见过，"他说，"请进！"海伦脸红了。拉尔夫斜眼看着她。"请进，请进，请进。"老赵又招呼道，"你的脸怎么了？"

拉尔夫解释被蜜蜂叮的经过时，特蕾萨在远处三重过道桌旁坐了下来，这样别人就看不见她的脚了。两人都看着海伦，头发梳得低低的，形成了一个马尾，正如珍妮斯所说，看上去确实"可爱"。她身着最好的玫瑰色服装——外加一件环形的旗袍领——人们还可以明显地看出，她怀孕了。厚实，丰满。但是谁会相信，再过几个月，她就会和珍妮斯一样，无论到哪儿都会挺着个肚子？她们用手拍肚子的方式差不多已经一样了。她们的头彼此倾斜着，就像一座吊桥的两个半侧。

她们是老朋友，拉尔夫意识到，是好朋友。她没有告诉他。他真希望他没来。

"让我来介绍……"珍妮斯眼下正站在起居室里，说着英语。

拉尔夫已经忘掉了正餐的意义，所以当这个人——潇洒、粗壮、傲慢，和他差不多高，一口大牙，其中有一只是金的，还有一副强健的下巴——站出来的时候，拉尔夫向前迈了一步，好像要被引荐似的。

珍妮斯感到不知所措。"让我来介绍……"她重复着，"这位……嗯……嗯……"

"格罗弗，"这个人笑了笑，主动报了名字，"格罗弗·丁。"他穿着一套三件套的西装，翻领上插着一朵康乃馨，信心十足地看了众人一眼，好像是在看朋友。"那么我有幸和谁认识呢？"他意味深长地瞥了一眼海伦。"这当然是很荣幸的。"他弯着腰，向她伸出了手。

"啊,不不不,"她红着脸,光彩照人,"请见见我的姑子。"

特蕾萨羞答答地抬起了头。

格罗弗伸长了那只牢固的脖子先向上看,然后又向下看。他那只手蜷曲得像只煮过了的虾子。"好鞋子。"他终于说道。

"新鞋子。"海伦主动地介绍起来。

"非常好看。"珍妮斯说。

"好看。"海伦附和着。

特蕾萨的衣领绷紧了。

"确实非常可爱。"格罗弗表示同意。他把手插进口袋。然后他又满眼发亮地瞥着海伦。

正餐有十道。珍妮斯按照宴会风格,一道接一道地上菜。与餐馆里的宴会相比,她只有三只锅炉,两只手。她额头湿漉漉地喊着"青椒炒牛肉片",或"鱿鱼炒香菇"。人人都高兴地叫起来。特蕾萨和海伦站在那儿,将餐巾放在一边,坚持说要帮忙——没料到珍妮斯说,她的厨房一个人都嫌太小,更不用说两个或三个人了。她将客人推回到椅子上。"不,不,你们的任务就是吃。"她说罢就进厨房去了。"你们知道她或许在想写一本烹调书吗?"海伦向大家提示道。人人都同意珍妮斯肯定能,或者说应该写一本,只有老赵摇了摇头。"她就是要追逐每一个古怪的思想。"他说。人人也都同意这个观点。他们尝试了一个更加明智的话题。又一个话题,但是他们一再叹气,又被拖回到大家明显的命运上,他们恭喜老赵那天下午受聘,得到了终身职位。

"我想这个话题你们听到得够多的了吧?"老赵不停地说道。事情确实如此。但是,担心他们会有某种话题——这是一个面子问题——特蕾萨回答得特别起劲。于是,作为主人的老赵没有别的选择,只有继续谈下去。他的确是试了几个枝节话题——例如,他不知道他所患的某种疼痛是否就是关节炎(特蕾萨安慰他说不是)——但是这些枝节话题无一能够持久。"你们知道吗？系里面试了60个人，是6，嗯，60，到了最后，只有两个人收到了所谓的聘用。"这话是在喝完汤后，第四道菜"狮子头"上来时说的。"我本人和一位非常聪明的伙伴，我应该说比我聪明。"——一阵惊叹的摇头——"他从麻省理工学院拿到了博士学位。"

"从麻省理工学院！真的！"海伦和特蕾萨异口同声地叫了起来，拉尔夫则软弱无力地应了一句。他无法吃下去。

老赵犹豫了一下，明显地意识到，他所炫耀的自我满足是太明显了。但是随着沉默的降临，他情不自禁地描述了另一个聪明的伙伴，他根本没有得到聘用。"你能相信吗？被拒绝了。他从加州理工学院拿到了博士学位。"

"从加州理工学院！了不起！"

只有格罗弗一言未发。出于对他的考虑，这儿的人都说英语，但是他无暇去听。他脱掉夹克，窃窃自喜。他把夹克穿上，又再脱掉。他把餐巾折叠在大腿上。他玩着筷子。他把盘子旋了一个90度的转。海伦向老赵的方向点了点头，同时偷偷地瞧了格罗弗一眼。

特蕾萨没有看他。实际上，她可以感到她的鬈发在伸直，不拘任何礼仪。她强迫自己说话，这样她就不会看到自己呆在一间陌生的小房间里，羞愧地后缩，远离别人。幸运的是有老赵——像奉承拍马一样说个不停，但是他的用意似乎是在帮她。他的头歪向她这一边，他的胸脯靠在桌沿上，他的行为有礼貌吗？

与此相反，拉尔夫歪着头，嘴巴松弛，在世人看来，他像是在恋爱。特蕾萨看到了这一点，任何人都会看到这一点，特别是当格罗弗吹着口哨离开桌子的时候。如果拉尔夫和他一同离开，他会说声再见，老赵和他的终身职务！再见，美好的社会！但是，拉尔夫只有眼红，羡慕得毫无办法。这时，格罗弗将餐巾揉成了一团。他没有把椅子推进去，而只是旋转了一个角度，就像是开了一半的门。

珍妮斯捧着"怪味鸡"出来了。

直到"蚂蚁上树"上来时,格罗弗还没回来。他的夹克挂在椅背上,他搁在盘子旁的餐巾慢慢地回复到了平整状态,就像是延时摄影系列所拍出的一张图画。一切照常,老赵用英语说,好像格罗弗没有离开似的。

"当然了,为了来往方便,我得买一辆新车,"他说,"你记得那一辆旧的,我在教堂抽签中赢的。"

"当然记得!"

"那么现在,我用它换了一辆新的。"

"热酱虾"。依然没有格罗弗,但是他们知道,这辆轿车是一辆没怎么用过的 1950 年产高级雪佛兰牌轿车,奶黄色。它有全方位的铬钢护栅,白胎壁轮胎,挡泥板,按钮收音机,新的炉栓 6 个引擎和一块黑色折篷,所有这一切运转起来就像梦一样。它没有动力滑翔自动变速。老赵得借助于手册。他说珍妮斯也想学,但遭到了他的反对。"她到处转悠,转得已经太多了。"

到第十道菜"蒸鱼"上来的时候,人人都在呻吟。"太多了,太多了。"珍妮斯脱掉围裙。"也许我该……"

格罗弗既没有在起居室,也没有在盥洗室,而是在卧室里。珍妮斯敲着门。她的客人出现了,脸上毫无表情地解释说,他刚才需要打几个电话。

在餐厅里,他将椅子朝桌前挪了挪。"我非常感谢你们的好客,啊,老赵。"他意味深长地向他的主人咧嘴笑了一笑。珍妮斯用勺舀了一些吃的放到他的碟子里。"好虾。"他又试挟了另一盘菜。"好猪肉。"别人都没说话。"我打扰了你们谈话吗?"放眼四周,他放荡地向海伦看去。这一次,当海伦冷冰冰地低着头看着自己的空盘子时,他就干脆转过头来,再次向拉尔夫眨了一下眼。

格罗弗驾车

现在,他们的正餐似乎是从头开始又来了一遍。格罗弗胡乱地吃着,由于珍妮斯一点没吃,所以大家都在陪他们俩一起慢慢地吃着。菜全凉了。引人注目的是,格罗弗一点也不紧张。而且,他欣然地加入了他们的谈话,而刚才他还是闭口不谈的。老赵是否可以向他们透露一下新工作的内幕?格罗弗说,他知道老赵不愿谈论自己。但是有一个被拒绝的候选人去了(他喘了一口气)加州理工学院,这是真的吗?

另一个得到聘用的伙计怎么样?他没有去麻省(格罗弗喘着气)理工(他又喘了一口气)学院?

老赵从牙缝里挤出了几句回答。

"嗯,"海伦最后说道,"我吃饱了。"她向珍妮斯看了一眼。"这么丰盛的美餐。"

珍妮斯将椅子向后拖了拖,准备站起来。"现在大家都吃完了吗?"

"我是不是听到你买了一辆新车?"格罗弗点了一根烟。

沉默。"是的,"老赵说,"不错。"

"嗯,真出我意料哩。"格罗弗吹了一口烟圈。"什么样的?"

最后,人们意识到,这个人是要亲自去看看这辆车。珍妮斯提出了建议,人们几乎可以听到松口气的声音。

"你们女的干吗?"

"噢,"珍妮斯说,"谈谈女人的私房话。我们一会儿就下去。"

电梯里,无论是拉尔夫、老赵还是格罗弗都一言不发。但是到了外边,他们开始谈了一会儿。天气,交通。天刚下过雨。下水道欢快地轰隆轰隆直响。街道闪耀得像富有光泽的糖果。这时,一辆汽车出现在他们眼前。汽车长而宽大,富有曲线,还有一些铬钢——前护栅像是哈巴狗的下巴,后面像保险杠。但是暖人心房的是,这辆车简易,完好,既会给人带来乐趣,也会给人带来几个小故障,特别是在柔和的黄色下,这种车看上去就像是一条肥皂。

格罗弗拍了拍汽车,好像这是一匹赛马。"她像一位少女。"他一边轻轻地拍着,一边说道。他的钻石戒指当啷当啷,充满了热情。老赵紧张地看着,这时格罗弗转过身来,查看了一下擦伤的金属。

"真漂亮!"拉尔夫一只手指钦佩地摸着汽车。

"车篷怎么样?"格罗弗问道,"我们可以看看吗?"

老赵想说不,车篷还是湿的,他不想把它折起来,但是格罗弗当啷当啷又开始敲了起来。

"那么好吧。"为了向他们说明车顶既没有上闩,也没有折叠起来,老赵打开了车门。车顶既有弹簧保险搭钩牢牢地钩着,又有罩子紧紧地扣着。"怎么样?"

拉尔夫和格罗弗发出了"嘀嘀"的赞美声。

"看看这?"老赵向他们出示了备用轮胎,它躺在车后保险杠的金属箱里。拉尔夫和格罗弗发出了"嘿""啊"声。"你们想进去坐坐?"老赵打开门,似乎已经忘记了他的不快。

格罗弗一屁股坐在驾驶座上,拉尔夫坐在他旁边。

"收音机怎么样?"格罗弗问,"它工作正常吗?"

格罗弗驾车 97

"当然。"老赵将手伸进口袋去掏钥匙。"你们应该开动引擎。"

拉尔夫和格罗弗试了试收音机,挡风玻璃自动洗尘器,还有灯。

"汽车真不赖,"格罗弗说,"你这家伙真幸运。"

"我想是吧。"老赵说道,心里感到有点吃惊。

他们三个人一齐摇了摇头。

"你怎么这么幸运?"格罗弗问,"有什么秘密吗?"

"啊,我不知道。"

"你一点也不想吐露,是吗?"

"你知道,我只是努力工作。"

汽车发出了嗡嗡声。

"我只是按别人告诉我的去做,而不多问。"老赵直截了当地说。但是过了一会儿,好像记起了他自己似的,他又更为和蔼地说道:"也许那是诀窍。你们知道,美国人总是问这个,问那个。我不问。"

"当别人告诉你赶紧做,你就赶紧,赶紧,赶紧。"

"不错。这是中国人的方式。有礼貌。"格罗弗的语调似乎又使老赵感到不自在。

"人们问你问题,你就回答。不吊儿郎当。"

"对。"

"嗯……"格罗弗说,"这儿的刹车怎么松?"

"只要拉一下柄子就行了。"老赵彬彬有礼地说道。他要塑造好自己的形象。

格罗弗拉了一下。

"我希望有一天会有一辆这样的车。"拉尔夫说。

"你怎么开?"格罗弗双手放在方向盘上,问道。

"你先启动汽车,"老赵回答道,"然后再踩一下踏板。"

格罗弗启动了汽车,然后将脚踩在踏板上。

"嘿!停住!"老赵叫了起来,但是车子已经开跑了。"不要开玩笑!

嘿!不要开玩笑!"

但是,等到他追的时候,格罗弗和拉尔夫已经绕过了墙角,他所努力的一切就是他们俩渐渐消失的笑声。

"或许我们该回家了。"几分钟之后,拉尔夫说道。格罗弗不停地开着。"我们上哪儿去?"

"你想到哪儿去?"

"家。"他解释了一下他的住址。

"你喜欢那儿?"

"有些事情我喜欢,有些事情我不喜欢。"拉尔夫说起了管理员彼得和博依博依。

"嗯。"格罗弗这时说道,或者说至少拉尔夫认为他是这么说的。他再也无法听下去了,一离开乔治·华盛顿大桥,他们就加快了车速。现在,他们正飞速地向正西方向驶去。后来拉尔夫意识到,格罗弗热爱运动,特别是速度——消灭速度。黄昏时分,世界上的其他地方已经卷起工具收摊,而他看上去却生气勃勃。他似乎从来没有看到过这么好的景色。

例如,此时此刻:正前方太阳既大又低,看上去就像是一道通向火红的花园的月洞门。拉尔夫取下眼罩。"我看不见,"他说,"你能看见吗?"格罗弗没有回答。他们开得多快啊!拉尔夫斜视着速度计,眼睛都看疼了。速度计上似乎是说每小时100英里。肯定没有,他想。但是他几乎无法动弹,风把他紧紧地套在了椅子上。"我们最好回家。"他想再说一遍:"我们哪儿去?"还有:"我冷了。"但是他无法迫使自己的话进入空气中,也就是说,说不出来。他被俘虏了。除了看格罗弗开车,他还能做什么?前面,月洞门越伸越宽,正像一层云雾不知从什么地方降低了自己。越来越浓。它就像一个阁楼的天花板在他们上空翱翔。前面那座压扁了的小城一下子变得宽广起来,成了明亮的地平线。在拉尔夫看来,云层镀上金色时,各座大楼一下子明亮起来。这么鲜艳的红黄色!此刻,像得了信号似的,各种东西一下子变成了——转眼之间——翻滚的煤渣。拉尔夫自己也感到了在闷烧。然而,格罗弗驱车驶过了这一壮观的灾难,丝毫没有受到影响,就好像一个地方起火和他丝毫没有关系似的,或者说,好像这只不过是他所预订的演戏。比方说,某个大戏剧的背景。

拉尔夫紧紧地看着他。在此之前,他只知道两种司机——一种是弓着腰,弯着双臂,两手握着方向盘,好像要防止它退回到仪表板上似的。还有一种是坐在车座的后面,这样一只手就可以随便地悬在方向盘顶上,他们得绷紧胳膊肘,弯曲脊柱。格罗弗两者都不是。相反,他是一位自然式的司机,对他而言,方向盘似乎就是手的自然延伸。任何人都会认为,是他发明了汽车。他从来不必减速或加速,除此理由,还会有什么?他不像其他司机,一边动一边想,而他只是动。随着煤渣城的渐渐加深,冷却成纯粹的绯红色,拉尔夫又开始看到了熟悉的道路——他自我安慰道,他们确实是在普通的高速公路上,和其他的车子一样。看上去他们是在一条直线上飞奔,而实际上他们则在车辆中蜿蜒穿行。他开始看到,格罗弗控制着滑行——不是通过伸长脖子,戴上护目镜和咒骂,而只是看,通过,看,通过。

到了晚上,飞驰的沥青路面改变了一切。但是他们仍在开。星星出来了,拉尔夫感到惊奇,车子开得这么快,而他们呆在这儿却这么静。星星有多少?他从没有见过这么多的星星,也从没有见过这么广袤的天空。"你说什么?城里没有看到那样的星星,现在看到了吧。"格罗弗说起话来。拉尔夫惊奇地感到,听起来他是多么的容易啊。"如果你不经常出来转转,你就会把它们全都忘掉。请看看那些树。"他们正驶过森林。"看上去像树叶和树枝,对吧?但是它们当中的每一棵树都是一次机会。你必须看一看。"他独自点了点头。

拉尔夫也点了点头。他发现,一个真理产生了另一个真理。"我饿了。"在老赵家,他几乎什么都没吃。

"我也一样。"格罗弗大声地说出了他的同感,真是好朋友。"真饿!"

他们慢慢地驶向了餐馆停车场,拉尔夫过了好一会儿才意识到,他们已经停下来了。停车场空空的,只有另外一辆车。

在餐馆里,他们蹑手蹑脚地溜到了一张绿色乙烯基火车座上。餐馆里没有其他的顾客。"要什么就点什么,"格罗弗说,"不管什么,只要你喜欢。"

"什么都行?"

"你喜欢吃,"他睿智地说,"我可以看得出。"

柜台上新漆过的牌子上写着打烊时间:9:30,牌子旁边的钟已经指向了9:25。但是,女招待仍然听从他们的吩咐,就好像只要他们喜欢,她会十二分情愿地呆下来一样。他们要早餐,中餐,或正餐?

他们要了正餐,然后午餐,然后早餐。

"我付账,"格罗弗不停地说道,"账算在我身上。"

拉尔夫有礼貌地先要了一块素净的汉堡包。

"什么也不喝?"

拉尔夫摇了摇头。

他的汉堡包到了。格罗弗伸手到桌上,将汉堡包的上半部揭去了。他说:"没人吃光秃秃的汉堡包。"他在上面堆上了番茄酱、芥末、调味品、从他自己那块高级干酪肉饼上取下的番茄片、几根洋葱,还有五片炸土豆条。

"这不错!"拉尔夫说。当格罗弗点了一杯黑白相间的冰淇淋苏打水时,拉尔夫也不好意思地要了一杯。当格罗弗为了取乐点了一盘油煎蛤和索尔兹伯里牛排时,拉尔夫点了一些配菜——洋葱,番茄沙拉,酸卷心菜丝,外加一杯巧克力泡沫牛奶。"真不错。"格罗弗赞赏道。拉尔夫笑了起来。他们随心所欲地吃着,这儿一口,那儿一口。当他们的桌上堆满了盘子后,他们就移到另一张桌上,在这张桌上,他们点了甜食——苹果馅饼,樱桃馅饼,黑林山饼。

拉尔夫呻吟道:"我饱了。"

格罗弗吼了起来:"我说我们再点一些!"

"不不不。"拉尔夫提出了抗议,头脑里闪出了一个念头:典型的美国佬真浪费。

但是,当格罗弗点了熏肉和蛋后,拉尔夫也点了一份。这是一场游戏。法国吐司。英式松饼。德国煎饼。

"我们得把这一切拖回去,"格罗弗说,"用狗食袋。"

"狗食袋!"拉尔夫笑了起来。一切似乎都很可笑。

"我们还有什么没点?"格罗弗想要知道。

拉尔夫大声说:"中国煎饼! 这儿怎么会没有中国煎饼!"

"好主意。你真精明。"格罗弗打了个饱嗝。

拉尔夫也打了个嗝。格罗弗将裤带松了一个凹口。拉尔夫松开裤带,解开了裤子的纽扣,说道:"希望女招待不要看到。"

"看到了又怎么样?"

"我们告诉她我们刚刚放松下来。"

"我们告诉她,"格罗弗眨着眼,"我们正在放松,她最好警惕一点。"

拉尔夫再次哈哈大笑起来。多么大胆! 他吃力地解开鞋子,松了松领子,躺在座位上,像个吸鸦片者。不过他很高兴,女招待不知哪儿去了,看不见。这时,格罗弗不安起来,提议说他们回到厨房去,看看还有什么没尝过,拉尔夫犹豫了一下,然后蹑手蹑脚地跟在他身后,双手提着裤子。

女招待又出现了。"啊,"格罗弗说,"我们刚刚说我们正在放松,你最好警惕一点。"

"是吗?"令拉尔夫惊奇的是,她居然没有脸红。

格罗弗抚摸着她的耳垂。"你这耳环真好看。"

她咯咯地笑了。他把她拖到身边。

"你说什么?"格罗弗又向拉尔夫眨了眨眼。"到厨房去?"他把手放在女招待的屁股上,把她像木偶一样推着向前走。

"啊。"拉尔夫说。突然之间他又变礼貌了。"不不不不。"

他一个人慢慢地回到了餐厅,将裤子的扣子扣上。苍蝇在吃了一半的食品桌上嗡嗡地飞着。有一只粘在了一种橙黄色的煎饼糖浆上。拉尔夫一只又一只地试着柜台凳,想使它发出嘎吱嘎吱的声音。他又试了试房里的弹簧坐垫,进去,出来。从厨房里传来了罐子扔到地上的声音。"哐啷。"盘子摔碎的声音——哗啦啦!然后又是笑声。他们在干什么,这样笑着,好像在忙什么事情。他和海伦从未笑过。又是碟子。尖叫声。他数着天花板的灯。接下来好像是抽噎声。抽噎?拉尔夫独个儿摇了摇头。最后由谁来清理?碟子怎么办?谁来支付所有这一切食物?他想,总得有人付,尽管格罗弗一直坚持说由他付,但是拉尔夫还是想知道他是否也应该付一点。

他正想着是否要给家里打个电话,格罗弗出来了。他掸了掸身上,尽管他看上去没有灰尘。"真是一团糟。"格罗弗说。

拉尔夫听到外面汽车启动的刺耳声音——女招待走了。

格罗弗扫视了一下餐厅。他愁眉不展地看着他的手。"嗯。"他的背心张开了,他的衬衫皱巴巴的,纽扣也没扣好,他的康乃馨凋谢了。

"嗯。"拉尔夫叹道。

格罗弗伸手到裤袋里去摸手帕。

沉默。

最后,拉尔夫问道:"那么你从哪儿来?"

"从?"

"你的老家是什么地方?"

"老家!"格罗弗笑了起来,但很快又恢复了过来。"你到这儿多久了？仍然在问别人的老家。"他摇了摇头。"我告诉你一个秘密。在这个国家，要问的问题是：你的生计是什么？"

"你的生计是什么？"

格罗弗又笑了起来。

人们怎么会这样，发出那种笑声？"我在念我的博士学位课程，"拉尔夫主动说道，"我的专业是工程学。像老赵一样，只是我的专业是所谓的机械学。"

"是吗？"

"那么你的专业是什么？"

"什么？专业？我的专业，"——格罗弗闪耀着他那只金牙——"是一切。"

"一切？"

几乎不可思议：格罗弗是所有的建筑和饭店的全部或部分所有人，还拥有一块林地。"你先在一个生意上赚点钱，然后就可以扩大业务范围。"他描述着他所经营的矿井和服装。一个服装厂。一个儿童玩具店。"小孩一个接一个出世，玩具将是一笔大生意。"

"哇，"拉尔夫说，"那很多。"

"你这样认为？"格罗弗一副踌躇满志的样子，他正了正自己的衬衫。

"你怎么不做一笔大生意，反而去拥有这么多业务？"

"问得好。答案是：这样一来，人们想要盯住你，难度就要更大些。懂吗？"

"我知道你的意思了。"拉尔夫点了点头。"那是中国方法。"

"什么？"

"你知道，所有的中国人，外表上看去好像是住在某个肮脏的地方，但是内里很好。"

"别开玩笑。"

"要不然政府就要他们交税。"

"这儿的情况也是一样。政府真讨厌。"

"实在讨厌,使你发疯。"

"你知道,"格罗弗斜眼看着他说,"你的楼上旋转着一批上等的齿轮。"

"真的?"拉尔夫坐起一点。他的腰带就这样松着。

"我告诉你,你使我想起了谁。"

拉尔夫等着。

"我自己。你使我想起了我自己,想起了我一文不名的时候。"

拉尔夫没精打采地摆弄着调羹。

"你知道,那时候,我在城里每一个肮脏的地方干过。你说吧,我是一个万能博士。我漆过房子。我开过出租车……"

怪不得他车子开得这么好!拉尔夫想。

"……我洗过碟子。我甚至在一出音乐演出中唱过歌,懂吗?"

"表演!"

"我这张正宗的中国脸使我挤了进去。《南太平洋》,一部地方作品。你知道,'幸福的会谈,不断的会谈,幸福的会谈'。"

拉尔夫鼓掌。

"你在这个国家就是这个样子,如果你没有钞票,那你就是一个唱歌的中国佬。"格罗弗停顿了一下。"这话对不对?"

"对。"拉尔夫认为。

格罗弗神秘地笑了笑。他解释说他是如何碰上好运的——他如何留心,直到有一天,他碰到了这个家伙,他需要一名他能够信得过的人。"我们碰巧就谈了起来,就像我们现在所谈的一样,下一步——砰——我成了百万富翁。一个白手起家的人。你对此有何看法?"

"百万富翁!白手起家的人!"

"在美国,什么都有可能。"

"仅仅从一次偶然的谈话!"拉尔夫感到迷惑不解。"就像我们现在

格罗弗驾车 105

的谈话?"

"听我的,我已经是一个成功的典型。"

"实干型。我知道了。"

"我有正确的态度。非常重要。"

"积极的态度,对吗? 运用想象?"

"你懂了。"

"基督给我以力量,通过他,我可以做出一切。"拉尔夫用引言说明道。

"嗯,真是了不得。工程师到底是读过点书。"

"祈祷。"拉尔夫说。

"描述。"格罗弗说。

"实现。"

格罗弗双手敲在桌子上,笑嘻嘻地,一颗白齿露了出来。

"一个人必须拿定主意做什么样的人。"拉尔夫也咧嘴笑了起来。"那么这是什么生意?"

"什么?"

"使你成为百万富翁的第一笔生意。"

"哪笔生意?"格罗弗阴险地向前倚靠着。"那是肥肉和油。我仍插手此事。"他解释说,他的工厂将饭店里剩余的烹调油收集起来,然后将它变成美好的白肥皂。"我们让它闻起来很香,你知道吗? 味儿是很重要的。如果味儿好,什么都可以卖。"

"有趣。"

"这是一个秘密。我再告诉你一个秘密。"

他们又转向了其他的秘密。一个白手起家的人如何应该说他出生在一个小木屋里,里面没有自来水。所有白手起家的人如何在书店里发现了他们所需要的东西。他们应该如何握手,去和别人终止某些交易。

"几笔大生意。没有合同。优惠。优惠很重要,否则故事就说不下去了。"

冒险是成功的关键。人靠衣装。拉尔夫希望这夜晚将永久持续下去。但到最后,格罗弗停下来喘了口气。"还有最后一件事。"

拉尔夫歪着头,已经是依依不舍了。

"要保持眼睛睁开。"

"眼睛睁开。"

"要保持耳朵张开。"

"耳朵张开。"

"要知道和你打交道的是谁。"

"知道我在和谁打交道。"

"要不断运动。"格罗弗站起来伸了伸四肢。"不断运动。"他似乎是在自言自语。"我要给我们叫辆出租车。"

"车子怎么办?"

"反正没汽油了。"

"钱,"拉尔夫说,"还有这一摊子。"

"忘掉它,"格罗弗说,"我拥有这地方。"他叫了一辆出租车,当一辆带有松开消音器的黄色切克牌汽车开来的时候,他让司机先按拉尔夫的地址开。

"你怎么知道我住在哪儿?"

"通过你的娴熟描述,记得吗?"他得胜似的笑着。"你的房东是我的一个朋友。"

拉尔夫目瞪口呆。

"这几天你会见到这个新房管员。"

在一阵震耳欲聋的风里——格罗弗已经打开了四只窗子——他们按来时的路线开了回去。但是现在,飞进汽车的似乎是日常琐事,而不是魔术。砂砾,化学制品味。随着黑暗让位于光明,他们看到天要起

格罗弗驾车 107

雾。拉尔夫像格罗弗一样,将双脚跷在活动座椅上。他注意到他的蜜蜂叮处终于消失了。他们到了。拉尔夫放下腿,活动座椅立刻垂直地弹了回去,好像已经忘掉了他似的。

格罗弗握了握手。"再见。"

"谢谢你。"令拉尔夫吃惊的是,他感到眼睛里居然流出了泪水。"你告诉我这么多,我知道你不必这样做。"

"也许我喜欢上了你。"

"是吗?"拉尔夫抓紧了门的握手。"就像你那位肥肉和油老板喜欢你一样?"

格罗弗笑了起来。"好了,应该说晚安了。"

拉尔夫打开了门。

"噢,对了,我的名片。"格罗弗说。

"谢谢你,谢谢你!"

"给我打电话。"

"再见。"拉尔夫爬了出来。"再见!"

谁关的门?门好像是自己关上的。格罗弗向后倚去,随着欢快的黄色出租车的噗噗声而渐渐消逝,车子的消音器哐当哐当孤独地跟在后面。拉尔夫向空旷的街道挥了一会儿手,甚至还没等他反应过来,汽车的浓烟似乎就已消散。过了一会儿,他转过脚来,慢慢地走了几步,然后开始爬长长的楼梯回家。

等待

在此期间,特蕾萨、海伦和珍妮斯已经走下楼来,看到老赵正在来回踱着步。他摆动着一只手臂,像是要松动一下冻僵了的肩膀。他随意地活动了一下手指,解释了所发生的一切。他旋转着他的手腕。他调整着他的裤子,将右手伸进腰带,紧了一下腰带扣,这样腰带就恰如其分地系在腰上了。他笑着——哈哈——一个人绞尽脑汁,以对付恐怖事件。

哈哈。特蕾萨也小心翼翼地笑了起来。然后珍妮斯和海伦一起加入了笑的行列。哈哈。喜气洋洋。"真有趣!"他们开玩笑地说。哈哈哈哈。

微风乍起,增加了他们的希望。

"也许他们的汽油用完了。"

"也许他们转错了方向。"

只有特蕾萨知道他们没有。

"瞧那汽车!"

一辆折篷汽车驶过,但这辆车是白的,型号不同。

黑夜开始成为现实,他们每人都穿了一件黑外套。街灯忽明忽暗,发出阵阵嗡嗡声。他们什么时候意识到他们已陷入了危机?他们站在一棵新叶树下,灯光斑驳陆离地照在他们身上——一只耳朵,一根手指,一片躯干。他们已经成了他们的紧急自我,在这种摇摇欲坠的状态下,他们感到人性在他们之间扩展,就像一根长长的晒衣绳子。他们低声聊着郊区的学校,哥伦布节那天外套如何削价,还有美国在朝鲜所做的事情是否正确。老赵向特蕾萨请教他长期以来所患的一种疼痛。这就好像他们一起打桥牌,打桥牌为他们制定了社会标准,他们不必去思考和消耗,不必去思考和抑制,但只要放松,友好相处。他们是什么样的朋友啊!出乎意料的是,幸福振翅而过,柔软的羽翼掠过他们。这时,老赵建议他们可以在街区旁转一转,看一看,于是他们四个人采纳了他的建议。后来老赵又建议他们到邻近的街区去试一试。他们每人各走一个方向,形成一个四叶式立体交叉,然后再回到屋前碰面。他们打了许多电话。

一点回音也没有。

他们真的开始担心起来。晚上,他们挤成一团,直到海伦的头发像特蕾萨的一样铺展开来,而珍妮斯的头发则变成了狮鬣。海伦和特蕾萨借了拖鞋。这时房间里似乎有股香烟味。但是不,他们发现这股味道来自他们的衣服。那个格罗弗!最后,拂晓时分,消息来了。车子已被找到,丢在宾夕法尼亚的一家饭店里。

"他们一定是开到汽油用完为止。"巡佐说道。

格罗弗怎么样?拉尔夫呢?

巡佐感到抱歉。

最好什么也不知道。他们的担心开始悬绕着这辆弃车,然后又挤进车里,紧张的新乘客们脑海里转悠着各种念头。谁在路边碰到了拉尔夫和格罗弗,为什么?他们朝哪个方向去了?这就是格罗弗在卧室里打那些电话所要做的吗?海伦开始断断续续地抽噎起来,就像打嗝。

她使劲地咬着大拇指,结果大拇指给咬出了血。

特蕾萨为她们叫了辆出租车。这是一个闷热的早上,浓雾层层,看不到日出。

"我要回家。"拉尔夫解释说。

"你要回家。"

"我问他我们去哪儿。"

"你问了他。"

"我问了,但是我们没到什么地方去。我们只是在周围转悠。"

"噢。"

"我没有选择。"

"你被绑架了?"

"被绑架了。"他肯定地说。

"噢!他让你喝酒了吗?"

"正餐,"拉尔夫说,"我们吃了正餐,然后午餐,然后早餐,在饭店里。他拥有这饭店。"

"正餐,然后午餐,然后早餐?"

"我要了一份汉堡包,还有番茄酱,芥末,调味品,番茄,洋葱和法国吐司。还有一杯黑白相间的冰淇淋苏打水。"

"这么多!"

"还有一些其他的。"拉尔夫补充说。

"你为什么不打个电话呢?"

"我是想打。但是我没法打。"

"你怎么逃掉的?"

"他打电话叫了一辆出租车送我们回家。"

"有电话?"

"有电话。"

"出租车将你们两人都送回去吗?"

"它先把我送了回来。"

特蕾萨皱着眉,站起来泡了点茶。

"这全是格罗弗的错。"海伦作出了这个结论,好像事实就是如此似的。他们所要做的就是在这个问题上达成协议。

特蕾萨噘起了嘴唇。

幸亏编了这么一点故事,全家才不至于反目。

"就是。"拉尔夫松了口气。

但是后来,一想到让步,他就感到后悔。这就是白手起家的人所要做的吗?弓腰趴在小木桌上,他知道他本应说些什么。他应该以下结论的口吻洪亮地说,我是这个家庭的父亲。因为他是父亲,可以做他所喜欢的一切——一想到这,他就将柔软灰色的吸墨水纸一撕为二,用粗大的红字写下了:实现。这究竟意味着什么?他想他应该把那本书的这一部分再读一遍。在此期间,他把这张招牌用平头钉钉在了前面的墙上。然后他拿出了格罗弗的名片。他是一个想象家,看不见,拨号打电话。遮遮掩掩的,像海伦。格罗弗的电话响了。他要说什么?喂,不错。喂,他也想做一个白手起家的人。

没有回答。

他让电话响了 20 次,30 次,又试了一次,让它响了 40 次。但是格罗弗那天没有回音。第二天,第二个星期也没有。这张名片是假的吧?这个号码是假的吧?拉尔夫无法相信。他是一个想象家!这种事不应该发生。他应该查对一下号码吗?他想他可以和新来的房管员,一个粗壮,说话粗鲁的老家伙查对一下。

但是拉尔夫根本就没有去查。部分原因是他害怕所查出来的结果。但是主要的原因是他要保持信念。想象不就是一个信仰问题,就像去教堂一样?实际上在教堂里,他经常想起格罗弗。他尽力想驱除对朋友的怀疑,就好像通过另一个考试,就好像他在公园里所受到的折磨。他坐在教堂长椅上,双眼紧闭。他摸着他的膝盖。

新闻:珍妮斯和老赵的孩子死产。"死了?"拉尔夫说,"一个小孩?"海伦做了一锅锅的饭。珍妮斯不想吃。"她成天哭,"海伦汇报说,"她不换衣服。她不洗碗。"后来,"她再也不要我去看她了。她认为她运气不好。"

这时拉尔夫开始思索着孩子的意义以及海伦应该如何多休息。他吩咐她,慢慢走,小心点,休息休息。

他买了一个新的坐垫,就像一个真正的父亲一样,他需要进行一种真正的生活,他可以申请博士学位,孩子的未来就依赖于此。《由计算机分析来看飞机躯体的应力》——他在寻求一种数字方案来解决分析无法解决的方程。他每天都冲卡片,冲,冲,尽量避免动摇、分心和曲解。

海伦在家

到了此时,海伦已变得越来越安静。她成了她足智多谋的自我,但是从本能上来说,她也是拉尔夫活动的砝码——一个固定的中心。尽管她不知道拉尔夫已经变成了一个想象家,但是她可以感觉到——感觉到如果不是为了她和特蕾萨,那天晚上他和格罗弗也许就不会回来。没有什么要回来的,再过 10 年,她也许就可以将家人比作宇航员,在太空中漂浮。他们就是这样毫无根基。如果有一个人要偏离出去,那么重要的是另外要有一个人待下来。

这无所谓——这使她感到自己更接近家庭的中心,无论这意味着什么。她太疲劳,也太拖累,无法到处走动,更不用说太热了。现在她要竞争的是一对饱满的乳房和一个大肚子,这两者之间还有一个新的深深的缝隙,像蒸气孔一样火红。拉尔夫有时会在这上面敷上一块凉爽的揉成团的浴巾,作为特殊照应。他们现在的关系比以前更亲近了。尽管他对她和珍妮斯之间的关系感到不满,但他无权多说。他现在似乎也有自己的秘密,他们之间的障碍同时也是一个契约。

这够吗?她希望如此,祈求如此,正像她的脑海里萦绕着一个最新也最危险的秘密:那天晚上拉尔夫失踪的时候,她不仅为他担心,也为格罗弗担心——眨眼、富有、潇洒的格罗弗。这个人真是一个恶棍!她知道这点。但是,她仍感到自己是在杂志里。又是一位淑女,而且——她感到自己陷入了疯狂的恋爱之中。他为她,也只有为她而生。在她的睡梦中,她也为他而生,这个她父母决不会选中的人。

凯丽——她的中文名字叫开兰——早产两个星期,是暴风雪时所生。风暴螺旋状地绕着外套,就好像一个问号。食品。毛毯。海伦,拉尔夫和特蕾萨像别人一样将食橱塞满,最后还得丢弃它们。这是一次难产,既漫长又痛苦。海伦觉得她是在缓慢地生一块石头。窗外,光芒四射的天空在嘲弄着她。直到最后出现了一阵滑动,一声声嘶力竭的嚎叫。一个女孩!特蕾萨无所谓,但是海伦和拉尔夫却感到失望,直到他们抱起她,看到她将胖胖的脸蛋缩在肩膀里,好像她没有脖子似的。在中国,农民经常将女儿淹死——这叫作给婴儿洗澡,但是他们无法想象这些农民怎么会这么忍心。赢得了他们喜爱的是,她那只受挤压的鼻子,她那毛茸茸的耳朵,她那双微小的手指及其微小的指甲和皱巴巴的指节,她的脚趾——每只脚上都有五个粗短趾,就像一个小小的粗短趾家族。她的头是圆锥形的,也是一个极端,黑发很浓,差不多要理个发。什么不完美?轻轻地试着她的运转部分——她的肘,她的手腕,她的膝盖——他们决定下次要个男孩,这个男孩可以做个学者,也许还可以成为百万富翁……反正为小男孩要做的事情多着呢,所有这一切是教育。事实上,他们正忙于学习如何忙乱。包裹得体很重要,这样她就不会感冒了。所有的孩子都这样松垮垮的吗?他们尝试着各种不同的方法。

最后的进展

格罗弗这时成了一个最好不要提及的人,言下之意是正是他和凯丽使他们最终成了一个真正的家庭。有些东西要保护,有些东西要被保护。这组人坚强得像块肌肉。他们相互之间的玩笑比以往都多。海伦的中国属相是头牛,拉尔夫的是头猪,特蕾萨的是条狗。但是拉尔夫开玩笑说他是真正的狗,同时也是猪。"你怎么会是狗?"他问特蕾萨。"太潇洒了!"他们哞哞地向海伦学牛叫。他们再也不谈特蕾萨出嫁的事了。尽管海伦还是给珍妮斯打电话,让她知道孩子已经出生,但是她们之间所发生的变化似乎变不回来了。可怜的珍妮斯!海伦一空下来就想起她的朋友,但是没有多少时间。凯丽患急腹痛,对药过敏,这种小孩嚷嚷得多,睡得少。在学校和功课之余,特蕾萨挤进来帮忙,很高兴避开解剖尸体。一个活生生的小孩多好玩啊!海伦很感谢她的帮忙。

至于拉尔夫——等到凯丽会爬,舒舒服服地蜷缩在洗衣篮里的时候,她的父亲还在做他的计算。等到蒙娜出世(这么活泼,这么好动,她所要做的第一件事就是要下地;海伦给她取名叫蒙娜),拉尔夫终于计算完了。握握手,拍拍背。

毕业典礼那天,气温华氏98度,这种天气连刮风都感到像是毛茸茸喘吁吁的动物在友好地靠近。但是拉尔夫仍在聆听着每一个句子里的每一个词,就好像这是冰块编钟的晶状音符。为了这一机会,特蕾萨又借了一架照相机,这样他们就不会在这一重大时刻依赖于一个摄影师了。此时,拉尔夫一边接受文凭,一边感到犹豫,他想让他姐姐给拍张好照片。人人都在鼓掌。他转向观众,挥了挥手,像个电影明星。他,拉尔夫·张,现在是张博士!

"祝贺你。"大学校长又一次大声地说道。他是一个高高瘦瘦的人,像根大理石柱子,只是热汗背后,他微笑得更多。

拉尔夫又和他握了握手。"很遗憾,"他说,"我只是希望我的父亲和母亲能够在这里。"

校长耐心地擦去眉毛上的汗水,说道:"我理解。"

照片印出来很美,因此海伦几乎不知道将哪一张装框子。最后,她请专人将两张照片和一张文凭装入框内。她将这些挂在起居室里结婚照的旁边。水平?拉尔夫后退了几步,看了看。"一样高。"他肯定地说。然后,令他惊奇的是,他开始哭起来。"爸爸,"他说道,"妈妈。"

"他们一定会感到骄傲!"特蕾萨也动了感情。"你知道,在照片里,你看上去像父亲。"

"是吗?"拉尔夫不这么认为,直到特蕾萨拿出了一些旧照片。令人惊奇的是,在外形上他确实像他父亲。

海伦从中挑了一张照片挂在拉尔夫的旁边;接下来又挑了一张拉尔夫与特蕾萨的母亲的照片,和他们的父亲作伴;一张她自己的父母的合影,旁边还挂了一只花篮。他们的父母没有死——他们不是向这些照片献祭品,就好像他们的父母已经成为祖先。不过,花篮挂上去不久,拉尔夫就有幸得到了一个终身职位(老赵为他说了句话),这时他们感谢他们的父母所能做出的一切帮助。

特蕾萨拿到医学博士后,他们又感谢了一番。

秋季学期开始的时候,海伦已经在华盛顿海兹找到了一个新的更大的地方。她热情很高。牢固的天花板,一个房间给蒙娜和凯丽,一间餐室可以用作特蕾萨的房间。女孩子帮忙拆箱子,速度几乎和海伦装箱子一样快。但是最后,海伦将最后一张报纸揉成一团。拉尔夫租了一辆车。他们多么开心啊!——但是到了最后一刻,他们也出乎意料地感到担心和伤感。住在这里时间这么长了,这座老公寓。蒙娜和凯丽向所有的墙吻别。她们还吻了炉子、散热器和后面卧室的裂缝——现在裂得更厉害了。一旦将文件柜从墙边推开,他们就可以看到一弯天空从这里射入,亮光光白花花。

海伦和拉尔夫皱了很长时间的眉。然后拉尔夫通过活板门爬上屋顶,回来汇报说这幢房子确实需要拧紧螺丝帽或采取别的行动,否则这个角就要向外倒塌了。就像这样——他在餐巾上画了一个图。蒙娜和凯丽模仿着别人摇了摇头,那一绺绺细发一甩一甩的。

"房子会倒吗?"凯丽问。

"随便哪一天。"拉尔夫说,拍了拍她,又转向海伦。"随便哪一天,这个角都有可能倒下来,特别是存放重文件的那个地方。"

海伦对此感到不寒而栗;凯丽也一样。只有蒙娜笑着。

但是碰巧的是,房子已经挺住了,现在他们正在搬走。

第三部
如此新生活

张家佬

在普通话里,表达变化的方式很灵巧:句尾放上一个"le(了)"就行了,如 tamen gaoxing le(他们高兴了)。到处都有限制,但是瘦变胖,阴变晴,干燥变潮湿,瘠地结硕果。

真令人欣慰!拉尔夫在美国落脚已经九年了。特蕾萨已经开始了医学实习。他们一起钻研政府的三个部门,他们的进步很大,已经从永久居民变成了公民。拉尔夫和特蕾萨已经长出了第一批白发。海伦的手臂终于长出了肌肉,这是抱孩子的结果。除了中国的新年,他们还庆祝圣诞节,而且是拉迪奥城音乐厅的常客。拉尔夫买了一顶戴维·克罗克特帽子。海伦熟悉《国王与我》和《南太平洋》里大多数歌曲的歌词。不错,她仍然在问别人是否已经吃过饭,听上去确实有点奇怪。拉尔夫忙碌之中发明了他的语法。连特蕾萨都努力将中文思维注入英语。但是现在,她也有英语思维——这一点也是真的,他们都有英语思维。有些事情他们不知道中文怎么说。室外语言已经渗透到了室内——卡迪拉克牌轿车,派莱克斯耐热玻璃,地铁,科尼岛,林林兄弟—巴纳姆—贝利马戏团。晶体管收音机。特蕾萨、海伦和拉尔夫不断发生口误,就像海龟一会儿到陆地,一会儿又到海洋。尽管中国成分是他们更自然的部分,但是中国成分和美国成分两者对他们已经不可或缺。

然而,感觉真正安顿下来仍然是件新奇的事情。现在他们多么容易醒啊!他们有种什么样的目的感!他们也许觉得自己幸福,也许不。他们所设想的幸福是一件所获得的事情,一种雄伟的状态,包括他们年老享福的时候惬意回顾过去。只有向回看他们才称内心平静也为一种幸福,尽管他们有时候觉得很惭愧,但是在其他的时间里,他们并不这样认为。因为如果他们能够点点头,微笑,说话,当然他们也有可能会发愁。我们多么泰然自若啊,我们担心的所有这一切会结束。相反,像这样,他们全都天真,全都有自己的计划。正如拉尔夫所想的,他们每天都在"上升",其余时间只够偶尔看看电影或玩玩球类运动,他们很高兴蒙娜和凯丽都很幸福。

这些女孩要过的是一种什么样的生活!蹒跚行走的凯丽,摇摇晃晃的蒙娜。她们似乎总是从厨房桌台下钻出来——凯丽执行一项神秘的使命,蒙娜则永远在角落边追她的姐姐。海伦和拉尔夫一致认为,再过几年,她们就又会有一个家庭,另外两个,如果运气好,也许是男孩。但是在此期间,蒙娜和凯丽会和她们的弟弟一样柔和,一样神秘莫测,任性,可笑。她们是他们的一种活泼持久的享受,就像海伦拧她们的脚时所说的:"爱——被爱!"她教她们 jiao ren(叫人)。尽管她们只有一个亲戚要叫,但是特蕾萨进屋的时候,海伦还是会问:"那是谁?"凯丽就会正确地说 gugu(姑姑)——意为她爸爸的姐姐。蒙娜就会鼓掌。

这就是凯丽如何知道自己要变得聪明,像特蕾萨一样,大家都这么说。她甚至还知道她的美国年龄是 3 岁半,而她的中国年龄还要加 1 岁。蒙娜有一点像海伦:脾气好。

"哪一个像我?"拉尔夫常开玩笑问,"啊?"

"我我我我。"女孩们用英语吵闹着回答。

她们爬到他身上,拽他的手指,他的鼻子,他的耳朵,好像要把它们取下来给自己似的。蒙娜将手伸进他的嘴去抓他的舌头。

拉尔夫张大嘴巴哈哈大笑。

"没出来。"凯丽告诉她妹妹。

但是蒙娜格格地笑着,依然在拽,直到最后拉尔夫摆脱了她那只潮湿的手指,紧紧地闭上了嘴,将她放在膝盖上颠动,以分散她的注意力。"没有舌头,"他呵斥着,"反正我的舌头不太好。你应该去拽姑姑的舌头。"

凯丽站在一边,抱紧了他的另一条腿。"我是不是你的小女儿?"她声音凄切地问道。

"是的,"拉尔夫安慰她说,"你是我的小女儿——你也是。"蒙娜开始扭动起来,于是他又搂住了蒙娜。"我是父亲,你们俩都是我的女儿。"

"不是。"凯丽拉长了语调笑着说,她父亲也给逗乐了。蒙娜尖声地模仿着她:"不是。"

"是的。"拉尔夫模仿着她们的语调说。

"不是!"

"是的!"

"不是!"

"是的!"蒙娜错误地叫了一声。

"蒙娜,"凯丽像她妈妈一样拧了一下她妹妹的脚,"你应该说'不是'!"

"不是!"蒙娜于是说道。

"这儿怎么这么闹?"海伦进来问道。

"不——是!"蒙娜拉长声音叫喊。

他们都哈哈大笑起来。

"不是! 不是! 不是!"蒙娜大声叫嚷。

"是的! 是的! 是的!"海伦笑着。这时特蕾萨跟在后面喊道:"是的! 不是! 是的! 不是!"

张家佬

"不是！是的！"拉尔夫说。

"是的！是的！不是！不是！"凯丽叫道,"是的！是的！"

这时大家又笑了起来,直到晚饭开始。特蕾萨开始说要节制,笑得太多会影响消化,但是这也好笑,连她自己也一边说一边笑了起来,她的话没有一点作用。它们不是话,而是肥皂泡,或像汽车队里的小女明星所吹出的一个个飞吻。这就是新世界？他们都注意到,界限似乎再也不存在了。例如,海伦又和珍妮斯和好如初,而珍妮斯这时已经生了一个儿子,亚历山大,和蒙娜差不多大。似乎没人在意老赵不仅得到了终身职务,而且还是拉尔夫这个系的代理系主任。因此房管员所说的或所希望的不如海伦呼吸的方式或特蕾萨谈多少话那般重要了。"你们知道为什么我们过去说典型的美国佬是饭桶吗？"晚饭桌上,特蕾萨问道。"这是因为我们认为我们是饭桶。"

"你是说我认为我是饭桶。"这些天来,拉尔夫什么都可以笑。

"这个……"特蕾萨机敏地咬了一块油煎热狗,"不管怎么样,你现在是助理教授,生活换了一副样子,对吗？"

"不错,一切都变了个样子。"吃完米饭,拉尔夫眼也不抬地将碗递给海伦。他心不在焉地将肘放在桌上,等着海伦将饭盛回来。他把手心伸向空中,就好像一个人在测试是否在下小雨。

"那么我应该作点坦白,"特蕾萨说,"你还记得那被取消的奖学金吗？"

"你的奖学金？"

"它没有被取消。我告诉你就是想让你感觉更好些。"

拉尔夫的前臂砰的一声击在桌上。海伦小心地将米饭放到他桌前。"不错,它确实使我感觉好些。"他终于承认了。

"海伦还要告诉你些事,"特蕾萨说,"有关暖气炉的事。"

"噢,不不不!"海伦说。

"什么暖气炉？"拉尔夫问。

海伦将注意力转向蒙娜。"嘴张开——好孩子!"海伦喂她,她却将手指去捅鼻孔。

"嗯?"拉尔夫说,"你还有什么事没有告诉我?"

"喔哦。"凯丽,这个早熟的小主人,真是个有用的捣蛋虫,她将她的筷子撞到了地下。"乘电梯。"

"我来拿。"特蕾萨迅速弯身到桌下。

"不管如何,我不在乎。"拉尔夫说。

"现在你是一位助理教授,我想你不会。"特蕾萨说,一只手还在鞋之间摸索。

"就像现在你是一位医生,你不在乎没有丈夫,对吗?"

拉尔夫的语调是戏弄的,但是海伦还是大气不敢出,直到特蕾萨露面,炫耀着重新找回来的筷子。"不错,我是不太在乎。因为,既然我这儿有一个家,为什么我还要再组建一个?"

"没道理。"他们一致认为。"没道理!"

"如果她结了婚,她可以将那男的带过来和我们一起住。"海伦说。

"坐在这儿。"拉尔夫开了个玩笑,将椅子拖到跟前。

"对!"蒙娜和凯丽高兴地叫道。

"家庭成员意味着不许脱离。"拉尔夫向女儿们摆了摆手指。

"我们是一家。"海伦回应道。

"团队。"拉尔夫说,"我们应该有名字。中国的美国佬。简称张家佬。"

"张家佬!"大家都笑了起来。

球类运动更加有趣。特蕾萨解释说,去年,在世界职业棒球锦标赛中,扬基队输给了道奇队,但他们鼓足士气,准备东山再起。"让我们张家佬去!"这是他们在公寓里,在他们新买的天顶电视机前私下说的。有一次,他们去观看了一场实际比赛,人们谩骂他们,让他们回到洗衣店去。他们反过来像记分牌一样无动于衷。后来他们说他们内心在争气。不管如何,他们更喜欢呆在家里观看。"更舒服。""更方便。""看得更清楚。"他们一致认为。

拉尔夫鼓动购买汽车时所持的也是这些理由。

"看上去好像有人百分之百地美国化了。"特蕾萨开玩笑说。

"什么美国化?我们有一辆车,成长了。你们忘记了?"拉尔夫争辩说,这样一来,他们可以避免太美国化。"无论到哪儿,我们都可以将孩子放在里边。她们就不会感冒。"

"我想我们同意孩子们将要成为美国人。"海伦感到困惑。

拉尔夫皱起了眉头。凯丽3岁的时候,他们决定蒙娜和凯丽先学英语,后学汉语。珍妮斯和老赵就是这样为孩子打算的,珍妮斯不想让他带有口音。在拉尔夫和海伦看来,这是一个更加实际的决定。外人有时候听得懂她,有时候听不懂,凯丽对此似乎感到困惑不解。和其他的孩子在公园里玩时,她有好几次哭了起来。还有一两次扔东西,就这样,她丢失了一个玩偶,还有一条小龙。还有,在随后而来的一次争吵中,一个贪心不足的小男孩丢掉了几颗牙齿。

"没有几颗牙齿。"海伦想告诉小男孩母亲。

现在拉尔夫有节奏地敲击着他的手指。他停下来笑了笑。"除了买辆车,还有什么更好的办法来使孩子美国化!"

特蕾萨笑道:"再加上这样一来,她们就不会感冒,是吗?"

"身体很重要。"海伦插话道。

"还有,"拉尔夫说,"正巧老赵要卖掉他的车去买一辆新车。"

"啊!"特蕾萨说,"但是从什么时候开始朋友之间相互卖起车来?"

"亲爱的姐姐。请允许我解释——"

"我知道。这不是中国。"

"真聪明。"拉尔夫说。

拉尔夫驾车

每个星期天的 9 点半拉尔夫都要向一位特别教练学开折篷汽车。这位教练是一位邻居推荐的。"他本人过去就是一名考官,"邻居说,"他知道所有的技巧。"拉尔夫给他打了个电话。时隔不久,拉尔夫学会了驾驶技术和术语,例如镜子调整,刹车,护目镜戴上,道路畅通,等等。他将车驶离了路缘,像个离家的小男孩一样严肃。他回来时受到了英雄般的欢迎。"告诉我们!"海伦推开住宅的门说。一边是蒙娜,一边是凯丽,他谦虚地叙述着这一天的经历。一个巨大的坑洞。一盏一闪一闪的黄灯。一辆消防车。他已经征服了三点转向。交通手势随时都会落到他头上。

"当然,"他轻轻地提醒她们,"上课是一回事。考试又是一回事。第一次大多数人都会失败。"

她们点了点头。

但是当他真的失败的时候,她们几乎和教练一样感到失望。这位教练已经订约,通过需要多少课程,他就要提供多少课程。

"好吧,好吧。"教练听到消息后说道。这位教练是一个长鼻子的纨袴子弟,一副皮笑肉不笑的样子。他现在不笑了。"首先我要告诉你的是镜子。你不能只是向前看,你还要向后看。"

"向后看。"拉尔夫说。

这还不够。看的时候还得将眼睛睁大,这样就可以根据考官的吩咐做。"这儿。做这个。"教练眼珠睁得大大的。拉尔夫也睁大了眼睛。

但是,两个月后,他又没通过。"撞到路缘上去了,"他解释说,"汽车出了毛病。"

教练擦了擦鼻子。"好吧。现在听着。首先我要告诉你的是镜子。"

"上次你告诉我:'行动之前先向后看。'"拉尔夫睁大了眼睛。

教练又擦了擦鼻子。"好吧,"他说,"首先我要告诉你的是信号。你得到了信号就像你知道了你要做什么一样。"

拉尔夫第三次失败的时候,教练点起了一根香烟。"你知道你是什么?"他说,"你是我们所说的失败部分。我告诉你这个是因为我是一个好人。"

汽车里满是烟。拉尔夫拉下窗户。教练迅速打开门臂上亮闪闪的铬钢烟灰缸,将他的烟灰弹入缸内。

"你决不会拿到执照。你知道为什么?因为你激励不了别人的信心。我认识考官,这些家伙是我的朋友。他们看你一眼,你知道他们看什么?"

"我已经支付过这辆车子了。"拉尔夫说。

教练深吸了一口烟。"事故,"他说,"你想拿到执照,只有一个办法。我简单地跟你说,做一个好人。"

拉尔夫将手伸到喇叭上。

"这叫小费。在美国就是这样。某些美国的手掌需要某些美国——"

"知道了。"拉尔夫紧紧握住方向盘,好像将自己移到别的什么地方是一个操舵问题。

"我的意思是——"

"你知道,"拉尔夫缓缓地说,"在中国,我父亲是一位政府官员。学者。百分之百的诚实型。"

"那么我的父亲是一位牧师。什么——"

"我父亲是一位大人物。"拉尔夫打开车门,爬了出来。他感到很强壮,像个运动员似的。"我是他的儿子。"他绕到车子的乘客座位一边,将那扇门也打开了。

教练滑出座位。他那只擦生发油的头像保龄球一样闪烁。

"谢谢你。我再也不要你的帮助了。"拉尔夫狠狠地推了一下门。

他做得对吗?6月里,拉尔夫自己又进行了一次执照考试。考完之后,他每天工作一回家就满怀希望地迅速翻查家庭邮件。有时候他会转到外面去看看他的车,加快一下柴油机的转速,玩玩镜子。他会使头灯反光,思索着邮政系统。他们一天丢失多少信?他想象着他们用来归类的箱子。他想象着加班加点工作的职员。他想象着机动车队寄来的信,一封非常重要的信,呼呼呼在天空中翻转,飞近了正确的信箱,但是最后却落入了错误的信箱。他想卖掉车子。

但是有一天,信终于到了——这是一封普通的信,通过普通渠道来的,没有出现事故,信上有一个他所需要的大大的圆珠笔标记×。拉尔夫将全家人带出来庆祝一下。连特蕾萨也来了,尽管她整个晚上都在医院上班。

"你们感到有趣吗?"他问。

"有趣?"她们回应道。然后说:"是的,我们感到有趣!我们很开心!"

7月里出去相对而言还可以忍受。太阳太亮,温度太高,天气太闷,但是街道上的垃圾似乎不像以往那样释放臭气,大多数的人都穿了衣服,只有少数几个人挺着个大肚子在闲逛。海伦、蒙娜、凯丽和拉尔夫一起坐在有弹簧的前座上,快速地上下摆动。特蕾萨坐在后座中间,动弹较少。她倾身向前说,她可以和别人一样看得清,听得见——真的!

拉尔夫方向盘一转,将车子开到了街区。"我调档的时候你们能够感觉到吗?"

乘客们闭上了眼睛。拉尔夫格外小心地减小了离合器。

"根本说不出来!"

拉尔夫微笑着。"用镜子很重要,"他告诉她们,"行动之前,先向后看。"

"我挡住你了吗?"特蕾萨用中文问道。

"没有,没有。"拉尔夫说,但他回头所看到的全是她。

又转到街区这儿。当一个流浪汉毫无目的地向他们咬牙切齿的时候,拉尔夫加快了速度。"让我们看看好东西!"他说。他们向中央公园驶去,一次又一次地穿过中央公园。有一次他们停下来购买"幽默冰淇淋",然后一直向第 5 号大街驶去。当然,海伦、特蕾萨和拉尔夫以前都去过第 5 号大街,但是现在是开车去的,感觉不同。他们现在看的比经历的还要多,感到这地方很像上海,只是更新。没有人力车,也没有人在公共场合饿死。

再往城里开,来到了唐人街。无论说不说英语,蒙娜和凯丽都知道这点中文:Dabao(大包)是大的包子,里面有鸡肉、鸡蛋和厚块中国香肠(除非他们在这上面涂些红点,这些是甜豆酱)。Chashao(叉烧)是烤猪肉。Zongzi(粽子)是一捆捆用荷叶包裹起来的糯米——女孩们喜欢这些美味可口,成对捆扎起来的粽子。"还要!还要!再买一点!"她们敦促海伦。Jiaozi(饺子)是肉馅包的,他们来到街区,一边用 jiangyou(酱油)和醋吃饺子,一边还要数着:"我吃了 6 个!""10 个!""11 个!"

离开唐人街的时候,拉尔夫刹车后停了一会儿,随意地向鲜肉铺点了点头。"我曾经在那样的店里干过。"

"哪儿?"凯丽问。

"真的吗？你从前从来没有告诉过我们。"海伦说。

回家的路上，拉尔夫又放慢了车速，来到了西区的中部。"这是我的导师从前住过的地方。"他惊奇地看到，这座褐色沙石建筑现在看上去多么平凡啊。紫杉树到处蔓延，黄黄的，不好看。石阶看上去像个城市机构，肮脏，没有人打扫。那扇门是什么颜色？一种阴阴的绿色。拉尔夫独自摇了摇头。门打开了。

他快速地开车，驶过哈莱姆，在一些倒塌了的旧屋前第三次放慢了速度。

"我们为什么要到这儿来？"凯丽问道。

"你已经忘记了？"特蕾萨感到奇怪。

和第5号大街一样，他们的旧房子从车里看和从人行道上看截然不同。例如，他们现在可以看到隔壁的建筑失去了两组三个或四个窗玻璃，看上去这就好像眼睛被射穿了似的。还有，他们的建筑已经失去了它的鼻子。这一直是这个样吗？他们绕了个圈。

"快瞧！"特蕾萨惊叫道，"快瞧！快瞧！快瞧！"

拉尔夫刹住车。他们那座有裂缝的墙角实际上已经倒塌了，他们的旧卧室和起居室的剖面部分都暴露出来了。

"别告诉我。"海伦说。

"这么危险，我们甚至都没有意识到这一点。"

"真可怕。"

他们凝视着。

"我们真是幸运。"

他们又凝视了几眼。

"还是那些肮脏的旧墙纸。"海伦最后说道。

他们经过老赵和珍妮斯的房屋，一个较为牢固的建筑。

"老赵和珍妮斯刚买了一座房子，"拉尔夫说，"大家都说明年他要当正教授。"

"真快!"

"一个经历。现在我要带你们上高速公路。"他宣布说。

"我想我们该回家。"特蕾萨说。

"高速公路过后就回家。"

"我们可以先把折篷盖上吗?"海伦不禁考虑起她的头发来。

"不行不行不行,"拉尔夫说,"折篷拉上就没乐趣了。"

高速公路上,他们的车子开得更快了。

"我们去哪儿?"特蕾萨大声嚷道。

拉尔夫没有回答。他们不顾后果地加快速度。有两次他们堵住了别人的车子,有一次他们差点撞到一辆卡车上。"嘿,老兄,悠着点!"卡车司机吼了起来,"你要撞死人的!"

"小弟,"特蕾萨试着说,"我不知道你开得有多快?"

"更快!"拉尔夫回答道,"越来越快!"

蒙娜和凯丽像握紧了生命一样紧握着仪表板,而她们旁边的海伦则采取了更为成熟的办法——手和膝盖抱成一团,嘴唇紧闭,她看上去好像要以僵死来控制局势。

拉尔夫拒绝接受建议。幸运的是,后来云层密布,遮盖了太阳,大家都开始起鸡皮疙瘩。"孩子会感冒的!"海伦大声叫道。

"我们会的!"蒙娜和凯丽附和道。Ganmao(感冒)是一个中文词组,她们完全理解。"我们冻死了!"

"最好将折篷拉上。"特蕾萨建议。

拉尔夫在下一个出口停了车。

"我们在哪儿?"

"康涅狄格。"

"什么是康格?"凯丽想要知道。

"另一个州,"特蕾萨用英语回答,"我们到了另一个州。"

"这离老赵和珍妮斯搬家的地方不是很近吗?"海伦问。

"不太远,"拉尔夫说,"这是格罗弗·丁住的地方。是他的住宅之一,和税务有点关系。"

在随后的年代里,当海伦教女儿如何说话的时候,她会教她们什么时候不再继续下去,就像她所说的。她说,这是表明一个观点的礼貌办法,但是她说这话的时候,女孩们知道她所说的是指刺人的话。然而,她们沉默不语的时候,怎么没人感到刺痛?"美国孩子,他们的母亲什么也不教,"海伦说,"典型的美国佬,你能说什么。"

但是在他们家里,沉默占据了一切。现在,只要一提到格罗弗,大家就不说话了。拉尔夫向四周看去,不知这些女人是什么意思。他瞥了瞥海伦,又在镜子里看看特蕾萨。然后,他彬彬有礼地将她们带出去转一圈。

无论何时,康涅狄格都会是美丽的。但是那天下午,在一排排哨兵似的树和温柔的花园的点缀下,街道上看上去赏心悦目,连太阳自己似乎都在动摇,停留在原地,不愿离去。正是旁观者的出现才使一切变得举足轻重起来。这些街道富有色彩,有翠绿色,草莓色,还有各种童话色。这么安宁!这么寂静!或许在开了那么长的时间后,他们发现了一小块土地纹丝不动,令人难以置信。无论如何,他们叹了口气——家乡——感到他们已到了某个地方,于是将车停下。

他们不知什么时候意识到像这样的一座城就是他们的命运——如果他们抽出过去的那条线索,那么它就得通过这一点,不管它以后如何曲折,总有一天,他们会住在这样一座房屋里,并有一个院子和一个车库。他们的集体憧憬在喉咙里得到加强,特别是海伦。"真美。"她一遍又一遍地念叨着。透过窗户,她看到了窗帘、蜡烛和碗橱,总而言之,一个女人在她所挑中的物体当中来回移动。"真美,真美,真美!"

"是很美。"拉尔夫表示同意。

"几乎和中国一样美。"特蕾萨说。

"因为美国——"

"真美。"海伦坚持道。

"真干净。"拉尔夫表示同意。

蒙娜和凯丽在路边一蹦一跳。"我们在蹦跳!"凯丽叫道。"蹦跳!"蒙娜附和着,差点绊倒。

"孩子们最好能有个地方游玩。"

"一个后院。"

"这是一个家庭住的好地方。"

他们在街上来回踱着步。陷入沉思。

"老赵和珍妮斯现在搬到了什么地方?"

"塔里敦。"

"这在韦斯切斯特。"

"对。"

"下一次,也许我们会到那儿去看一看。"拉尔夫说。

海伦心潮起伏。"下一次!"

激情

他们每个周末都来。他们不是像海伦说的来"买房"。一位房地产商劝他们,只有等拉尔夫取得终身职务他们才可以采取行动,否则他们就会发现自己"超过承担"。不管怎么样,他们没钱支付"定金"。所以他们"只是看看"。

但是,他们充满了奢望。海伦很快区分了传统式和现代式,错层式和牧场式以及中门进入的殖民式。都铎式,平房式,A 字结构,她解释道。灰墁,砖块,墙面板。护墙楔形板。

"还有,"她常说,"双间车库,有不同的入口。精致的地下室。滑动玻璃门。"

特蕾萨楞住了。"你的英语提高得这么快!"

"Bu bu bu(不不不)。"海伦谦虚地说道。

"你怎么知道这么多?"拉尔夫摇了摇头。

"我是偶然学到的。"

他们"只是多看了"一些。直到有一天早餐的时候,海伦说:"也许我该去工作,攒点钱来支付定金。"

激情 135

"去工作?"拉尔夫感到震惊。

"珍妮斯准备去学房地产,当一个经纪人。"

"你想去工作? 离开家? 给陌生人?"

"如果她想工作,她当然可以去,"特蕾萨说,"为什么不行?"

海伦揭开茶杯盖,看看茶叶是否已经沉到杯底。

拉尔夫建议他们尽量 xiang banfa(想办法)。

"什么 banfa(办法)?"海伦坐在床上。

"我不知道,"他说,"但是也许我们可以找人帮忙,某个精明的人——"

"什么样精明的人?"

"这个,比方说那个人,你也许记得他,格罗弗·丁……"

海伦没有问下去。

或者说至少那天晚上没有问下去。但是,几个月后的又一个晚上,她感到纳闷。"格罗弗到底做什么?"她问这话的时候并没有真正期待回答。拉尔夫正在打鼾。

但是一提到格罗弗这个名字,拉尔夫回答起来就特别带劲。"做许多事情。还有许多房地产。"他转过身来面对着两床之间的过道,身上披着毛毯。"他人人都认识。"

"你知道怎么和他联系吗?"

"大姐怎么样?"

"我想我们什么也不该做。"她很快地退回到她那不宁的睡眠之中。

拉尔夫在旧纸堆中费力地寻找着,一个箱子又一个箱子,找得他直打喷嚏。不知怎么回事,这些东西在搬家中都变脏了。他依然能够想象出格罗弗,晨雾,和出租车关门的情景。他依然能够听到关门的声音,还有那卡嗒卡嗒消音器管的声音。他能够嗅出疲倦。那天早上,格罗弗那张皱巴巴的名片就躺在他的手上,突出来的字母闪闪发光。他想象着这张名片又到了他手上——他是一个想象家,他会找到它的,他很确信,这时特蕾萨拖着脚走了进来,一双旧拖鞋像沙纸一样刮擦刮擦地拖在地板上。

"你没事吧?"她说,"你好像在生病。"

"没有,很好,"拉尔夫软弱无力地说,"我只是翻一翻旧箱子。"他又打了个喷嚏。

"进行一些清理,是吧。"

"不错。"

"噢。"特蕾萨犹豫不决。

拉尔夫的脸红了。灰尘悬在空中。

"好吧。"特蕾萨说道,脸上一副无可奈何的样子,与其说这是一种表情,还不如说这是从她的毛细孔里所散发出来的某种东西。"我刚好听到你在打喷嚏,就这些。"

拉尔夫眨眨眼。她向门口转去。在明亮的门厅灯光下,她那瘦小的身材开始变软,渐渐消失,这时他才想起她真的只是为他打喷嚏来看看的。他还想起他从没见过哪个人这么疲倦。她的实习已经进行了多长?她还不如游过一条大洋。她一走就是几天,回来的时候脸也不洗,牙也不刷就直接上床。但是尽管如此,她还是来看看他——她,这个成天给病人看病的人——因为他是她的弟弟。

"大姐。"他说。

她的拖鞋已经没有声音了。

他想说什么?他脸又红了起来。

"你有话说吗?"

"如果我们买了房子,你会和我们一起住吗?"

"我希望这样。"

"很好。我就是要弄清这一点。你知道——全家在一起。"

"你得知道要多少卧室,嗯。"

"一点不错。"

"你很快就要买了吗?"她感到吃惊。

"暂时不会。"他耸了耸肩,"没有定金。"

特蕾萨端详着他。他为什么这么尴尬?过了一会儿她想她知道了。"噢,我希望我能凑点钱作抵押支付。你知道,我的实习很快就要结束了,那时我就会有一笔可观的收入。"

"喔,不不不。"拉尔夫说。

"为什么不?我凑钱付房租。"

"不不不,这不一样。抵押是一个大的承担义务。"

"是吗?我要在那儿住好长一段时间,对吗?为了我,我们得另外买一座更大的房子。"

如果你结婚怎么样?拉尔夫想说,但不忍心。"我是一家之主,"他反过来解释道,"房子是我的任务。你只是——"

"我只是什么?"

拉尔夫咽了下去,感到后悔。

"不要担心,我哪儿也不会去。你听我说。从现在起,30年,40年,50年,我会依然呆在这儿。"

"你会吗?"拉尔夫不知道该想什么。

"从前的张家佬,永远会是个张家佬。"她说了句俏皮话。

"不错!"拉尔夫叫道,"真是一个好笑话!"此时他笑了起来,他的内心充满了家庭感,这个巨大而内在的团结。

所以这一次,当她消失进了白色过道时,他很高兴让她离去。

考试

拉尔夫在干吗,不想让她知道?特蕾萨的睫毛粘到了眼睑角上。她关上门。开始脱衣服,她将衣服一层一层地脱掉,然后再将它们挂起来,这时她有一股说不出的感觉,简直无法忍受。这种感觉是什么?她的衬衣下摆成天塞在裤腰里,从腰以下全部皱掉了。温顺的金属丝衣架喉咙扭歪,头部弯曲——它们服侍得太有耐心,太整洁了,每一次都是一位老处女。

这就是她照着那面带有棕色斑点、多条纹和缺口的绿色镜子时对自己所作的猜测——实际上,她全错了。每天,她在无情的医院照明下看到病人是如何地欺骗自己——欺骗自己的体重、自己的饮食和自己的呼吸困难——没想到现在她觉得自己比他们任何一个都差。冷冰冰地亲吻着听诊器,她既是医生又是病人,既问问题又回答问题。她的生活是她自身的错误吗?在中国,据信一个人的性格写在她的脸上,未来新郎的照片要放在好的灯光下研究。翻过来转过去。特蕾萨有一次觉得这很傻。现在,她一本正经地思考着她的形象。她还向里看,看她心脏的质量,看她心脏的收缩,看她心脏的沉淀。她发现心脏的血管已为

考试　139

词语所阻。这是一个出乎意料的发现。当她第一次来美国的时候,她的英语老师就曾警告过她,不是因为说得太多,而是因为说得太少。"大胆地说!"她的老师将她的手臂举在空中,就像一个牧师吩咐全体教徒站起来,这样她的错误就可以昭示,单调,刺耳。"大胆说!大胆说!"当时,特蕾萨没有这个胆量。后来她虽然学会了专业会话——介绍病例——通过了鉴别诊断和治疗计划,结果一如既往,不善言谈。这就好像她的老师将她的内衣暴露出来,但却什么用处也没有。

除了这——上课太迟了,特蕾萨有一肚子的话要说。8月份到公园里去炫耀一下怎么样。或者说那顿正餐怎么样?正当她想起英语里"愤慨"一词的时候,她想起了一句中文成语:lao xiu cheng nu(恼羞成怒)。

她的心脏确实是只拳头,就像教科书里所描述的。

如果她睡得多一点,或许她会更好地控制住自己,她想。她想象休息和睡眠就像是中国村民所建造的泥土防洪岸壁。但是一旦缺乏休息,她就成了黄河,波浪翻滚,威胁着要成为成千上万人的悲哀。她想象着臃肿的格罗弗在水中翻筋斗,一双眼睛湿漉漉的,像是患了海绵肿。

医生会考虑什么样的一种办法?

多少年后,她或许会意识到:愤怒在她生活中的地位就像在刺绣活中配错了颜色——凯丽会将此告诉她。她可能会觉得这是鲜艳的色彩,会给设计好了的刺绣品带来生命。但是现在,她要约束自己。她一直注重道德;她现在更注意道德了。这个国家是一个多么危险的地方啊!一个自由的荒野。她感到不寒而栗,小心翼翼地坚持走她的道路。有一次,她允许其他的住院医生向她眨眼,有时候她也向他们眨眼。现在她是眯也不眯,转身而去。

只是时隔不久就出现了一个意外。生活将这些东西抛向我们,机遇来自生活的绿波:她从预约表上注意到她诊查一位36岁的中国男性病人,身高约 1 米 78,体重 170 磅,血压略高于正常数,但是一切都很正常,身体健康,探访原因:疑是血痔(为什么患痔疮的人要到急救室来?当然,晒伤和肠气也会到这儿来),她已经意识到,如果这位患痔疮的赵先生知道给自己看病的是位女医生,那么他们之间就会出现某种尴尬场面,一向如此。不过她还是为此作好了准备。她像个权威似的昂首阔步走进房间,眼睛盯着预约表,神情冷漠地问道:"那么今天是什么病把你带到这儿?"如果他不回答,那么她会一点也不知道她在和谁说话。

荧光灯嗞嗞地叫着。她放低了写字夹板。"老赵!"

老赵又羞又怒,脸噌地一下子红了起来。他感到自己在膨胀,他的血细胞在剧烈活动,想要溜掉。在他的教育中,他还从未碰到过这种事。他坐下来,眨了眨眼。"我得了,嗯,鸡眼。"他终于说道,"在脚上。"他将鼓出来的公文包轻轻地放到椅子下。"好久不见了!真是没想到!"他说,"你!一位女医生!他们没有告诉我。他们告诉我是张医生。我想他们应该告诉我,如果是位女医生。我的固定医生是布鲁姆·伯格博士。一个男的。他在度假。我还以为你在医学院。"

"我在实习。"

"真的?我的医生不在。"

特蕾萨内行似的笑了笑。"度假?"

"度假。"老赵放松了一点,就好像步行在黑暗中,他终于走了出来,找到了一根扶手。

"你想看另外一位医生吗?"

"喔不不不不。"老赵说,但是说完之后他又站了起来,好像要离开似的。

"你要走吗?"

"喔不不不。"他又坐了下来。椅子发出了呼哧呼哧的响声。

"那么我们是否看一下那些,嗯,鸡眼?"

"当然。"老赵点了点头,一下,两下,三下。他解开了右脚上的鞋带。

"那么你把脚搁在桌上吧。"

老赵换了个座位,手上拿着翼尖皮鞋。特蕾萨礼貌地瞧着他那只无鸡眼的脚。她用手心托着他的脚后跟。死皮像雪片一样飞到她的手心。"系里的情况怎么样?"

"系里的情况,系里的情况,嗯,还不错,看到了鸡眼吗?——系里一切很好。当然,我们很高兴有你的弟弟,尽管他——"

"这里?"

老赵皱了皱眉,一副痛苦的样子。

她轻轻地将他的脚放下。"所以系里的事情……"

"很好,是的,谢谢你,拉尔夫干得不错,只是,你知道,也许他在'缘木求鱼'……"

如果老赵想要将她的注意力从脚上移开,那么他就成功了。"你这是什么意思?什么木?什么鱼?"

"我的话是什么意思?"老赵穿上袜子,似乎恢复了常态。他一心一意地在系他的鞋带。

特蕾萨笑了起来。"好吧。我想我很高兴为你的鸡眼开一张处方。"

老赵又去系他的另一只鞋带。

"这些鸡眼,"她直截了当地又说了一句,"我从未见过这种鸡眼。"

她想她看到了他一阵脸红,但是过了一会儿,老赵将两只鞋带都系好了。他用英语说道:"你们这些中国女孩,真难对付。"

现在是特蕾萨脸红了。

"好吧,一报还一报。"

拉尔夫不会得到终身教职,至少说还没确定。太空,老赵解释道。卫星。火箭。机械学已经过时了。"现在重要的是等离子区。流体。拉尔夫正犯一个大错误。我一直想告诉他。"

最后,老赵没要处方就走掉了。特蕾萨开始给他写,但是他向她挥了挥手,要她不要写。他趁她没看见,将钢笔拿了过来。"没必要。"他说。然后他又将钢笔轻轻地夹进她的指缝。

与此同时,拉尔夫正在向凯丽和蒙娜解释自己。"你们知道你们的爸爸是什么吗?你们的爸爸是学者。"他给她们画了一个金字塔。塔底是研究生。往上是讲师,再往上是助理教授,再往上是终身教授。"我在第三级,"他解释说,"一个三级学者。"

凯丽发出了"嗬""啊"的赞叹声。蒙娜则垂涎欲滴。"你什么时候达到四级?"

"快了,快了。当然,三级也不错。"

"不错,你是在开玩笑吧?"海伦骄傲地说。

终身职务,终身职务,终身职务。她们说,如果拉尔夫得到了这个终身职务就好啦。她们说,如果拉尔夫得到了那个终身职务就好啦。

"当然,我也有可能拿不到。"一天早上,拉尔夫说道。

海伦将这只尘球扫掉。"但是为什么?"

特蕾萨没有发表评论。

"你不认为,"海伦很有把握地说,"如果没有其他什么事,那么老赵——"

"这就是他妻子说的话吗?"拉尔夫问。

海伦剔掉蒙娜脸上的眼睫毛。

"老赵做不了主,"他接着说道,"再加上我又不想通过他拿到这个职务。我想通过自己,通过最正当的渠道。"

坦率地说,他想他会拿到。这倒不是因为他才华横溢,而是因为政府刚刚宣布了计划,要送一颗卫星去绕地球旋转。他系里的大多数人似乎都和此项发射有关。因此,学校不是还需要机械工程学方面的人吗?

"嗯。"特蕾萨说。

"他们发疯了吗?"海伦说,"他们怎么能让这样大的一个机器永远

考试 143

留在空中？连飞机都要下来加油。"

拉尔夫画了几张画。磁场，他解释说，力，曲线，速度，轨道。

海伦给迷住了。

"是的，理论上来说，他们能够实现。但也没那么容易。当然，老赵反正会研究太空方案。你知道老赵。他不问问题。大家都说太空方案了不起。他要研究太空方案。但是你知道我在想什么？我想这个世界总会需要机械工程学的。这个世界总会需要机器的，对吗？齿轮能使一切旋转。"

"一点不错。"

"你以为我害怕开辟新领域？我不怕。但是我是一个机械工程师。这就是我的一切，舍此无他。"他砰的一声敲着桌子，好像和谁吵架似的。"让别人都到空中去吧。我就是我！我就是我！"

特蕾萨在看她的最后一个病人。她已经看完了七个，再过一个小时她才能够结束。有两起车祸。一个是摩托车司机撞断了脊骨。另一个是一个十来岁的孩子没有心跳。他们打开她的肚子，要找出出血点，他们还打开了她的胸腔，做内心直视按摩。住院医生将一把切骨刀嘎吱嘎吱地穿过病人的胸骨，而特蕾萨则做了一根动脉梗。屋里充满了臭气，一个实习生昏倒了。住院医生一面诅骂，一面开始活动心脏——一个可怕的场面。特蕾萨掉过头去，看到尽管女孩的珠宝像衣服一样被脱去，但是她的指甲油仍在。这是一种粉红色，像夏天的西瓜一样，这正是那种一个无忧无虑的年轻小姐面临生活时所要挑选的颜色。特蕾萨感到浑身战栗。

然而，实习最苦的还不是这种恐怖，不是时间，不是责任，或痛苦，或病人，或政治，或脑海里所缠绕的一堆堆信息，就像马戏场上的各种汽车。不是记忆方法，就像事实一样难以回忆。（"阿盖尔·罗伯逊的学生适应了但却没有反应。"但是，这个笑话是什么意思？和一个妓女有关。)不是疲劳。或者说不完全是。对特蕾萨来说,实习最苦的是要和男人一起睡在那间阴湿的小屋里。"如果能有更多的女人就好了……"有人耸了耸肩,解释道。现在,疲倦之下,她向那儿走去——终于,终于结束了——她想这些男人睡得多香啊。她想着这些男人的打鼾和翻身。他们大叫。他们呻吟。他们放屁。他们抓自己,甚至更糟。甚至一些安静的人,他们睡得很沉,四肢优雅地蜷曲一团,甚至他们也打扰着她,她能够感觉到他们喜悦的存在,她得对他们提高警惕。也许他们,这些安静的家伙,最使她感到烦扰。这么安静,但是如果她睡着了,谁知道他们会在她的心中搅起什么样的梦想,全身悸动,全身滑动。老处女的欲望在上升,她的需要是多么的突出啊,她无法入睡,无法想象别人看她入睡。如果她呻吟,大叫,抓自己,甚至更糟,那会怎么样?

因此,当老赵打电话来的时候,特蕾萨正疲倦得发晕。一惊之下,她不仅扔下了话筒,而且还向他承认她有过一次小的亲昵举动。更大的亲昵举动还在后头呢,谁会预测到?

"这么笨,"她说,"我不知道我怎么了。"

他大笑起来。本来这种会话会出现无穷的尴尬,但是相反,它却一帆风顺。人人都会觉得他们一直在打电话。"我也不知道我是怎么回事,"他说,"你知道吗,我把公文包丢在检查室了,在那只椅子下面。"他们约了一个时间让他来取。

但是她找不到公文包。第二天,她打了个电话,并在系里留了张条子。

"什么条子?"在医院的过道里,老赵调整了一下裤带。

"不管如何,既然你来了,我们还可以再找找。"

检查室挤满了人。他们坐在旁边的椅子上一边等,一边聊。天气。他的各种疾病。这时,他问道:"你弟弟怎么不参加下个月的会议?"

"什么会议?"

"太空会议。系里的其他人都要去。"

考试 145

门开了。没有公文包,他们所问过的人也没有见过。失物招领处已经关门。

"我们应该先到那儿去试试。"特蕾萨灰心地说。

"看来我明天还得来。"老赵说。

特蕾萨告诉拉尔夫,他不再去开会使她感到很吃惊。她说她自己期待着去开会。她感到奇怪,学校是不是出钱给工程师去开会,就像医院有时出钱给医生去开会一样?

"他们出钱,"拉尔夫简慢地说,"实际上有个太空会议老赵让我参加。但是我希望写完手头上的这篇论文。"

"他有一篇论文要写,"特蕾萨告诉老赵,"他想他的时间最好花在那上面。"

他们一起来到失物招领处。在这儿!老赵的公文包。老赵查看了一下马尼拉文件夹。

"没丢什么吧?"

"什么也没丢!"

为了庆祝,他请她到自动餐馆去吃斯帕姆三明治。

拉尔夫对还是错?他是否会驶向灾难?特蕾萨无法决定。她所知道的就是,与阴影相交叉,她们的家庭生活出现了辛酸,比她所能忍受的要强烈。

"蓝色。"蒙娜高兴地指着一个红海龟。

"红色,"凯丽说,"红色。"

"蓝色。"蒙娜啃着她的膝盖。

"蒙娜,这是红色。红色!"

"蓝色。"

好像从她妹妹的语调中看出无法纠正她似的,凯丽圆滑地翻到了下一页,一头绿马。

"蓝色。"蒙娜说。

"绿色。"

"蓝色。"

"绿色,蒙娜。绿色!"

蒙娜看上去厌倦了。凯丽不耐烦地翻看书。海伦不得不大声喊,要她们小心书。但是后来,两个小女孩处于忍让之中,特蕾萨看到她们眼泪汪汪的。

"紫色。"凯丽说。

"蓝色。"

好像她妹妹同意了似的,凯丽一直向后翻。"黄色。"

"蓝色。"

拉尔夫给她们编故事。一个是蚂蚁上树。另一个是猴子爬山。往上,往上,往上,他说,越爬越高。

每次他都要讲一个故事,好像要平衡一下活动。特蕾萨的心往下沉。

她应该怎么办?特蕾萨分析了动与不动的相对价值,直到后来她的选择似乎已不再是走哪条路的问题,而是在一片平凡的森林中盲目地向左拐还是盲目地向右拐的问题。她真累!问题开始膨胀,既深远又荒诞。他们怎么会碰到这种危机?理智现在对她有什么用?为什么要去改变命运?

这时有人叫她接电话,她得到了解脱。

"我把公文包丢在了自助餐馆。"老赵说。

"不可能!"

"我不知道在想什么。"奇怪的是,老赵的声音粗糙,困惑,同时还夹有一种欢快。"我看上去保不住公文包啦。"

爱的激励

地球,太空。看不见的力量。万物相互吸引,有时成功,有时失败。特蕾萨回家发现,海伦正沉湎于一堆分析器具之中,这些器具全都放在厨房的台桌上。爱的动力真大啊!海伦从不懒惰,这一点特蕾萨可以看出,但是她似乎总是具有一定的能量,她可以将这能量运用于任何项目,甲,乙,丙。现在,平衡突然之间没有了;能量再也不是一个常数。她有了笔记本,指数卷宗,表格,图表,地图。铅笔的颜色有好几种,甚至还有一把计算尺,对此她眼下正皱眉头。一张报纸摊开在她的腿上。

"工作?"特蕾萨开了句玩笑。她随手把门关上。

"计算。"海伦将计算尺翻过来。"这样对吗?不对。"她又将它上下颠倒过来,然后摇了摇头。"这样也不可能对。"

"这样。"特蕾萨教她,"你将过个刻度放到这个刻度上面。"

"噢,对了!我现在想起来了。像这样。"她试着用二乘以二,结果成功地得到了四。"对了,我们很感谢你捐钱作抵押金。真的,你不应该这样。"

"我很抱歉我还不能很快地赚钱。这样你们就可以很快买一座房子了。"

"喔,那没关系。"

特蕾萨记得,海伦从前拿报纸的时候非常小心,生怕手上会沾满报纸上的铅字。现在她热心地抓住报纸,手指上的黑墨都印到了报纸边上。

"两间卧室,外加可派其他用场的一些空间。靠近市场买东西方便,这是建房者的特色。现代牧场,还有大量的额外好处。"她抬起头来。"今天珍妮斯带我去了这座有螺旋式走道的房子。真诱人!但是价格太高,按他们索要的价格,他们要卖出去会有麻烦。昨天,我看到了一间幽静的早餐室,里面还有凳子——"

"小心别陷进去。"特蕾萨摇了摇手指,笑了起来。

海伦跟着也笑了起来。

但是六个星期后,特蕾萨又和老赵吃了一顿午餐(这是第四次了),回家后却发现海伦神情沮丧。

"噢!你得看看。真漂亮,真完美,全新的式样,你不会知道有多么便宜。珍妮斯说,她办公室的人从未见过这么一桩好买卖。房子的地点较偏僻,因而就比较便宜一点,再加上造房者想尽快脱手。他要脱手的唯一原因是原购者的抵押没有兑现,他要开一座购物中心,所以他需要现钱。"三间卧室,一间半洗澡间,一个有出口的地下室。"这么多额外的好处!"厨房外边有一个幽静的角落。一个砖铺花架。一个大后院。"外加地点完美,在一个死胡同边上,非常安静,都是些年轻人的家庭。"海伦停顿了一下。"我们要马上挤进去。还有好的学校。"

"这一个比较理想。"

海伦的眼睛模糊了。"当然,还会有其他的房子。但是不会像这一幢,也不会有这种价格。我们决不会付得起这样一幢房子。我想我真不该期待这如意的事。"

爱的激励 149

"谁也不知道她想期待什么。"特蕾萨解开外套的纽扣,重重地叹了一口气。

有一次,特蕾萨正在询问一个满眼发亮的人的病史,这个家伙抓住了她的腰,将他的嘴放到她的耳旁——或者说她后来猜测是这样。她记得清清楚楚的是她的尖叫,尖叫某个她既不认识又不信任的人,这声尖叫令人毛骨悚然,连急救室——它每天应付的就是祸患——都变得死一样的寂静。后来,住院医生的头儿开玩笑说,特蕾萨就像是维苏威火山,其他的人则是庞培。"没想到你这么受人欢迎,"他开玩笑说,"你肯定知道如何吸引男人的注意力。"

那时她所能做的就是请他离开,让她单独呆一会儿!他似乎没有意识到她感到多么羞愧,暴露在众目睽睽之下!她不住地想着,人人都看到了我,人人都听到了我。但是他还在说,正是这种无情的嘲弄使她看上去迷住了有妇之夫,直到最后,所有这一切似乎都已恢复正常,令人快慰。这是在几个月后。最后,她很感谢他的帮助,这是真的,她感谢所有结过婚的男人所给予的帮助。他们的调情又有什么害处?

或者说她是这么想的。老赵爱她吗?她爱老赵吗?在她看来,他们之间的调情确实造成重大危害。如果坐下来谈谈就是调情——如果确实有什么事,那会怎么样。她想她应该将此情况和海伦谈谈,但是她什么也没说。老赵怎么样?他和珍妮斯谈了吗?她鼓足勇气去问他。他轻轻地说,没有。当时,他们是阴谋家。她不会将他看作阴谋型的人。但是她又忍不住想起他的许多神情来。例如,他喜欢看电视里的溜冰运动员和冲浪运动员,他会扔石片打水漂——这是校外考察旅行时一个学生教他的。他很了解水,了解水的结冰,了解水的表面张力,了解水的紊流和流动。有一次,他向她解释旋涡,在向下游漂流之中,它们是如何地变换形式,脱离主流。他还会忘记他的学问,非常欣赏所出现的各种现象。渐渐地,她意识到了这点。她很钦佩这一点。

这就是"开始了解某人"了吗？她对其中的乐趣知道得多么少啊！现在，她能够想象出一个男人的骨架，他的肌肉系统。她能够描绘出他的淋巴结的运转情况。但是他所记得的，他所珍视的和他所担心的——所有这一切都是新闻。侧耳倾听，她感到陶醉。他的头脑一定不像她，她想知道他的男性魅力隐含在什么样的思想里。她也说话，对方也听到了。她说得更多，自己也对自己所说的话感到惊奇。一个人还会问什么？他们之间的会话对她来说已经足够了，超出了她的想象。她没有考虑情欲。情欲！内疚冷冰冰地抓住了这种快感。

"但愿我能帮点忙！"特蕾萨感到遗憾，她想安慰海伦。"你要我去看看吗？"

这只会使事情更糟。

"也许还有某种其他办法？"

海伦摇了摇头，学会了容忍。她假装生病。除了休息，什么也不能做。"无论如何，不要问我为什么为这套房子而变得这么傻。"她说，"一座房子！房子是什么？四面墙，一个屋顶。"

三天之后，特蕾萨发现海伦欢欣雀跃，喜不自胜。

"一种特别贷款，"特蕾萨闷闷不乐地告诉老赵，"一个鼓励人们搬到郊区去的新计划。"她解释说他们如何只要削减百分之十就行了。但是，分月付款却很高。"就我们的收入，他们计算了一下我将赚多少，又算了一下拉尔夫拿到终身教职后会赚多少。"

银行会同意，老赵感到很惊奇。"他们意识到——？"

"珍妮斯安排了这事。"

老赵玩着他的叉子。"你知道，无论是谁，我妻子都会竭尽全力。人人都会喜欢她。人人都会喜欢我。"他将叉子放到叉尖上。他们的餐厅火车座离厨房很近，因而餐巾一跃而起，随着双开式弹簧门的强劲节

爱的激励

奏而逐渐安顿下来,而弹簧门虽没转动,但却发出了哐当哐当的响声。

"那么你准备怎么办?"

"我不知道。你知道,拉尔夫认为他的生活将会改善,改善,改善。"

"或许我应该告诉他……?"

她皱了皱眉。"不,我不这么认为。"

"你很肯定?"他抓住了她的手。他的触摸坚强、温暖,他的出手不知怎的没有什么与众不同。

"如果有什么办法能够挽回他的面子就好了。"她说道。还没有等她意识到她在干什么,她已经将手从老赵那儿挪了开来。她也许可以用这只手来按摩她的眉毛。

在她的生活中,这还是第一次有个男人触摸她,而她所做的一切就是为她的弟弟发愁!她感到自己给罩进了蜘蛛网,一个献身于家庭的女人。

"譬如说是拉尔夫找到了一种工作,"她第二天说道,"他从中得到的报酬和他现在所拿的差不多。如果除了我的实习我再在急诊室兼点活,那么我们就可以对付了。"

"你怎么能在实习之余再干活?"老赵问,"你什么时候睡觉?"

"我习惯不睡觉。现在我不睡觉。"她希望老赵再把手放到她的手上。

"瞧瞧你。"他却温柔地说。

"这是我的责任。"

老赵招呼结账。

新居

他们真幸运！来到这个国家的人有几个买到这样的房子？时间过得太慢，但也太快。拉尔夫、海伦和特蕾萨等不及地要搬，但是一旦要搬，他们又一时反应不过来。搬家车似乎很大，但是新居更大。这是错层式，还附有一间车库。他们再也不用将茶杯放到窗台上了。现在蒙娜和凯丽有了一个房间，特蕾萨有了一个房间，海伦和拉尔夫有了一个房间。此外，他们还有一间起居室和一间餐室，一间可以辟为书房的小房间，一间可以辟为娱乐室的地下室。当然，不用说还有厨房（有海伦所喜欢的那种紧靠厨房的一小方天地），全色长绒地毯和他们自己的半段楼梯。楼梯的一边有一段铁制的黑色扶手，蒙娜和凯丽起先不愿扶，墙看上去更熟悉，但现在这是她们的墙了，并不是每个人都可以进的，这时海伦告诉她们，连看上去干净的手都留有印痕，于是她们停了下来，什么也不扶，便跑上了五个梯级。这成了一场游戏。她们常不用扶手，两个梯级两个梯级地单腿往上跳，往下跳。然后她们就会伏下，肚皮贴楼梯，像鳄鱼一样颠下来。上去下来，上去下来，上去下来。蒙娜喜欢往下跳，尽管她的脚感到刺痛，但是凯丽却喜欢往上跳。她喜欢这种游戏,感到她正在进入某种境界。她也喜欢居室的景观,她的眼光从彩格呢沙发移到三合板鸡尾酒桌,再从鸡尾酒桌移到观景窗,通过观景窗,她几乎可以看到对面肯尼迪家起居的一切活动。这对她来说真是饱享眼福。

他们的房子是这一带最近新建的,但是当他们搬进来的时候,这一带仍很新,连地图都标明这是一处树林地带。刚铺好的死胡同乌黑发亮,就像他们锅炉的搪瓷墙一样,他们将所有的院子都打桩,用牵牛花等蔓藤围起来,因为只有肯尼迪家有草皮(他们那富有的叔叔让人给他们铺了草皮)。其他的人家则种植了一些瘦瘦的豆荚色幼苗,它们散布在地上,斑斑点点。他们根据气候,每天浇水两次、三次或四次。下雨不浇水,天晴再浇。有些兴趣浓的人家还种植了一些灌木丛和树(灌木矮矮的,蹲伏在地,像一捆捆间隔匀称的树叶,而树苗则是瘦瘦的,孤零零的)。但是草坪是联结邻居关系的真正希望,只是在张家往地里撒石灰、腐殖质土和肥料时,他们才开始相互认识。奥康纳夫人借给他们旋耕机;罗西先生借给他们撒播机;桑桐先生向他们提供大量建议。很快他们的洒水器就洒出了一些社区魔力,和它的在街道上来来往往的同伴魔术师一起在地里穿来穿去。

他们了解美国多少?晚上,他们独自摇了摇头。我们没有弄懂。

我们以为我们了解,但是我们不了解。

我们以为我们生活在这里。

但是实际上我们一无所知。

几乎什么也不知道。

根本就什么也不知道。

他们吃晚饭,饭后精神倍增,于是又继续——真的,什么也不知道,真的什么也不知道——但是,令他们既感到吃惊又感到高兴的是,他们发现,他们从前的生活在无知的泥泞里陷得越深,他们现在的生活似乎弹跳得就越高。这种生活光彩灿烂,充满了真理和新发现! 这就好像他们以前一直居住的土地变得根本不是土地,而是一个近海岛屿,一个平凡的土堆,上面长满了沾污泥的灌木丛,还有攀附着藤壶的岩石,狭窄得既不够盖医院,也不够办工程学校。而这个新世界——现在是一座大陆。他们一致认为,这是一座天堂。同漏洞百出的划艇相比,这是一条远洋航轮。同公共汽车上的靠过道座位相比,这是一辆卡迪拉克轿车。每一个梦想在朦胧之中都成了现实。

但是几天之后,他们这座天堂之角似乎就汇聚了成群的小鸟,而不是乱蓬蓬的野草。一大群小鸟,不是有一圈圈花羽的鸣禽,而是吵吵闹闹、声音粗哑、长牙齿的棕色鸟。凯丽发誓它们有牙齿,海伦轻轻地想纠正她说:"鸟没有牙齿。""在美国,鸟有牙齿。"凯丽回答道。"我看到过鸟牙齿!这些是美国鸟,有牙齿!"她的回答这么坚决,于是海伦发现自己不知不觉地来到了外边,要好好地看一下。牙齿?她正双手撑地跪在石板上观看,他们的邻居亚瑟·史密斯正好逛了过来。

"有问题么?"亚瑟·史密斯从前很瘦,现在更瘦了,除掉他衬衫里所玩耍的浮水气球还可以鼓得胖胖的。他斜眼瞧着,噘起了嘴。他的头发剪得很短,海伦可以看到他那张粉红色的和棕色的头皮上所渗出的汗珠。

"这么多的鸟。"海伦微弱地说。她随意地搓了搓手,掸去膝盖上的灰。

"这是生活。"他仍站在那儿。

"也许我们用的种子有点问题?"

史密斯先生在想着小鸟。"你们是日本人?"

"中国人。"

"这就是,"他说,"这就是我对玛丽安说的。我告诉她,搬进来的不是日本人。他们日本人是农民。这些人区分不出好坏。"

海伦勉强笑了笑。

"从前养育过草坪吗?"

新居 155

"没有。"

"这就对了,我也对玛丽安说过。只要从我们的起居室这儿我就可以看得出这个了,"他吹嘘道,"透过窗户观察。"

他真的透过窗户观察吗?白天,她不自然地来到院子里。晚上,她向回看。这样她发现他有一杆枪。"一支长枪,"她告诉拉尔夫,"他一边看电视,一边擦枪,将它擦得亮闪闪的。"

草没有长出来。他们等待着。

鸟更多了。

直到最后,一个晴天里,地上冒出了绿色阴影;海伦得再次双手撑地,跪在那儿仔细查看(希望亚瑟·史密斯没有看到),以防这是苔藓,或霉菌。幼苗!他们的一个邻居有枪,这又有什么关系呢?在小鸟之中,有幼苗!这时小鸟变少了;这以后地上长出了超凡脱俗的绿草,在夕照里,光彩熠熠,宛如一幅发冷光的钟面。看到这,谁会不赞赏地摇头?张家全家一致认为,这样的草坪超出了自然,超出了生活。这样的草坪是美国。这是了不起的美国蓝天,穹苍覆盖,令人陶醉。这是土壤,新鲜,肥沃,其质量超过了中国土壤;几千年来,中国的土壤一直占着优势。草皮现在有点贫瘠,但它们会肥沃起来。毫无疑问!因为这毕竟是优质草,长在优质土壤里。

正如优秀家庭来自优质的房屋一样,或者说海伦是这么认为的。下午,她在起居室的睡椅上休息,双脚搁在三台板鸡尾酒桌上(她正攒钱,准备买一张新的鸡尾酒桌,或许还买一张双人沙发,到紧接厨房的一小方天地里休息),她不禁感到奇怪——一座房子就可以给一个家庭带来勃勃生气吗?这想法真蠢。但是这座房子看上去确实充实了许多,给全家带来了许多活动。她记得搬家的那天,他们簇拥在起居室里,像肉圆。有一阵子,她几乎认为他们将永远呆在那儿,就在前门之后,他们内心的恐惧像一阵浓汤向他们涌来。但是这一刻终于过去了。如释重负。他们是人,而不是碾成碎末的猪肩肉。但是他们会不会一直在房间里转来转去,就像在百货商店一样,看看是否有人丢失?看上去像真有这种可能哩!空间似乎成了一种威胁,一种挑战。

如果没有房子,那么他们的生活会怎么样啊?他们更加活跃了!海伦从未看到孩子们这么爱跑,这么爱摸,这么爱叫。他们随心所欲。为什么不?海伦注意到,特蕾萨有时候自言自语,有时候大喊大叫。拉尔夫走路的时候大摇大摆,坐着的时候四肢伸开。连他的论文都多了起来。至于她自己,她开始成天开着收音机,做各种各样的饭菜,一碗接一碗。她的呼吸也多了起来。或者说发生了变化,这样,她一生中第一次注意到了气味。她依然不相信她的呼吸会像拉尔夫所说的那么奇怪。但是这看上去确有可能,在城市里,她不愿吸进烟和气,这是别人释放出来的气味;这种空气就像是废气。与此相比,她喜欢土壤、小草和花的温馨,还有雨。谁会想到雨会产生气息?各个季节也有它们的气息;室内。她嗅出干净的房子、涂满肥皂沫的孩子、学医的姑子和性欲旺盛的丈夫。搬家之后,拉尔夫变得多么性感啊!他向她眨眼,在孩子们面前和她调情。"你们知道你们的妈妈在和我谈恋爱之前有多少男朋友?"他常问她们,于是她们就会回答"1千",或者"1百万",或者"1千1百11亿",这是她们所能想到的最高数目,但是他总是笑着对她们说:"还要多。"

最后,她们就会转向她问:"那么你为什么要嫁给他?"

她会说"因为他最好",或者"因为他最聪明",或者"因为他最潇洒"。

他也会常加一句:"最幸运。"

后来,谈起这件事他们往往觉得好笑,结婚这么多年了,他们还像情人一样,真是不可思议。"我母亲曾经告诉我,婚姻就是这个样子,"她有一次告诉他,"但是我当时不相信她的话。"

"什么样子?"他问。

"她曾经告诉我,婚姻就像是火上的一锅冷水。她告诉我,在很长一段时间里,水会很冷,但是慢慢地它就会煮沸。"

"像冷水?"拉尔夫好像受到了伤害。"很长一段时间?"但是几分钟之后,灯熄了,他将手伸进她的睡衣,四下抚摸。"煮沸,煮沸,"他小声地说道,"我们现在煮沸了吗? 嗯? 我们煮沸了吗?"

她紧紧地依偎着他,四肢舒展。"我们再生几个孩子吧。"

"你要多少就生多少。"

"再生两个。"

"男孩,对吧?"

"如果我们能够对付就好啦。"

"男孩正出来了,"拉尔夫说,"感到像个男孩吗?"

"无论如何也要一个男孩。"海伦笑道。

"嗯。"拉尔夫说。

这房子,什么都能做。

秋天,凯丽开始上幼儿园。海伦给她买了一套口袋上绣有鸭子的连衫裤,一件浅蓝色小圆领衬衫,一双色彩协调的浅蓝色至踝镶边短袜,一副海蓝色吊袜带,还有一双色泽光艳的棕黄色皮鞋,凯丽很喜欢这双鞋子,都不愿将鞋从商店穿回去。"真漂亮!"她一边亲,一边说,"瞧,妈咪,真漂亮!""它们真漂亮。"海伦表示同意。那天晚上,她允许凯丽拿一只鞋子上床睡觉,而满脸羡慕的蒙娜则在旁边看着。

"我可以拿一只吗?"

"明天。"凯丽作出了保证。

"我要一只!"

"明天!"

"我现在要一只! 现在!"

"好吧,"凯丽说,"小宝贝。"

第二天早上,鞋子不见了。

"鞋子哪儿去了!"凯丽尖叫道,"鞋子哪儿去了!"

"快点,蒙娜,"海伦说,"我们得走了。"

"在监狱里。"蒙娜说。

"在监狱里!在什么监狱里?哪儿?"

蒙娜咯咯笑了起来。

"我的鞋子。"凯丽哭了。

"蒙娜!"海伦说,"那只鞋子呢!把它给我!听见了吗?快点!"但是,尽管海伦打她的屁股,叫她坏孩子,蒙娜还是不愿拿出那只鞋子。结果,凯丽一脚穿旧鞋,一脚穿新鞋去上了学。

"你坏透了。"凯丽叫道。

蒙娜耸了耸肩,一点也不在乎。

"快点,"海伦说,她已经到了前门台阶上,"该走了。"

"你是一个宝贝!"她们走时,蒙娜大声嚷了起来。

"你是!"

"你是!"

"快点!"海伦喊道,"我们得走了!立刻!"

"再见,宝贝。"凯丽说。

门砰的一声关上了,蒙娜的头发甩到脸上,到了嘴里。她嚼着。

拉尔夫从她身后走了过来。"味道不错吧?"

她一言不发。

"或许你应该吃点别的?"

她摇了摇头。

"来块"——他想了一下——"来块糖?"

蒙娜眼泪流了出来。

他拿出手帕。"哎呀,蒙娜。"他轻轻地拭着她的眼睛。他的办公室通常是不给人进的,作为特殊照顾,他允许她在里面玩。当她爬进办公桌的容膝空隙时,他将一件衬衫挂在它的前面作帐篷。"啊!"蒙娜大吼着从里面爬出来,"我是一条龙!"拉尔夫假装吓坏了,直到蒙娜玩厌了。然后他又让她在他的抽屉里乱翻,按她所喜欢的样子去随意排列。

新居 159

终身教职

　　第二天,凯丽的鞋子在洗衣机里找到了。过了一个月,海伦开始和乔伊斯·吉诺维斯、艾米·哈洛伦和托比·朗在街区的另一端打桥牌。到了2月份,他们精心准备了一个中国新年正餐,除了平常的罐闷土豆牛肉和金链豆丝外,他们还准备了小巧的水饺、汤团和小圆糕点。到了春天,凯丽学会了认字。到了6月,特蕾萨开始专科实习(妇产科)。到了9月,拉尔夫和海伦为草坪的事吵了一架(他确实该把它修剪一下,她是对的,草坪看上去像一堆杂草),这之后,别人送给他一个大的有盖纸板文件箱,他要把一切"和他的研究有关"的材料收集在里边。

　　当然,他一直深信他会拿到终身教职。这是驱除恐惧所树立起来的信心。现在,每天早晨,每天下午,每天晚上,他都要想到那只文件箱,想呀想呀,想得一份份由于紧张而胡乱夹挤在一起、呈现棕黄色斑点的文件,看上去像一块块土块被冷漠地扔在一种悲惨的命运上。他的悲惨命运——这不仅要将他锁进文件箱里(而且还是一只小箱子,甚至比贫民的箱子还要小),而且还要先将他进行防腐处理。他看上去得栩栩如生,至善至美,富有教授气派!因为天国的守门人要郑重地评估他,从而作出他们的决定:这个人会给天国带来荣耀吗?你能把他想象成你的同事吗?你的同事——永久的?

他们之中几个有长白发的人点了点头,说行。有的人则摇了摇头,表示反对。一半对一半,拉尔夫算了一下。

他会升级还是会降级?

用不了几个月,他就会知道了。

在此期间,他像一只心神不安的啄木鸟似的反复推敲他的申请书。他想他应该用中文写,然后再译成英文,但是等他坐下来的时候,他又任性地发现他想用英文写。哪种方法更好呢?他又试了另一种方式,然后又回到原来的路子上,然后将他所写的再写一遍,一次又一次,直到他都无法说出他现在所写的和他从前所写的是否有什么不同,有时他认为他不能过分小心。与此同时,他想知道过分小心是否根本就不会写完他的申请书。事实上,他害怕完成;只要他没有完成,他就仍然有希望。(他看上去没有他想象的那么好,但是你知道,防腐工作没有做完。)然而,他发觉当他开始写他的申请书的时候,他可以在一个段落上花好几个小时,经过一番练习,他会花上几天,甚至几个星期。然后他还得考虑一下老赵会对此有何看法,或肯·弗里德伯格,他也许会投票反对,无论如何……所以拉尔夫希望他至少能够相信。因为他想,或许他可以利用时间来改变肯的看法,或尼尔·尼克森,或娄·拉丁,或克里斯·奥尔森等人的看法,他想这些事的时候是他感到最为痛苦的时刻。什么字眼儿能够有效?但愿他会想起这个字眼!但愿这个字眼会跃入他的脑海!

他所想到的反而是责备别人的方式。你也许会认为别人会为你清晰的思维感到目瞪口呆,但是实际上我们恰恰担心,如果你找不到方法,你就会哭。他喜欢这句话。但是,簇拥在他脑海里的这些想法常常缺乏真正的刺激。如果你母亲看到你变得这么庸俗,她会感到羞愧的。或者,那么你被投票否定了,你便有一头脑的粪蝇,更糟的是,你失态。

这句话不尽人意,但是,随着规定日期的临近,他继续不停地写着,有时候通宵达旦。

我希望你下一辈子做一只海蛤。

休息的时候,他作了一番分析。凌晨四点,腰弓在厨房的桌面上,他列了一份清单。他列出了他的所有论文。他列出了他所有的打过等第的论文。他认为各种各样的委员会成员也会打同样的等第。他列出了所有他的得到名副其实等第的论文。他列出了各种各样的他认可的委员会成员,他注意到这份名单和要投他票的名单何其相似。他列出了那些狂热地工作在太空上的人员名单。人造地球卫星!俄国人给他带来了多大的麻烦。所有这些有关猴子和火箭启动飞机的胡言乱语。气象卫星。人人都像上了月亮。月亮火箭!他希望他是一个医生,像他姐姐一样。自从有了小儿麻痹疫苗以来,医学界发现了什么?什么也没有!他列出了精通机床的人员名单。

你们满鼻孔的毛,为什么我要听你们的?

白天,他继续教书,遵守办公时间,他那副权威的样子给各种会议增添光彩。他仍然笑嘻嘻的,别人说话的时候他和蔼地点点头。"你是对的!我百分之百地同意。"他尽量使自己相信他会拿到终身教职。别人问他对决定的看法时,他回答道:"什么决定?"他很惊奇,觉得这是多么的容易。他尽量不要避开委员会的任何一个成员,即使是那些他认为会投票反对的人。正相反,他对他们非常友好,问他们的孩子怎么样啊,他们的妻子怎么样啊。

没有孩子?没有结婚?

这种失误是极为罕见的。他认为自己表现不错,只是这世界闹嚷嚷,乱哄哄的,而他一直在发抖。究竟还有谁会听到这个世界在闹嚷嚷呢?他不时地会随意发问:"你听到了一种声音吗?"没人能听到这种声音。(听不见!)至于发抖,他就将石块放进口袋——右边口袋放一块粗糙的,左边口袋放一块平滑的。这两块他捏紧的石头有压制颤抖的重量。他想石头一定在起作用。没人和他说:"拉尔夫,你在发抖。"他们只是说:"你一定感到紧张,决定快要出来了。"

"什么决定?"

5月。海伦正摘去杜鹃花上的枯花。该把他的材料呈交给系里了。在家里,他拿起材料时觉得材料似乎很轻——没有躯体感到惊恐。他想象着委员会聚集在一只天平盘旁,摇着他们的脑袋。而外边,当他将材料塞进汽车时,他突然感到有了信心。或许他正是为此而绞尽脑汁。无论如何,他感到清晨正通过他的耳朵、鼻子、嘴巴,甚至还有眼睛而流进他的脑海。当他考虑他的文件箱——就是刚才开的那只文件箱,太轻了——时,他认为,是的,他的箱子确实会回归到他的手上,同时还有祝贺。他不会失去工作,有了工作就有这座牢固的房屋,就有这片常绿的草坪和正趋成熟的有观赏价值的灌木丛。他不愿去想象这种事儿。他所想象的是将材料交给老赵。老赵曾对他说过,不用担心,你会得到的。

真的吗?

人人都这么认为。我们甚至都不用去投票表决。感觉是,大家都一致同意的。

真的吗?

但是在学校,老赵办公室的门给关上了。拉尔夫可以听到老赵正和什么人在里边说话。他将一只空手放进外套口袋,用石头将衣服往下压。抑制颤抖。他决定过会儿再来。

他刚在办公室里坐下来就听到了过道里老赵的脚步声——坚定,急速,不慌不忙,吱吱嘎嘎。他一跃而起。老赵刚刚转过走廊尽头的角落。拉尔夫连忙跟上他。老赵本人走得很轻快,所以拉尔夫跟不上。他应该跑吗?他又不是职业运动员。拉尔夫挟着材料,追老赵绕过了又一个过道,跟着又是一个过道。他们绕过化学系刚刚废弃的一间侧厅,向一间很少有人光顾的酒吧间走去。

终身教职 **163**

"一件风流韵事!"拉尔夫告诉海伦。

"不可能,"她说,"中国人不做这种事情。"

"老赵已经不是中国人了。"

"你能肯定?"

"我看到了他们。"

"她像什么样子?"

"中国人。"

"你能肯定这不是珍妮斯?"

"这个人更瘦。我看得不太清楚,因为门关上了。而且,我大为吃惊,文件箱从我腋下滑了下去。"

"丢到了地上?"

"论文到处都是。"

"噢不不不。"海伦摇了摇头。"他们干了什么吗?"

"在吃午餐。我看到他们在打开棕色袋子。"

"我应该告诉珍妮斯。"

"最好什么也别做,免得过分。"拉尔夫引用道。"别找麻烦。"他又开了一个清单,老赵的风流事意味着什么。

1. 或许心事重重。
2. 或许在做别人不知道的事情。
3. 或许不会永久做系主任。

不会永久做系主任。这可能吗?这个想法看上去像一种蹩脚的新发现。

"一个中国女人。"海伦沉思道。

拉尔夫又开了一张清单,如果老赵引咎辞职,那将意味着什么。

1. 再也不必看到他。

多好的一个机会!拉尔夫感到精神振奋,于是他马上又开了一个清单,如果我再也不必看到老赵,那么我将怎么办。

1. 想念他,拉尔夫想,但是他无法写下这句。
"一个中国女人!"海伦摇了摇头。

到了决定的那一天,拉尔夫劝说自己放弃教授一职。第一,他对工程不感兴趣。第二,他对研究不感兴趣。第三,他对教学不感兴趣。所以他为什么要做一名学者?就因为老赵是?他认为他还不如做一名消防队员,一名殡仪员。一切不需要书或计算尺的工作。他希望余生再也不要看到计算尺。
"你得到了!"
听到老赵的喊叫,拉尔夫感到非常吃惊,几乎听不懂他的朋友在说什么。
"你得到了!你得到了!"
"终身教职?"电话波似乎在他的肚子里发出了泛音。
"终身教职!你得到了!祝贺你!大家都去研究太空,我们也确实需要有人从事纯机械学研究。"

海伦邀请老赵和珍妮斯过来庆祝一下。
"你知道我要买什么?"她告诉拉尔夫,"香槟酒!"
"多么有趣!"他兴致勃勃,"好主意!"
唯一的遗憾是特蕾萨不能来。
"工作餐。"她一边帮海伦收拾碟子,一边解释。
"最后一分钟的决定。"海伦说。
特蕾萨精心地洗着碟子。"这个,你知道,"她说,"典型的美国佬不考虑别人。"

终身教职 165

"也许我们可以改个日期。这不礼貌,但是——"

"噢,不不不。不要为这担心。"特蕾萨个子高,于是她就负责碗橱的上面几层。此刻她正伸出手臂,想给一个大的派莱克斯耐热焙盘腾个地方。

"我不知道这是否能放进去。"海伦警告说。

"这个,应该能进去。"特蕾萨尽量想把它挤进去。

"我们给它找另一个地方吧。"

"不用,不用。这样能行。"

"不要担心。"

特蕾萨把下巴一沉。"它能进去。"

海伦仔细地看了看她。"你累了吗?"

"累?"

"你看上去有点……"

特蕾萨把其他的一些碟子重新安排了一下。

"今天才知道,嗯,这个会议。"

"对,今天。"

"你到今天才知道?"海伦又问了一句。

"你为什么要问?"特蕾萨反驳道——她希望这是随意的。

但是她正在讲话的时候,焙盘歪出碗橱,砰的一声摔到了地上。

坐在牛奶瓶洋铁皮箱上

10点1刻,特蕾萨回家的时候,大家仍在说笑敬酒。海伦忘了香槟酒,晚饭之后才想起。本来宴会正准备结束,现在又重新开始。此刻,一阵阵笑声回荡在草坪上。特蕾萨避开众人,在车道边上的奶品箱上坐了下来。她不时地站起来暖暖身子;要不她就坐在坚硬的牛奶瓶洋铁皮箱上,耐心地等待着。

10点半。

这是一个悲惨的夜晚,潮湿,充满雾气。从车道那儿传来了一阵一阵的尖叫和争吵。特蕾萨发现一只小松鼠跑进了垃圾箱,正疯狂地想逃出来。垃圾箱急促地颤动着,歪来歪去,好像有一个幽灵在操纵着它似的。多闹啊!特蕾萨一脚将垃圾箱踢翻,蓬头垢面的小松鼠快速逃跑,奔向自由。它那裸露出来的斑点在模糊的光线之下一闪一闪的。

一件小事。但是,当她坐回到奶品箱上的时候,她这位奶品箱卫士似乎更为孤独,她身边只有一件东西了。她的听觉变得敏锐起来。一个邻居的铁丝网门被打开,随后又被砰的一声关上了。一辆警车上的广播发出了刺耳的噪音。蟋蟀。这个月特别的潮湿。车道上又出现了一个个水池。实际上,特蕾萨已经认出了它们,三大,一小。

10点45分。最后,她蹑手蹑脚地来到屋前,双脚踩在松软的泥土上。她不想惊动杜鹃花,于是就从厨房的窗口向里看。他们全都在里边,一小圈人。两对,一半对一半,只有四个人。瓷碗搭配协调。枝型吊灯闪闪发光,吊灯上的水晶般泪痕像一个个镀了金的太阳。她决不会坐在那样的一张桌子上吗?每个人都在向前倾,相互依靠,甚至连老赵似乎都感到心满意足。凝神细听,特蕾萨可以听出他的话音,他喝了酒,满脸红扑扑的,正重复着那天下午她告诉他的那个笑话。她等着妙语出现,一双鞋湿漉漉的。

她和老赵在酒吧间里吃午饭。"他们认为我们有过关系。"

他大拇指来回抚摸着她的手。

"我弟弟当面叫我坏蛋。'中国人不做这种事情。'他说。"

"你告诉他们真相了吗?"

"我试过了。"她双眼盯着脚。"不管怎么样,别人怎么想,我不在乎。'真金不怕火',对吗?"

她这么说。但是,在三个礼拜的指责后——海伦变得粗暴无礼,拉尔夫变得冷淡,甚至连孩子们都提防着她——她开始感到她的态度在减弱。直觉造就了她,证明她只是一个人,一个社会存在。她对受到误解感到很失望,她从没这么生气过——这次她不能将自己幽闭起来——这些感情带来了其他的感情。不顾后果。她无法弥补这些。她家里的指责就像是一块硬壳,她在这下面找到了某种自由。一天——多久之后?——她终于让老赵吻了她。这带来了快乐。随着快乐及其断断续续的陪伴而来的是懊悔。她认为,所有这些年来,她一直抵御着生活。她研究过它,突袭过它,但是当别人勇于面对它的时候,她却站在一边。她爱老赵吗?她不知道如何去爱某个人——尽管她相信他爱她,他发现她这个医生能够治好他的许多疾病,无论是说得出的还是说不出的。她相信他会像他们现在一样永久继续下去。但是现在,为了报答他的爱,为了找到一个可爱,她答应了他更多的事情。更有甚者,他的嘴唇在她的脖子上上下挤压,她惊奇地感到他的嘴唇是多么的温柔。她惊奇地感到他在她耳边的舌尖能够使她浑身颤抖,好像发了高烧一般。他坚硬的抚摸也使她感到惊奇,她身上有多少个部位被他抚摸过,这种抚摸在她的乳头上激起了什么样的一种温柔?她发现她既喜欢粗鲁又喜欢温柔,回吻更使她感到脸红。停止的时间来到的时候,她感到痛苦。有一天,他抚摸着她的后背,直到她靠到了沙发扶手上,然后他抱起了她的脚踝。她一动不动,生怕他会强奸她。但是他没有强奸她。他只是和衣躺在她的上面。她可以感觉到他的两条腿正放在她的腿上,感到他在继续。他很重,她得逼迫肺来呼吸。她给肺充气,给肺充气,由于注意力过分集中,她几乎都没注意到老赵已经开始按照她的节奏移动。她不愿叉开两腿,但是他仍在用力挤,在她身上悸动,但是却正推进骨头。这是性欲吗?她感觉到了这一点,但是她坐起的时候没有这么强烈,直到差不多和她想的一样,他的身体在缓缓地向下移动。他不再挤压她的骨头了。现在她可以感觉到他的下身鼓起来像个梨子似的。她放松了下来,觉得这样下去是错的,但是中止他,中止他的摇晃也是错的。她更加放松了,轻轻地叉开两腿——允纳了他。现在他们相配在一起,现在他们移动在一起,她的全部身躯都在收缩,形成弓形。

"你在看什么?"他小声地说道,"不要看。"

"我在看吗?"

"你不必看,"他敦促道,"什么也不要看。"

她闭上了眼睛。

第四部
结构松弛

神秘莫测

一帆风顺之后,他怎么会想起来又去给格罗弗挂电话?他在想些什么?他是什么人?多少年之后拉尔夫才想起来去问这些问题,却不料他也找不到答案——他连自己的性格都捉摸不透,就像一块固体,在指缝间直线升华,霎时间烟消雾散。还有什么比这更令人懊恼?为什么要去试?这种企业的收益低得惊人。但是他发现,在这个彻头彻尾注重实际的美国,他拥有许多知音——许多人想要知道,他们到底在干些什么,当然有的人是为了生存。这是一门技艺。这使他感到奇怪。在中国,人们担心得更多的是如何得到社会的认可。即使是在这里,如果海伦受到了冷落,她就会唉声叹气地说:"当然了,他没有认识到我们是些什么人。"我们是些什么人,这是铁的事实,就像手中的糖果或硬币一样,随时可现——某人的父亲,某人的母亲,所有这一切,人们或许可以赐一个古怪而有趣的名称:某人的地位。在一个阶梯式社会里,这是一条非常有用的信息。人们应该如何相处?期望得到什么样的待遇?在关系密切的地带,关系的作用相当大,因此,如果某人用中文说 mei guanxi(没关系),那么,他常常表示问题不大。但是,在这松松垮垮的美国,人们想干什么就干什么,一个人需要不同的理解。拉尔夫想知道他的限度和动力所在,想知道在他的灵魂深处,他要塑造一个什么样的罪恶和美德。

相反,他这一切痛苦给罩上了神秘色彩,神秘越来越多。这不公平。这不对。他那颗咚咚跳着的心脏及其瓣膜和血压系统怎么会变得不可捉摸?他一直认为这个世界只有一部分工程。他一直认为在另外还有一个更加阴暗的天体。但是他一直将它们想象为某种近邻。地球与天体融为一体。在其下是真理,在其上是迷雾。明亮的事实和模糊的神秘怎么会这样杂乱无章地搀和在一起?在他的身上!甚至在他的内心和大脑里,就像混乱的外部世界一样。有一段时间,他看到神秘到处出现,在蚯蚓里,在冬青树里,在短腿猎犬里,甚至连最为简单的生活都解释不清,这使他既感到义愤填膺,又感到瞠目结舌,他几乎仇视一切带有平衡意味的阐释。他不关心一棵雄性冬青树会使多少棵雌性冬青树结果。他不关心短腿猎犬出现脊柱前凸的可能性,或者说通过什么样的方法蚯蚓可以使自己完好无损。

但是,某些意识自己却不知不觉地出现了,就好像它们也有一种生活,一个日程表,敦促它们进入意识知识的王国。例如,拉尔夫意识到,如果他不给格罗弗打电话,如果他记不起电话号码,如果没人回答,那么他就不会成为一个苦苦思索的人。他在打电话的时候,如果海伦或特蕾萨走进房间,这样他就得挂掉电话,那么他或许就不大会坐着没事干。他的女儿们也就决不会给他看《卡路里计数:革故鼎新之道》。如果电话还没发明,那么他的姐姐听到他打喷嚏就会依然敲门。他为什么要打电话?在打这个电话之前,他会说他是一个渴求安宁的人。在打这个电话之前,他会说他渴望得到比系里所授予的还要高的职称,与他的专业职称相匹配,一种终身职称。他就是想安静。再也不要奔波!他想在一家汤团店闲度下午,坐在绿色池塘旁,看着一闪一闪红白相间的鲤鱼,呷几口李子汁。要不他就会舒舒服服地坐在马唐草坪旁,喝几口冰茶,看着洒水器一会儿向这边歪,一会儿又向那边歪,举棋不定,令人心旷神怡。他不是曾希望过,无论什么革命,只要不带走他的妻子就行?这种希望炽热而充满痛苦。

但是现在,他有了妻子,有了自己的家庭,有了工作和房屋,但是他又拿她们做赌注,好像她们对他来说已微不足道,好像他的整个生命对他来说已微不足道,好像他的整个生命已不属于他。作为父亲的儿子,他要做什么?这么不安分!自从爱上凯米,他就没做错过什么事,这已经是遥远的从前了。但是这遥远的从前是未来的缩尺模型。他看到了这一点。他看到他后来是如何地大步离开家庭,却发现他再也回不去了。他看到他是如何地恨他父亲和姐姐。要是他知道如何既恨又爱他们多好!要是他能够超越怀旧多好!

他作为一位经过磨练而年龄变大了的人,清楚地记得:

首先是整个夏天,一想到这他就感到神采飞扬。系里同意了他的职称,工程学院同意了,大学也同意了。他将全家带到华人工程师学会去参加了一次野餐——从前他是一直避而不去的——吃了一些茶叶蛋。他还玩了掷蹄铁套柱游戏。听着那些笑话,他笑了起来。他诅咒蚊子,他喜欢每一个人。每一个人!有些人只谈中国,其他的人则只谈美国。有些人有自己的住宅,有些人则没有。有些人说上海话。拉尔夫全都听着,无论他是听得懂他们的方言还是听不懂。

然后他们又去度假。这是他来美国以后所度的第一个假。他感到他对地球有了一个完整的看法,不时觉得它离太阳更近了,就好像小别墅,海鲜屋,水中突起的峭壁,孩子们双臂一上一下,像鸥翼一样摆动,所有这一切喜悦都集中到了他身上,所有这一切都来自他所取得的巨大成就。私下里,他感到和海洋亲近起来。每天清晨,他会齐大腿深地站在波涛里,感到他理解了波涛的威力,理解了伟大——他既没有被它自由自在的壮观所欺弄,也没有被它的狂暴所吓倒。他依然不会游泳,但是这个夏天,他教自己如何仰面浮在水上。他花了很多的时间在水里摇晃,感到滚滚浪潮像没完没了的旅游车轮从他身下流过,一摇一晃,他变得黑黝黝的,像个农民。就在一边,海伦和特蕾萨穿着长袖衬衫,戴着有圆点花纹的太阳帽,蜷缩在海滨浴场旁边大遮阳伞的阴凉下,对着他大笑。她们叫他半生半熟,半黑半白,一半对一半。混合型。一块露馅三明治。他不在乎。他还教蒙娜和凯丽浮游,他们三个人像教生筏一样挤在一起,漂来漂去。他还教女孩们如何使她们沙堆积的城堡更像真的(顺着护城河,他们给锅炉房做了几个窗户)。他回家时宣布,要教海伦和特蕾萨开汽车。

"开汽车?"起先她们还没反应过来。后来她们非常兴奋,急于要证明自己是个学车很快的人。

"别看房屋,"拉尔夫告诉海伦,"注意前进方向。"

"注意你的车道,"他告诫特蕾萨,"小心不要将自己撞死。"

他骄傲地教着,像一个了不起的教授,一个大家都认为是名副其实的教授。她们开得好的时候,他表扬她们。她们开得不好的时候,他鼓励她们再加把劲。那年夏天,他教一个邻居如何改变车库框架的重心,这样门就不会给卡住。他教一个送报纸的小男孩折叠报纸的方法,这样他扔报纸的时候,报纸就不会散开来。他教凯丽加法的时候,她必须将数字一个一个往上堆积。他教蒙娜永远不要将书拿倒。

接下来是9月份,该多教些课了。由于缺少地方,他任职后的第一节课是在塔楼里上的。房间很小,管道外露。这怎么可能?这么高,但是房间却像个地下室。开场白讲了一半,他发现,顺着管道,楼上可能有个盥洗室。盥洗室放在塔楼里?这设计真奇怪,而且也不好。课讲完后,他发现了更多的坏设计——他发现走出塔楼很困难。楼梯非常狭窄,因此,随着更多的学生要上楼,他的学生一次只能下去一个。他们耐心地等在门口,就像一池积聚上升的流水。拉尔夫觉得房间里似乎没有空气。这不热吗?他想问一个满脸苍白、浑身抽搐的男生,屋里是否热。但是他却问道:"你在主攻工程课吗?"如果是的,那么走吧!

他想说。当然,他没有说。他在男生听课证上签名的时候皱了一下眉。又一张听课证。他想,天气真闷。不是吗?作为一个教授,他是最后一个走下楼梯的。逃出来多高兴啊!看到空旷的(石青色)天空是多么的快慰啊!他斜眼看了一下楼之间的有顶过道里的课程表,发觉他下一节课还是在那间屋子里上,这多么令人懊恼!这将是什么样的一个学期!往回走的时候,他的脑子里所想的是他父亲在评论那些埋头于狭窄的死胡同研究的人时所说过的一句话——他们钻进了牛角尖。

现在,他再次瞧瞧那淡青色的管道。他瞧瞧学生,令人生疑的是,这新的一批学生和刚刚离开的那一批很相似。他满心疑虑。他是否应该去进行太空研究?也许他应该去为一家公司工作。他听到了自己的嗡嗡声。新学年的第一天,一切似乎都显得很陈旧。

他注意到,这些管道的顶部渐渐出现了一层粉状灰色:灰尘。

"对不起,张教授,你可以重复一下你的办公时间吗?"

张教授。这依然使他感到振奋。他,拉尔夫·张,成了一名教授!现在,有了终身教职。他很高兴地重复了他的办公时间,另外还告诉了他的办公室地址,以此提醒他自己:他有半个很好的新办公室,有一扇窗户。终身职位。对于非终身职位者而言,这是一个多么加快脉搏的想法啊!但是,他这后半生要和老赵在一起,这太惨了。他们一起来自中国,居住在一个国家里,谁会想到他们竟要共享一台汽水机?每次拉尔夫看到老赵,老赵似乎都要绕着过道走,看看是否有什么更为重大的发现。也许他只是想转移有关特蕾萨的话题。但是——老赵研究紊流的时候,拉尔夫则谈论十九世纪所出现的令人振奋而又极为重要的新发现。齿轮。应力。颈圈。

"对不起,张教授,你是否可以重复……"

他是否可以。一个不错的问题。问了多少次了?

管道上的灰尘!

神秘莫测

在回家的路上,尽管天空恪尽职守,渐渐变暗,拉尔夫还是决定把车篷放下。由于好久没这么做了(机械装置随着年深日久而出现故障),这使他感到很高兴。他开着车,街上熙熙攘攘的人群也使他感到兴奋,尽管他可以感觉到城市里潮湿的尘埃落在他的皮肤和衣服上——老兄,出去逛逛真够味!如果他的工作是牛角尖,那么这城市就是一头牛。这么庞大!这么吵闹——尖叫声,辘辘声,嘟嘟声,砰砰声!还有嘶嘶声!一切都在嗡嗡叫,眨眼之间,事情就发生了变化,脑子里一转到在这街区的奋斗他就觉得害怕。这么多的抱负!没有哪一个方程能够描述这一切。这么多的人,除了向眼睛一眨一眨的本科生讲授裂缝应力,还要去做这么多的事情。令人高兴的是,五分钟之后,他发觉自己的注意力不知不觉地集中到了眼前的红灯上,于是麻烦的事就来了。他心不在焉地给自己套上了头盔。美国真了不起!他想。自由和正义替代了一切!红灯变了。天开始下起毛毛细雨。这时他看到眼前有几个男的湿漉漉的,还有几个女的,但是他的注意力主要集中在男的身上。他们弓着肩膀,头缩在短领子里,抵挡着丝丝细雨。一个衣衫褴褛的家伙倒在一家门口。他那顶棕色的编织帽子一直拖到下面,盖住了眼睛和鼻子,他的下巴不由自主地打着冷战。

拉尔夫一路开着,感受着自己的好运。自由和正义替代了一切,美国真了不起,但是,一个生活在将卫星发射到太空去的国家的人怎么会衣衫褴褛地倒在门口,怎么会出现这事?他真是感到奇怪,即使是他将自己估算在整个人口的前百分之二十里,属于事业型。他感到自己开始知道别人不知道的事情,他只要看一眼就可以说出谁在上升,谁在下跌,谁在受苦受难。在每一个交通灯口,他的注意力都会集中在某个人身上——一个苦苦思索的"垮掉的一代"成员,一个意志坚定的顾客——他得强烈按捺住自己的欲望,不要大声说他看到了他们。他看到了他们!丝丝细雨变粗了,但是他不想把车停下来,将篷顶放上,他没有这么做,即使是他的汽车发动机罩咚咚作响的时候,他也没有停车。害怕一点儿水？他不怕。

瓢泼大雨。他依然在开车。人行道上的人将报纸顶在头上，像一个个小屋顶。他开上高速公路，加大速度离开了城市。尽管他的衣服已经湿透，尽管雨水拍打着他的脖子，尽管他的脸上直滴水，他还是要逃离教室，来到郊区，这里有更大的希望。

不料，随着他的接近，他发现小镇似乎像个盒子，太干净了。他不喜欢那变化微妙的秩序感。当他放慢速度的时候，他看到人们正注视着他，在雨中开车，篷顶也不放上。这使他很不舒服，于是他终于将车子停在水库旁边，将篷顶重新拉上，然后将车子开到离家最近的一排排商店前。一切湿得多么厉害啊！座椅湿漉漉的，他的皮箱黯淡无光。座位前的四个脚坑里都有一汪水。他使劲拉了一下车篷，水便从折叠皱里流了出来。机械装置很僵硬，在塑料薄膜和他粗糙的双手的共同作用下，他只能使它伸直一半而不被粘住。他使劲时轧痛了一只手指，殷红的血在雨中流了出来。他放弃了。但是他也没法再将车篷折叠起来。尽管他用力去拽，但是它依然是暮色天空中的一个发光体，冉冉上升，就像是一个哪儿也不通的楼梯，或者说是一个无头的玩具跳偶之化身。

他能这样开车吗？风会把车篷掀飞吗？拉尔夫所需要的是一只油箱——当然，如果他做事得当，他会得到的。不管怎么样，他决定走回家去取一只。路又不远，如果他从树林穿过的话。不错，他穿的是一双好鞋子，但是他不在乎。他穿着破鞋去给班级作报告，那又有什么关系呢？如果老赵看到他的破鞋，在路上将车篷撞到外层空间去，他将怎么办？

尽管天快黑了，但是靠着水库所反射出来的灯光，他依然可以看得很清楚。但是，等他转身离开水库后，他惊奇地发现天已经相当黑了。

嘎吱嘎吱。

他以前曾带女儿到这条路上走过。与水库另一边相连的是一座小山,孩子们冬天曾来此乘过雪橇。但是,没有雪时,这条路是多么的不同啊!有雪时,路变平坦了。树根是隐伏的危险。他的两脚不听使唤,一拐一歪,走不稳当。有时候他会脚跟先着地,有时候他会脚趾,或足弓先着地。他的重心总是错位,每走一步都要摇晃一下,过了一会儿,他觉得自己不知不觉地在摸索着前进,根本抬不起脚。他告诉自己,这些都是机会,这一棵一棵的树。但是,什么机会?纸。房屋。在这儿想象房屋真是痛苦,因此,这种想法本身就成了一种屋顶,四面都是墙。无论如何,这些树林有多么危险?他想,他离大路还不到四分之一英里远,但是看上去似乎更远。外面怎么这么黑?他自己那双手在手臂上的距离看上去非常吓人。他努力想回忆起他曾经听说过的林中袭击人的故事。

袭击什么?

袭击心脏,他对自己开玩笑说。

这是沙沙声吗?

他停下步来。他听到了远处传来呜呜呜的汽车声,再近一点,是雨的啪哒啪哒声。雨在减小。好,他无法忍受再泡在雨水里。他又开始向前走。

这是沙沙声。

他冻僵了。

他根本就没认出来那近乎漆黑的小路上黑黑的摇晃物到底是什么。这可能是一条狗,或一只浣熊,或一只负鼠,或一只臭鼬,或一头豪猪,或某个更为危险的东西。无论这是什么,它停在他的前面,死一般寂静。拉尔夫想象着牙齿。他的心脏一蹦一跳。现在怎么办?微风乍起。正当他想办法脱离困境的时候,满载负荷的树叶将湿漉漉的同情泼向了他。

又是一阵沙沙声。

他想爬上树。

在他头顶,天空似乎明亮起来。

那动物哼哧哼哧地走掉了。这时,一道白光突然照在他的脸上,非常吓人。月亮出来了,非常的低,非常的大,看上去似乎要离开天空,在他前面的田野里滚动。他头昏眼花地眨着眼。此刻,在他前面出现了一条明亮的小路。当他转身时,他看到刚才的那个黑暗世界又回到了他眼前,深蓝色、灰色、黑色和金色交相辉映,极为壮观。一大片一大片的云彩随风而过,像一队队幽灵。

他做了些什么,要从一个一个麻烦中解脱出来?没关系。天真的人用优雅的办法,他很有礼貌地接受了他的礼物。他现在感到衣服正粘在他的身上,既潮湿又沉重,但是,他依然感到高兴。星星出来了,一颗、两颗、三颗,这些星星是为他而出来的。他想起来了:如果你不经常出来走走,你就会完全忘记它们。什么事都有可能出现。一个人就是要拿定主意。

他觉得他的思路越来越开阔,越来越开阔。

拉尔夫得到了回音

"车子坏了。"一进门,拉尔夫就说。

"你在开玩笑。"海伦伸出双手,想把他带到厨房,这样他就会把水滴到亚麻油地毡上,而不是起居室里的地毯上,但是他不理睬她。他脱鞋的时候,鞋子大声地发出了啪哒啪哒声。

"你一定冻坏了,"海伦说,"怎么会出这事?"

他内心里命令她不要多问,果不其然,尽管她开始要问——他几乎可以看出一大堆的问题挤到她的大脑前部——但是当他将鞋子一只一只塞到她手上的时候,她停住不问了。

"鞋子坏了,扔出去。"拉尔夫吩咐道。

不可思议的是,孩子们从睡眠中爬起来,站在楼上,张着嘴发呆。凯丽高一点,蒙娜矮一点,她们的四只小手紧紧地抓住楼梯的扶手。

"出了什么事?"拉尔夫说,"回去睡觉。"

"你身上湿了,"蒙娜反对道,"你在滴水。如果你不——"

凯丽用大脚趾捅了捅她。

"快回去,"海伦说,"如果你们不想挨屁股。"

孩子们手脚并用,像蟹一样爬了上去。

拉尔夫将湿透了的夹克放到海伦的手臂上,与鞋子十字交叉。"把我的浴衣拿来。"

"孩子们,安静一点。"海伦喊着,尽管她们已经非常安静了。夹克在滴着水。"孩子们,把门关上。"

换上了干衣服,吃饱了饭,拉尔夫坐到电话前。那天,特蕾萨偶然发现他在一堆文章中打喷嚏的时候,他确实没有找到格罗弗的名片。但他此刻拿起了话筒,尝试性地让手指去拨号。他发现,他曾绞尽脑汁去回忆那些数字,结果毫无用处,但此刻这些数字却轻易地跃入他的脑海。

叮叮,叮叮。没有回音。这是什么意外?他的耳朵,他的胳膊肘似乎都在回忆。自从那次开车后,他试着给格罗弗打了多少次电话?一百次,没有碰上好运。

"丁宅。"

拉尔夫吃了一惊。"格罗弗?"

人人都知道信仰:信仰之前是怀疑,正如白天之前是黑暗。拉尔夫回忆着,教堂里的牧师有一次曾说过:"冒险信仰,怀疑怀疑。"拉尔夫尝试着。他背诵着诺曼·文森特·皮尔的话:"我相信我一直受到神的指引。我相信我会永远踏着正确的道路走。"

与此同时,在熟食店最阴暗的火车座上,格罗弗一边吃着奶酪汉堡包,一边机密地透露着别人是如何地误告他购买了一桶桶偷来的油。"我怎么知道这一桶桶油来得不地道?"他说,"现在你告诉我。"

拉尔夫摇了摇头,出于礼貌,他也感到愤怒。他注意到,尽管格罗弗仍很潇洒,但是他比他上次见到的要老多了。与此相对应,他的声音也变得低沉、粗哑。过去,他的下巴一直外突,现在看上去,他的意志似乎更为坚定,目的也更为明确。他们上次谈话过了多少年? 6 年? 7 年? 许多年了,他们一致认为。格罗弗似乎对确切数字计算不感兴趣,与这个故事相比,其意义已黯然失色。不过,拉尔夫不太确信他是否相信这个故事。但是,他想相信它,因为潇洒、富有的格罗弗几乎一下子就记起了他,问他以前为什么不给他打电话,而且还马上请他吃晚饭,饭间问了些他的工作问题,好像是一位失散已久的朋友。

"饭店将油放进这些桶里,然后将桶放在店后。收集者将它拖到我这儿。对吗? 但是有时候,这些骗子——不要问我他们从什么地方来——他们偷偷摸摸地溜到这儿,将桶偷偷弄走。那又有什么关系? 油看上去有什么不同? 我请你回答。"

拉尔夫摇了摇头。

"如果你知道,你会和骗子做生意吗?"

拉尔夫又摇了摇头。

"当然不会,是吗? 你怎么能相信一个骗子?"

"不可能。"

"你说得对极了。这就是我要和法官说的,你等着瞧吧。"

拉尔夫又要了一个双份奶酪汉堡包。格罗弗点着了一根烟。

"现在,"格罗弗重又开始话题,"你相信我吗?"

"当然了。老朋友嘛。"

格罗弗将身子探过桌子,压低了嗓音。"我对你的工作环境作了一番考虑。或许我能帮……帮点忙。"

"你指的是什么,帮忙?"

"让我们就说某种帮忙吧。"格罗弗神秘地笑了笑,他的金牙闪闪发光。他的呼吸有一股烟味。

"就像你那位油老板帮你的忙?"

"有点像那个。但是首先我要你给我写一张支票。"

"一张支票?"拉尔夫缩了回来。现在当然是有信仰的时候了,但是

184 典型的美国佬

这很难。怀疑怀疑,他告诉自己。但是,他忍不住还是问了一句:"为什么?"

格罗弗摆了摆一只手,另一只手将烟头掐灭。"听着,忘掉它。如果你要知道为什么为什么为什么,那么我们就不是走在城市的同一条道上。"

格罗弗起身去了洗手间。拉尔夫玩弄着汉堡包,陷入了沉思。格罗弗回来的时候,他问道:"如果我写,那么这张支票的数目是多少?"

格罗弗看上去好像不愿再重提话题,但是过了一会儿,他说道:"听着。如果你要支票,你马上就可以拿回去,你只要说一声就行了。你以为我是什么人,一个价值两角五分的骗子?我不打你钱的主意。我只想知道我和谁打交道。你问为什么为什么为什么,现在这使我想到某些可能性。"

"比方说什么?"

"比方说这儿没有生意。"

"这张支票要写多少?"

"噢,我不知道。1千美元吧。"

拉尔夫倒吸了一口凉气。"我可以索回吗?"

"我相信我刚才所说的话,一字不差。"

拉尔夫写着。

"要想有所进展,"格罗弗说,"一个人就得知道他的资产和负债。比方说,你不想失去这笔钱。"

"是的。"

"原因是和你的家庭有关。"

"是的。"

"家庭可以是资产,也可以是负债,看情况而定。"

"我的妻子——海伦,你记得——是资产。我还有两个女儿。"

格罗弗又点了一根烟。

拉尔夫得到了回音　　185

"但是我的姐姐——"

"我记得你的那位姐姐。"格罗弗摇了摇头。

"瘦个子。"

"我怎么会忘记。"格罗弗又摇了摇头。"你的那位姐姐,还有老赵——"

"你怎么知道!"

格罗弗看着他的烟灰在增加。"算了吧,大家都知道。"

"大家?"

一阵隐笑。

拉尔夫突然感到精疲力竭。"我不应该问这个……"他开始说。尽管他认为他不该再问下去,但他还是问了:"或许连你也不知道……"格罗弗的头为一阵烟雾所笼罩。"但是这么多月过去了,我感到奇怪。"

"奇怪什么?"

"奇怪。"拉尔夫犹豫了一下,他的头似乎也给烟雾所笼罩了。"他们议论我了吗?"他的声音细小、沙哑,好像是从后脑海和耳根里冒出来似的。

"他们议论你!"格罗弗哈哈大笑。"不,不,他们还有更好的事情要议论。"

"他们嘲笑了吗?"

"嘲笑你?不,不。"格罗弗再次安慰他,但是他已近乎狂笑,因此,他不得不掐掉烟头,喝了几口水。"听着,不要再谈论这事了,"他接下去说道,"你先把钞票存好。如果你想做生意,过几天给我寄一些来。行吗?"

拉尔夫点了点头,好像是在睡梦中。

"没有义务。明天再说吧。听着,在这期间,我注意到你没有表。"

"我有一只表。但是我不戴。"

"请允许我送你一只。"格罗弗解下他的表,虚晃一下将表送到他的手上。"作为对今晚你我结盟的酬报。"

"但是我已经有表了。纯金的。"

"难怪你不戴它。这块表实用。瞧这。"格罗弗将表翻过来。"不锈钢的。请收下吧。作为浪费你时间的一点小小报酬。"

他能既保得住支票又拿手表吗?拉尔夫的脑海里模模糊糊地觉得这样做不妥,有违某种法规。他觉得他碰到了一种语言,既同他知道的那种语言相接近,但又非常陌生。怎么办?第二天,他还在盘思着这个问题的时候,他碰到了老赵。老赵惊奇地看着他的鞋子,或者说拉尔夫是这么认为的。要是海伦按照吩咐将它们扔出去多好!但是她拒绝这么做,直到他换了一双新鞋。因此,人们看到他的鞋子欢快地向上翘着,露出了他的脚趾,像个小丑似的。它那没有缝上的脚后跟大声地上下摆动着,因此,当他经过过道时,人们都转过身来看他。

午饭时,他偷偷摸摸地将支票塞进信里。

接下来什么也没有发生。直到海伦发现他们的银行结存上出现了差错。她打电话给银行。他在办公室,她给他打电话。

"我的双人沙发。"她痛哭道。

他对了一下不锈钢表。他发现,表走慢了。他打电话给格罗弗,感到不知说什么好。

"我一直想和你联系!"格罗弗说。

和油煎鸡外卖柜的疯老板做生意是他的判断错误,格罗弗解释道(他嘴里咬着一块上等的四层夹肉面包),现在,这位老板声称他的油给偷掉好几次了。格罗弗,如果知道不会一言不发就将偷来的油买下。("你怎么能相信一个骗子?")但是,这位疯鸡王仍要控告格罗弗。"因此我想,为什么不帮这家伙一把?"格罗弗轻轻地弹了弹打火机。"对人好是要付出代价的。"

"对人好要付出代价。"拉尔夫重复道。

拉尔夫得到了回音 187

"比方说,我帮这家伙一把,将他的生意买下来怎么样?他一直想脱手。这是一头真正的天天生利的钱牛,但是他对佛罗里达发生了兴趣。你知道——退休在召唤。我们美国人65岁一到,脑袋就转到了高尔夫球上。所以我的想法是,也许我可以试试给这家伙找个买主。我想,他的这个生意也许是一个真正的成功故事的开始。这也许是一个白手起家的人的开始。"他吹了一口烟圈。

拉尔夫心驰神往,紧紧地盯着烟圈上升。"我知道你的意思,"他终于说道,"你是指我。"

"我可以照料一切,不用担心。"

拉尔夫想了一下。"他赚钱吗?"

"这个问题问得不错。答案是:他捞了一大笔。"

"那么他卖起来怎么会有麻烦?"

"他是在向月亮要价,道理就在这儿。"格罗弗解释道,"但是我对你说,他的这笔生意是一头真正的天天生利的钱牛哩。听着,这是我作的揣测……"

真幸运!拉尔夫开车回家,一路上不断地庆幸着自己的好运气。每到一个交通灯口,他都要看看周围车子里的人,他们一个个都是筚路蓝缕,艰苦创业,像运河里的小船一样井然有序。他的生活已经非同凡响。这仅仅是开始,真有这种可能吗?他回味着格罗弗所说过的话,这也许是一个真正的成功故事的开始。这也许是一个白手起家的人的开始。当然,这是一个微不足道的开始。看到商店,这座他所见过的最小的木瓦结构的楼孤零零地立在那儿,他似乎有点失望。但是谁知道它会引向何方?他的眼光超越了现在,好像是魔镜在起作用。通过这个特殊透镜,他看到一个帝国在升起,比他父亲所管辖的(即使是在他的鼎盛期)要雄伟得多,高大得多。拉尔夫为之心神动荡。偶尔他也会产生些疑虑,但是他主要还是漂浮在希望之中,令人难以置信的希望,一个幽僻的海洋,温柔,葱绿。

到了家,他的脚又踩到了硬地板上。正是谈话取得了效果。他怎么才能解释所发生的事情,会发生什么?说不出了。他们枯燥地谈着话,交换着事实。

"那么格罗弗自己为什么不买?"海伦想知道。

"即使是一个天真的人也得看看他的所作所为,"拉尔夫解释道,"如果他自己买下了,那么这事看上去就好像他是在贿赂老板,让他不要控告他。"

"他不就是这样做的吗?"特蕾萨说。

拉尔夫不理睬她。"我们帮格罗弗一个忙,他帮我们一个忙。对我们来说,这是一笔稳妥的生意。不用支付现金!你们知道这是什么意思?我们以我们的名义将它买下,然后再秘密地卖给格罗弗。然后我们再慢慢地用我们的利润将它从他手中买回来,直到它百分之百地成了我们的。如果我们赚不到钱,或者说如果我们改变了主意,那么我就回去教书。就是这么简单。我们什么也不损失。"

"店脏吗?"海伦问,"油吗?"

拉尔夫保证,她不会在那儿工作。

"听上去——英语怎么说来着?——好得不像是真的。"她说。

"但是这是真的。谁知道这以后会发生什么——"

"那个人,"特蕾萨缓缓地说道,"是个说谎大王又是骗子手。"

"像你?"拉尔夫不假思索地说道,"你什么好话也没有。"

海伦扭动着指关节。

"这是新生活的一个机会。"拉尔夫接着说道。

"但是你已经有了一个新生活,"海伦说,"教书怎么样?你刚得到终身职位。"

"我要请假。如果我请老赵安排一下——"他死死盯着特蕾萨——"我想他会同意的。"

拉尔夫得到了回音

魔力商标,千真万确

但是他刚得到终身职位!事实上,拉尔夫对变换工作也确实有过忧虑。以他父亲之见,教书是钻牛角尖,他对此一点也不擅长。但是他不时地回想着,如果没有拿到学位,他会怎么样。一想到这,他不禁犹豫了一下。有时候,他看到自己弓着腰,趴在寄宿房间的书桌上,忙着硕士论文。他想起他解方程时候的孤注一掷。他竭尽全力去争取终身职位!多少年来,他的目标就是这个,就像穆斯林教徒朝觐麦加圣地一样!现在,他终于成了千真万确的张教授。他不太确信他是否要回归到朴素的拉尔夫,或者说,意峰。

不过,他现在只是请假。说服了海伦后(用了好几天时间),他也说服了自己。他成了最为狂热的皈依者。他没有什么不知道的。他从前的生活,那个黑暗时代,不会很快消失。握手,打电话。谈判。这期间所进行的一切毫无结果。肯尼迪总统上台了,侵略古巴失败了——双方都悬而未决,毫无意义。这就好像张家在一台高档的新缝纫机上踩着单调的生活,看到它出来的时候外面罩了一层服装。他们相互签署了文件。老板将调料艺术透露给了拉尔夫,这是鸡脆的关键。

接下来的事情大家都知道,格罗弗天天来这里向大家问好。这是因为他们屋后有一片树林。拉尔夫早就向格罗弗透露了他所听说的房地产投资开发商,格罗弗正考虑将这片地产从这位开发商手上买下,这就需要来看看地产。他在邻近,不顺便作拜访不是显得没有礼貌吗?"请常来!"海伦常提醒道。如果特蕾萨在家,她就会将自己锁在自己的房间里。有时候,她会把耳朵塞起来,这样她就听不到格罗弗的嚷嚷声了。"这些墙就像是纸,"她开始抱怨,"这些墙根本就不是墙。"

变奏:"无论是谁,只要他愿意,他都可以把这门踢开。""我们应该把锁弄得更牢一些。"

但是什么样的门,什么样的锁能够守住屋内的人所渴望着的东西,不让其进屋?正如特蕾萨找到了她的个人出路,海伦找到了她的错层式房屋,拉尔夫也找到了他的格罗弗。正如特蕾萨和海伦在寻找过程中发生了变化,拉尔夫也以不可剥夺的方式发生了变化。拉尔夫所谈论的那些事情已经开始发生变化,他的话也已大胆起来。除了其他一些小变化,突然之间引人注目的是,他和格罗弗的身高都在1米63左右,理完发后,他俩有时会将头发掷平,有时他俩会将头发高高竖着,看上去活像是肯尼迪草坪。他俩的脸各不相同。但是从背后看,他们走路的样子越来越像。两人都是迈开大步走,而不是小步走。两人止步不前时,身子挺得都很直。吃饭的时候,两人都喜欢把胳膊肘悬在空中,就好像他们坐在一个非常高的桌子上,一直够到下巴。

"谁知道呢?也许我们是失散已久的表兄弟。"有一次,格罗弗开玩笑说道。听到这话,特蕾萨大声叫了起来:"不可能!"当然,正如她说的,她应该知道。但是有一天,拉尔夫向蒙娜和凯丽讲述了一个长故事,这个故事一直追溯到他们曾祖母的父亲。他说,这位曾祖母的父亲是一位富翁。

"这个家伙有许多许多的钱。"

蒙娜和凯丽点了点头,她们以前听说过这事儿。

"因为他有这么多的钱,所以这家伙不像在这儿,只有一个妻子,他有五个,十个妻子。"

"十个妻子!"蒙娜和凯丽感到十分惊讶。

"当然了。"拉尔夫耸了耸肩。"中国人,这些富豪,他们要多少妻子就有多少妻子。我说的是那些富豪。"

"所以,我祖母的父亲有十个,二十个妻子。所以他有许多孩子。听着!许多孩子。有些是男孩,有些是女孩。这些孩子大部分都是好的。但是有一个男孩碰巧没这么好。他的大脑有点毛病。"拉尔夫指了指他自己的头。"我不知道出了什么事。也许有一天他摔倒了,脑袋撞到了石头上。不管怎么样,这个小男孩干尽了蠢事。你知道,有一天他在玩刀子,那种大砍刀。另有一天,他把所有的东西都扔到了湖里。晚上,他不在普通的床上睡觉。别人都睡在普通的床上,他却睡在一种奇怪的床上。你知道那是什么床?那张床是他自己用一块木头所做成的大箱子。箱子里不是普通的毛毯。箱子里全是纸币。"

"钱!"

"不错。里面全是纸币,一大堆,夜晚一到,他就睡到里面。他不用普通的毛毯,而是将自己藏到纸币堆里。"

"当然,他的父亲,母亲,还有大家,都认为他有毛病。但是他们有什么办法?后来有一天,这个男孩说他要离家出走。于是父亲告诉了祖母,母亲告诉了祖母,最后祖母同意了。"

"那么后来怎么样?"

"后来这个小男孩走了。"

"后来呢?"

"后来没人知道他出了什么事。"拉尔夫若有所思地点了点头。"但是我想这男孩是去了什么地方,生了孩子。后来,这些孩子或许来到了美国,再后来,这些孩子中有一个或许生了儿子,这个儿子来到了纽约,成了油脂厂的经理什么的。"他眨了眨眼。

"这怎么可能！这不是真的。他在胡编乱造！"特蕾萨听到后说,声音有点发颤。"你爸爸在胡说。我从没听到过这种故事！"

但是拉尔夫笑眯眯地坚持道:"当然是真的。"直到最后,她面对着他。"你只是开玩笑,"她说,"但是孩子们信了你。"

拉尔夫看了看她。"你没有什么好说的。"他说,这是他现在一直说的一句话。但是他的话音有点不稳定,后来特蕾萨听了出来。也许是格罗弗的接触对他产生了影响,但是拉尔夫仍是拉尔夫。不是吗？有一天,她碰巧来到他的办公室,不料发现整个墙上全都贴满了灵感语录。

一切财富均来自思想。

能够想到的就能够做到。

不要等船驶过来,自己游过去。

近牧群者成牛。

她一屁股坐到椅子上,想着这些成语。中国也有许多成语。但是不,这些成语不同。她又站起来;这些语录随着她的思绪一晃一晃,像一群欧椋鸟。

除非你为追求金钱而工作到白热化的程度,否则你就决不会赚得大笔的财富。

到处都是书。《赚钱》《做自己的老板》《90天成功致富之路》。特蕾萨想象着她的弟弟,双腿跷在办公桌上,就像房管员彼得一样,快速翻阅着这些书籍。他辛辛苦苦所得到的博士学位证书哪儿去了？特蕾萨想起来是海伦把它送到一个特别的地方装裱去了。现在,这张博士证书软弱无力地躺在一个高高的书架上,它的上面是一箱现金出纳机所打出的带子。

拉尔夫又在教孩子们了。"有五六个人在找一件财宝。有一个人告诉他们,财宝埋在一个特殊的标记 W 的下面。他说,如果你看到了 W,那么你就往下挖。因此,这帮人找啊,找啊,找啊。全找遍了。最后,他们只好死了心。没人能找到 W 标记。不可能找到。他们问那个人,W 在哪儿?我们找不到。他手指向上指了指,说,在天上。于是他们看到树形成了一个大大的 W。'你们这些人,'他说,'你们只去找小 W。大的 W 你们却看不到。'你们俩听懂了我的话吗?"

孩子们点了点头。

"你们得留心看着大画像,"拉尔夫告诉她们,"这件事很重要。不要钻进牛角尖里。"他停顿了一下。"你们知道这个国家什么最重要吗?"

孩子们摇了摇头。

"钱。在这个国家,你有钱,你什么事都能做。你没钱,你就不中用。你是中国佬!就是这么简单。"

要是特蕾萨没有自我妥协多好!如果她不只是低着头听听该多好。但是拉尔夫是对的。特蕾萨无话可说,再也没有了,她的权威已经消失了。因此她只是听,听得时间长了,觉得拉尔夫所说的一些话也有点儿道理。她已经看到了穷人在医院里所受到的待遇,他们在等死。在这个社会里,做一个非白人确实需要教育,需要成就——从而赢得某种尊严。白人生来就是上等人。其他的人则需要在他们的心上方安上一根钢肋。

但是拉尔夫在教什么?金钱崇拜!作为她自己来说,听到这话,她感到很生气。她想她无法同意。与此同时,她惊奇地意识到,沉默不语时,她换了一个人。一个更具诱惑力的人,像海伦一样。拉尔夫的小店是多么成功啊!就是凭这块简单的牌子,油煎鸡。她无法埋怨他使人惊奇的勤奋。有时候,看到顾客鱼贯而入,销售额上涨,她开始将商业看作人生之河的一部分。不是吗?当海伦高兴地叹口气,说道,现在我买回了双人沙发,或者这做桥牌桌足够了的时候,魔术商标似乎确实将一碟碟松瓣丘疹皮似的杂色鸡变成了一个幸福的家庭。

拉尔夫炫耀着他的产品。"你看,"他说,"外面是特殊的混合调料。里面则又嫩又有油水。还有什么比这更好的?"他的衬衫口袋里仍然插着一对活动铅笔,和他当教授时一样,只是他现在又穿了一条白围裙,手上还拿着一块防烫布垫。"这一个正好。而这一个"——他用火钳做教鞭——"就是所谓的火候不足。这一个嘛"——他又指了指——"却煎得过了头。"

孩子们从座位上跳了下来,到大窗台前尝了尝。"味道都不错。"凯丽咂了咂嘴。蒙娜又拿了一块下段鸡腿肉,只吃皮。

"忘掉味道。听着。有些不错,有些则不行。"拉尔夫讲授着。

孩子们点了点头,踢了踢可以拉出窗户的下面的镶板。

"你也尝一块吧?"拉尔夫问特蕾萨。

她犹豫了一下。实际上她非常想尝尝,然后告诉他味道如何。但是她不能。

"只咬一口。特殊配料。"

"味道好极了!"海伦告诉她,手上拿着一块鸡翅。

"味道好极了!"孩子们齐声说道,她们的鼻子油乎乎的。

"下一次吧。"特蕾萨保证道。

这将是什么时候?在医院里,特蕾萨自言自语道。她知道答案——这些天来,在他的办公室里,她已经知道了他的所作所为。因为随着一大堆语录而来的是秘密。首先,他和格罗弗把门上了锁,接下来他开始每天晚上单独在房间里呆上一个钟头左右。那个噪音是什么?某种咔嚓咔嚓声!一遍又一遍。

魔力商标,千真万确 195

"现金出纳机。"海伦说。

"但是他为什么要摆弄现金出纳机?"

这很奇怪。每天晚上他都在不停地摆弄,用新的出纳单取代当天的出纳单。

悦耳的音乐

多报还是少报收入大不相同。他们并不富裕,但是通过少付税,他们就得到了可观的收入。除了支付商店和(在特蕾萨的帮助下)房屋的费用,他们还给家里添了新的家电,全自动按钮,像出纳机一样。他们买了一只烤架,还给孩子们买了一架旧钢琴。海伦买了一只双人沙发,一套天蓝色的折拢棉绒裙,还有她的桥牌桌。有了这张桥牌桌,她就可以玩自动桥牌,这样她在隔壁俱乐部就可以打得更好了。过去他们习惯用蜡纸包食品,现在他们用塔珀家用塑料制品。他们买了一本大画册——《美国奇观》,还准备到大峡谷去游玩。他们谈论还用多长时间这个鸡店就可以成为他们的。他们算了一下,按照现在的进展,只要六年就够了。一个多好的生意啊!("我们怎么好不经常请格罗弗来吃晚饭呢?"海伦恳求特蕾萨说,"瞧瞧他为我们所做的一切。")他们在计划着未来。他们是否应该再买一个店,形成一个联号商店?或者说他们是否应该将业务扩大到其他方面?格罗弗给他们出主意。他们又请他过来吃饭。又一次。

此刻,特蕾萨独自蜷曲在她的房间里,试图看点书。格罗弗是坐在她的椅子上吗？事实上,餐室的桌子有六个座位,他很有可能坐在她旁边的座位上。这一切没什么区别,她感到纳闷。她不知道为什么从楼上传来的噪声听上去更清晰了。她集中注意力看书,但是仍然听到笑声不断。她感受到了笑声。笑声似乎一阵一阵从书中冒了出来。她感到这些笑声就在她的脸上,成了困窘的一只温暖护罩。有一次,一个病人来到医院,她的脸给美容治疗烫伤了。小姑娘的脸上起了泡,既粗糙又擦破了皮。这个姑娘很年轻,长相一般。她问道,这会留下疤痕吗？14岁的小姑娘,眼睛一眨一眨的,心中很担心。但是当特蕾萨说"也许有可能吧",这个小女孩耸了耸肩,像一个流氓。她说她不在乎。

这不就是世界上最古老的潮流吗？特蕾萨想——人们关心,然后又不关心,关心,然后又不关心。

楼下出现了暂时的平静。格罗弗在讲笑话。妙句迭出。笑声更多。特蕾萨想不理他们,她把枕头揉成一团垫在背后。尽管她没有看面前的书,但她还是一页一页地翻着,朦朦胧胧地希望下一页会更有趣——这个动作,甚至说这一页一页的翻动声会集中她的注意力。从前,这曾起过作用。但是接下来却传来了歌声！她无法相信这事。格罗弗在唱歌:"某个迷人的夜晚,你会看到一个陌生人……"

她坐了起来。她的枕头慢慢地向墙上移动。掌声。

另一首歌:"让我们的手成为一只手。让我们的心成为一颗心。"

又是掌声。这么说他喜欢情歌。这意味着什么？他的声音格外嘹亮,这倒使她向门口挪了挪。格罗弗又唱。又一首哀伤的情歌,她没有听出这一首。尽管在听的时候,她开始通过他的声音听到了他们家的快乐。这一点深深打动了她,尽管她怀疑她是否真的在听——格罗弗的声音特美,一半是行云流水,一半是痛苦。

这里,他已战胜了她。她把耳朵靠在门后,在自己的房间里偷听。落日余晖闪耀在声音洪亮的球形门拉手上。格罗弗似乎一直在唱哀歌,但是她想她现在可以听出他并不哀伤。他可以哀伤,然后再向鼓掌的人点头微笑,而她却真的是虚瘫在地板上,没人给她送晚饭,当然没有,他们在等格罗弗唱完歌。从前决不是这个样子。格罗弗第一次来的时候,海伦不高兴,她送来一大碗的虾仁炒豌豆,还有弗吉尼亚火腿。像过节日似的!特别是那些可口的粉红色虾仁,真是一种享受。海伦还拿来了一张非常好的餐巾纸,很贵,这是他们用来招待客人的,还有一双真象牙筷。这种筷子他们一共只有两双,是海伦从中国带来的。

但是现在,他们全都习惯了特蕾萨的想法——避开弟弟,避开家庭——由于他们已习惯了她这个样子,所以再把这个看不见的她看作同伴似乎是有点荒唐。特蕾萨自言自语着。她喜欢木制筷子,她说,象牙的太滑了。

这就是她的看法。一次,两次。她感到奇怪,不知道他们今晚是否还记得她。格罗弗已经不唱了。此刻他正在说话。海伦是不是在找个机会出来?特蕾萨认为,如果海伦愿意,她可以走开,格罗弗需要的是拉尔夫,谈的是生意。但是,尽管她这么认为,她还是听到了大家的笑声,还有孩子们的笑声。她能够听到她们的尖嗓子——"格罗弗叔叔!格罗弗叔叔!"——她知道他是在向大家说话,向全家说话,而他们则聚精会神地听着。

"那么后来怎么样?你吃饭了吗?"电话里,老赵的声音充满了关切。

"最后我吃了,"特蕾萨告诉他,"凯丽把饭送了上来。"她在内心里为她的侄女祝福。"你知道他现在在干什么?"

"什么?"

"他带来了啤酒。"

"啤酒?"

"啤酒!他们一边吃饭,一边喝酒。有时候我弟弟还会让孩子们尝一口。"

老赵沉默不语。"我不知道你为什么要打电话给我。"他终于说道,

"我想你是要中断这事。清清白白。像嫩枝一样突然中断。再见。"

她说过这话吗?她说过。但是她是真心的吗?这会恢复她在家里的地位吗?她无法想象楼下的吵闹。这么狂笑。什么事这么有趣?特蕾萨想象不出,直到凯丽敲门。

油煎鸡。

"你妈妈今晚没做饭?"

凯丽摇了摇头。"格罗弗叔叔带来了晚饭。"她拖着脚走掉了。

翌晨,特蕾萨发现厨房的桌子上放着一顿特殊的早餐。全是中国饭——一碗甜甜的热豆奶,两根蘸豆奶吃的长油条,还有两块葱油饼。真是梦一般的膳食。她坐下来,先把各样东西抚摸了一番,然后才开始吃饭,摇了摇头。她真想哭。她长长地、贪婪地嗅了一下韭葱味。海伦从哪儿弄到这一切的?她想你得到唐人街去才行。海伦哪儿去了?她要谢谢她。海伦应该起床了,不知在什么地方。但是看上去她又像没起床。于是特蕾萨一边吃,一边等。在这微弱的光线下,连画有旋转着的飞镖的印花台布似乎都静止不动了。她很容易地想象出海伦坐在对面,低着头,请求原谅。我当然原谅你,特蕾萨回答道,她轻轻地将碗送到嘴边。她放下碗,不料却看到格罗弗从碗边升起,就好像清晨的太阳。

"早上好。"

特蕾萨又咽了一口,她的心脏扑通扑通地跳着,或者说看上去似乎是这样,一切都已奇怪地联结了起来。"早上好。"

"这就是你所享受的盛宴了。"

"你在这儿干吗?"

"昨晚太迟了,我只好在你们那张新的折叠床上临时凑合了一晚。非常舒服。"

"这个?"她指了指碗。

"我的,嗯,助手查克准备了这一切。我知道海伦喜欢这种东西。"

他弯腰坐到对面,离她很近,她能够闻到剃须后所搽的润肤香水味。他穿的衣服富有刺激味,香味很浓,散发出一阵阵香气。也许这不是剃须后所搽的润肤香水味,因为他还没有剃须。从她的盘子里,他拿起了她还没有吃的油条,将它放到豆奶里蘸了蘸。"味道好极了。"他咬了一口,说道。他把油条再次蘸到豆奶里。豆奶滴到了画有飞镖的印花台布上。然后他又吻了吻她的嘴。或者说这是吻吗?特蕾萨几乎都不知道。只是到了后来她才回想起:实际上他所做的就是将他的舌头放到她的嘴唇上——他舔了她。一点没错。她为什么不叫?她本应该叫!但是她只是控制住自己,保全面子。他点头的时候,她甚至感到了某种满足,某种虚伪。他又随意地咬了一口油条,然后将它递给她。

每天清晨,特蕾萨发现起床很困难。她又买了一只闹钟,她将这只闹钟调了一下,这样,第一只闹钟响了两分钟之后,第二只闹钟也跟着响了。后来,她又买了一只,跟在第二只后面响。她把三只闹钟一只放在床头柜上,一只放在梳妆台上,一只放在窗台上。这样,她每天就可以从床上爬起来了。她并不总是有时间去做其他一些事情——比方说刷牙,或搽脸。最近,她终于开始开业挂诊,因此,这些工作越来越多地被放到了诊所里来做。除了沉着冷静,她还能怎么样?她站在一只很大的浅底洗涤槽前,洗涤槽上有一只天鹅颈状曲线水龙头和钢框镜,借着无影灯,她用凉水冲洗了一下眼睛。她整理了一下头发。

她想和海伦谈谈。"这些天来,"她说,"我们彼此似乎疏远了许多。"
"是吗?"
这就是她所认识的海伦吗?海伦的目光回避,脸上毫无表情。她可以静静地呆在那儿,做一个百货公司的为顾客作参谋的美化师。
"情况变了。"

悦耳的音乐 **201**

"我不懂你的意思。"

特蕾萨尽量多和他们一起吃晚饭。有一天晚上,拉尔夫说他想雇用两个人。他已经面试了三个,其中有两个可能性较大。

"嗯,"特蕾萨开始说道,"就是那个红头发的小伙子吗——"

拉尔夫大声地吸吮着蒸鱼头的面颊。

"我感到奇怪,你有没有考虑到也许——"

"这是会议吗?"拉尔夫说。

特蕾萨看了看海伦,海伦目光向下。"不是吗?"

拉尔夫把鱼头翻过来。"嗯。"他开始吮吸另一边面颊。"嗯。"他把鱼的头骨放到盘子里。"休会。"他向蒙娜和凯丽眨了眨眼,她们笑了起来。

"吃你们的晚饭。"海伦突然打断了他的话。

海伦至少对她还很有感情。特蕾萨和孩子们一道吃。"小弟。"过了一会儿,她又说道。

拉尔夫又向孩子们眨了眨眼。

"吃你们的晚饭。"海伦重复道。

拉尔夫咧着嘴笑着。

"有什么好笑的吗?"特蕾萨说。

"好笑?"

"有什么笑话吗?"特蕾萨感到像是一个教师。"你醉了吗?"

拉尔夫把鱼头骨放好,将它面向他的姐姐。他模仿着他的姐姐,让头骨的下巴一张一闭。"你醉了吗?"

特蕾萨凝视着。

"他是醉了。"海伦用英语小声说道。

"这是一个会议,"他又用英语接下去说道,"和一个坏蛋的会议。"

"她不是坏蛋。"海伦说道。

"坏蛋是什么意思?"凯丽想要知道。

"只管吃饭。"海伦吩咐道。

"中国话,"特蕾萨平静地说,"意思是一个道德败坏的女人。"

"什么是……女人?"

"吃饭。"海伦吩咐道,然后又转向拉尔夫。"够了。"

"滚蛋,"拉尔夫扯着嗓子说道,"滚蛋。"

特蕾萨声音尴尬地说道:"我就知道会出现这事。这是格罗弗的影响。"

"太可怕了。"拉尔夫附和道,他仍在摆弄着那条鱼的下巴。他咯咯地笑着。"格罗弗的影响,真可怕。"

"'近墨者黑'。你已经完全忘掉了你的一言一行。"

"是吗。"拉尔夫说道,声音恢复了正常。"那么你呢?现在有两个男朋友了,一个还不够,是吧?"他在空中做出了咂嘴的声音。

后来,他会为他的残忍而感到懊悔。她根本也没有两个男朋友,他知道这一点。但是他还是说了出来,小人恶作剧。

"吃你们的晚饭。"海伦说。然后她又转向拉尔夫,警告说:"不要忘了,她是你的姐姐。"

"姐姐!"拉尔夫哈哈大笑。"我的姐姐有两个男朋友!亲吻每一个人!每一个人!"空中发出了更多的咂咂响吻。孩子们抬头看去。

拉尔夫的两只手轻轻地摇晃着鱼头,大拇指抚摸着。"啊,亲亲,亲亲。"他亲吻了一下鱼头。"亲亲!啊亲亲!"

凯丽看着她的母亲。蒙娜吃吃笑了起来。"亲亲!"她附和着。"亲亲,亲亲!"拉尔夫把鱼头送给她去亲吻。

"住嘴。"海伦说。

"她亲吻了每一个人,"拉尔夫告诉蒙娜,"你知道她亲吻了谁吗?"

"谁?"

"她亲吻了亨利叔叔,还有格罗弗叔叔。"

"亨利叔叔?"蒙娜说。

"住嘴。"海伦说。

凯丽睁大了眼睛。"还有格罗弗叔叔?"

"住嘴。"

"就像这样。"拉尔夫把鱼头放到蒙娜的面颊上。"像一条鱼。"

"还有我,还有我!"凯丽叫道。

"住嘴。"

"咂咂!"拉尔夫说。

"咂咂!"蒙娜喊道,"咂咂! 咂咂!"

从前的张家佬

海伦看着特蕾萨打包。"他太过分了。"
"他是过分。"
"我知道。"
"很好。"

特蕾萨倒空她的毛衣抽屉。她打定主意什么也不留下,因而买了三只大的棕色彩格图案皮箱,不料却发现她的衣服连一只箱子都塞不满。本来她以为她的毛衣很肥大,但实际上她的毛衣既扁平又很少。她希望海伦不要在旁边,看她只有这么几件衣服。所有这些衣服会皱得多么厉害啊!没有什么比空着一半皮箱更糟糕的了,即使是捆在一起,衣服也还是到处晃动。她是否应该将别的皮箱留下?她但愿能将蒙娜放在一只箱子里,凯丽放在另一只箱子里。相反,她作了一番计算。她可以将冬季穿的外套放在一只箱子里。第三只箱子装书。

"再给我们一次机会吧。"海伦恳求道。她开始哭了起来,她的下唇噘起,她能够看出她的唇膏抹到什么地方。她的嘴又开始说起来:"我知道我们错了。再给我们一次机会吧。"

"怎么了,你是在担心抵押金吗?"

"请原谅我们。"

特蕾萨把盛了衣服的皮箱拉链给拉上了。

看到特蕾萨站在前门,孩子们看上去都很关心。"皮箱!"蒙娜说。

"搬家?"凯丽问。

"一间公寓。"

"去度假?"蒙娜问。

特蕾萨温和地点了点头,抚摸着蒙娜额前翘着的一绺头发。"去度假。"

"到公寓里度假?"凯丽感到困惑。

特蕾萨亲了亲她。"听上去很好笑,是吗。"

出租汽车的喇叭在鸣叫。

特蕾萨站在门口,评估着她的新公寓——四面光秃秃的墙,两扇薄膜似的窗户——她不禁想象着海伦会对这种装饰作何评价。比如,墙角有一张床,床上有海伦所谓的烧焦赭色床单,她回想着海伦是如何学到这个名字的,他们全都是从凯丽那一大盒克雷欧拉彩色粉笔那儿学到的。一共64根。这么强大的阵容,与这个小梳妆台相比——这是什么棕色? 这块油地毯地板是什么颜色? 雾灰。散热器。小厨房。她总是指责海伦这么对待书。但是有海伦收拾的时候,她自己也很容易理所当然地漠视它们。现在,她渴望有一套有褶边的白色窗帘。海伦怎么称呼它们的? 半截窗帘。她想要那种有镶边小圆孔的和它们搭配,一块小地毯。或许还有一张双人沙发,如果有人来住,放下来就是一张床。

离家出走就是去拥抱它吗? 她坐在皮箱上。她应该打开这些箱子,但是太累了。这也就是说她该睡觉了。但是她怎么能躺在这张床上? 楼上还有抽水马桶的声音。她听到了一阵嗖嗖声,好像是有缺陷的心脏发出的声音——有人在抽水冲洗马桶。后来,一阵垂死的呻吟——洗涤槽。一个陌生人在洗手。特蕾萨摇晃着头,就像拉尔夫摇晃着头骨一样,哭了起来。她为什么老是把自己关在房间里?因为她无法忍受格罗弗那奇怪的声音,她已使自己置于这样的地方:一切响声均是陌生的,因为她无法忍受有时候有饭吃,有时候没有;她再也听不到那种贵妇人似的敲门声,那敲门的位置很低,这是凯丽。凯丽老是敲门,蒙娜则老是记不得。但是,如果蒙娜此刻正砰砰砰地敲门,她会怎么办!瞧,姑姑,瞧,她的侄女会哭着说。当她张开她的手时,她就会看到手上有一块闪闪发亮的云母,或者说也许是一分为二的小虫子,一团糟。当然了,她宁愿受到嘲弄,也不愿闻这儿的味道——烟味,她闻了出来,还有其他味道。她已经作出了决定。她已经选择了它。然而,她的选择似乎是别人的选择。她下面的箱子滑落了,她调整了一下重心。她看着自己在梳妆台的镜子里擦眼睛。从前的张家佬永远是张家佬。她是一个多么丑陋的女人啊!房间缓缓地失去了光线。她什么也干不了,只有站着,摸索着开关,打开皮箱。

海伦在呼吸

海伦所听到的就是呼气声：呼哧，呼哧，呼哧。全是她的——格罗弗似乎根本没有呼气声，真令人吃惊。或者说也许她只是听到了自己的呼气声，没有听到他的呼气声，她的耳朵里全是她的呼气声，连房子似乎都在和它一起回荡，她想邻居一定能听到。她请他关上窗户。别人怎么能听到，他温柔而天真地争辩道。暮色一片橙黄，他的一双手就像一个蒙住眼睛的小孩子向前摸索，要找到她。若有的话，他说，他们听到的也就是那台现金出纳机的声音。咔嚓！咔嚓！——拉尔夫躲在楼下的书房里，发出了阵阵响声。"真的。"海伦不得不承认这一点。只要拉尔夫在打现金出纳机，谁会听到格罗弗？"这张票子，"他开玩笑地捏着，"这张票子，这张。这是一百元的票子，小姐。"最后，他还是关上了窗户——伴随着虚伪的呻吟——讨好她。一个简单的手势，但很迷人。"还有什么吗？我最亲爱的。"他是怎么说的话！你应该知道怎么说话，她母亲曾经说过，现在海伦理解了她这句话的含义。"我在这儿得到了我所要的一切。"格罗弗告诉她。看到她的手粗糙起来，他感到很痛苦。有一天，他从自己的夹克口袋里掏出了一块浮石，还有乳霜。

他炫耀着一把指甲锉刀,一把表皮剪,还有一瓶指甲油。"修剪指甲,手伸出来。"他宣布说。尽管她指出他忘了带棉球,但他还是没有被吓倒。"噢,棉球,"他喃喃地说道,"女人不可缺少的东西。""还有去指甲油剂。"她说。她问他:"你以前涂过指甲油吗?"就好像她一直在涂似的。他坚持说她不必知道他所干的事情,然后跑过去把乳霜和指甲油全都涂到了双人沙发上。

"我从没看到这种职业。"海伦笑了起来。他把沙发上的天鹅绒垫衬料弄得斑斑点点的,全是天蓝色,连这一点她甚至都不在乎。他的动作非常迷人! ——后来,他想用一块薄薄的白手帕将它擦干净。

"不必了。"她说。

"真见鬼!我越弄越糟吗?"

她笑了起来,让他去涂她的脚趾甲,这种事情本来是不会发生在她身上的。她问:"你告诉了拉尔夫什么?""他觉得我在侍候他。'请随便点。'他对我说。"海伦畏缩了一下。但是,当格罗弗在她的脚趾甲上吹了口气,宣称"现在,我得到了你"的时候,她让他吻了她。"我谦恭地感谢你。"他把一只手指放在她衬衫上的纽扣之间滑动,小声地说道。"就是你的肚子。"他向她保证。"在这儿。"她让他的指尖在她的肚脐上抚摸着。"噢,我现在被你征服了,"他喃喃地说道,"我心满意足了。"

有时候,当他抚摸着她的时候,她就在想,一旦他离开,她是多么地喜欢他啊。尽管听上去有点奇怪,但是思念他几乎是她最大的乐趣。这个人有这么多缀有交织字母的衬衫,一个女仆,一幢大厦,而他所要的一切就是摸摸她的肚脐。她觉得自己已换了一个人,变得更漂亮了。气宇轩昂。柔顺的力量多大啊!如果没有丈夫牵挂多好,而他就在脚下,至多有6英尺远。是什么阻止他知道楼上所发生的一切?某种油地毡块,或者是某块胶合板,或者是荧光灯的嗡嗡声。但主要的还是他自己的注意力。她无法去思考它。但她还是进行了一番思考。无论什么时候,只要声音一停,她就屏住气,认为他会猛冲上楼。或者说他受到的伤害太大,不愿冲上楼?她可以看到他目瞪口呆,满脸苍白,但她还是愿意看到他手上拿着砍刀,脸红脖子粗地大声咆哮,引得邻居去叫警察。这种场面!格罗弗花言巧语劝说他的时候,他会把椅子劈得粉碎。他会暴跳如雷,危险地向前猛扑。什么也安抚不了他,除非她请求他原谅,搂抱着他的双膝——最终和他一起在万物之中同享一席之地。

一天吃完晚饭后,她发现她的围裙口袋里塞满了糖。这就是一切的开始。格罗弗一直在唱歌,窗户全都开着。就是在这个星期,丁香花开出了第一批花。全家在烛灯下吃饭——这自然是格罗弗的主意。早些时候,他像个魔术师一样从口袋里和袖子里拿出了蜡烛。孩子们高兴得大声尖叫!她真不愿离开餐室里一闪一闪的烛光到灯光暗淡的厨房里去。格罗弗感觉到了这一点。"下次忘掉做饭,"他告诉她,"下次我带点吃的来怎么样?"

"油煎鸡!"拉尔夫开玩笑说。"外卖!"海伦笑着,也有点醉了。客人自己带晚饭!不可思议。正如客人将她的围裙口袋塞满了糖一样。她立刻怀疑到了格罗弗。离开之前,他像小鸟一样将头缩到肩膀里,这样只有一只眼睛露出来。他像卡通人物似的向她眨了眨眼。当然,她和孩子们核对过。随意地。糖?矢口否认。没有负罪似的笑声。后来,她在她鞋子的脚后跟发现了一颗铅笔画的心。中间写有字。她拿起鞋子。上面写道,别告诉拉尔夫。

如果拉尔夫发现了怎么办?懊恼之下,她先找橡皮,然后又去找别的符号——格罗弗无疑是想这么做。她一整天都在搜索。开始,她还感到吃惊。后来,她内心里感到高兴——搜索成了一种游戏。钱袋里的糖。她发誓她在牛奶里也找到了糖。一切都使她想到了他。东西全都错位,特别是——在老式房屋的厨房里,调味品盒从墙上旋转出来,壁橱里的伞半撑着。这座房屋真诱人。午饭的时候,在闪闪发亮的正午光线下,她发现厨房窗户上的污垢里也有一颗淡色的心。这真的在那儿吗?她从几个角度对它进行了一番审核,然后才把窗台洗得干干净净。她擦掉心形印子的时候把窗户的其他地方也擦洗了一下。她戴着橡胶手套。

但是,当她去取信的时候,她发现信箱里塞满了丁香花,她的心也给塞满了。这件事之后,如果她没有发现她的一棵小丁香树枝被剥去了皮多好!她修剪着断枝残根,这样剪掉就会更干净,不太容易生病。

为什么她没有立即告诉拉尔夫?她能够听到他在咒骂她,你在藏东西。但是这是富裕和贫穷之间的区别。况且她对此几乎也不抱任何希望。这个人弄断了她的丁香树!听说了特蕾萨和老赵之事后,她不是也摇了好几个小时的头了吗?当然,人们都在做那种事,但是没人像特蕾萨那样。没人像她。她曾经认为她从没理解这事。

但是,等她最终理解的时候,这或许并不比蛇吞掉耗子那样令人惊奇。有一天,凯丽向她解释了蛇张开下巴吞吃的全过程。"这就是你们的老师教你们的吗?"海伦起先也不相信。"浪费时间!"但是后来,她习惯了。陌生的成为熟悉。完全不可思议的东西已经失去了它的不可思议性。

听到此事,特蕾萨或许会感到惊骇。另一个女人或许会关注着格罗弗抚摸海伦——大拇指碰了碰她的脊骨——的第一刻,从而感到亲近。特蕾萨或许感到疼痛。她应该告诉海伦搬走;海伦应该搬走。但是相反,她仍待在那儿,浑身颤抖,沉醉于丁香花的温馨之中,这些丁香花是她从信箱里拿到的,她将它们插在花瓶里。格罗弗已经感到满足;随着时间的推移,她就是他所要的那种人。妨碍她行动的是调皮的蒙娜,爱管闲事的凯丽,她们带着睡意,蹑手蹑脚地走向门口,不料还是被惊醒了。"你们在干什么?"也许理解,也许不理解。在格罗弗的肩膀里很容易忘记许多事情,但却忘不了孩子们,太敏感了。她们记得各种各样的事情——她放在碗橱里的罐子,她放在电冰箱里的罐子。金花瓶在桥牌桌上的准确位置。如果她们看到她和格罗弗在一起,她们会学到什么？Buyao fafeng(不要发疯),她过去一直告诉她们。现在,她变得更加具体了。"别做鬼脸。"她告诉她们。"别摇晃。""别把手放在屁股上。"白天,她更严格。"没必要大声喊叫。""谈点好听的东西。""别站在电冰箱前。"

拉尔夫的新主意

　　与此同时,拉尔夫双眼全被遮蔽,什么也看不见,只有现金出纳机。一方面,他发现制作这些假带子枯燥无味,另一方面,他又喜欢这种简单的感受——将检索突舌一推就可以感觉到它们给闩上了。他喜欢它们的形状,正好和指尖相吻合。接下来,咔嚓嚓!按,咔嚓嚓!这里面有一种节奏感。他将现金抽屉移开,这样它就不会无休止地呆在中间。这种简单的解决法也使他感到高兴。

　　如果别的生意操纵起来也这么简单多好!他的抵押金就不会成为麻烦。他的姐姐走后怎么办,他需要大幅度地提高利润。但是他怎么样才能够呢?他感到他在控制但又不在控制,生意是他的但又不是他的。截至目前,尚无困难。他雇了两个雇员。他更换了一台电冰箱。他在测试新的自动售货机里的鸡。到目前为止,味道还是一样,成本减少了百分之十。他和格罗弗交谈起来很容易,他们之间的交谈哒哒哒就像是跳踢踏舞。"要赚钱就得花钱。""顾客先请。""全部诀窍就是好帮手。""全部诀窍就是价格。""全部诀窍就是好的味道。"他们不停地点头。"这全是账单。""这全是地点。""至关重要的是,注意企业一般管理费用。"格罗弗说,一切都呱呱叫。后来,拉尔夫有了他自己的想法。

"应该有个地方让顾客坐下。"

格罗弗一边听,一边从柜台后面偷走了两盒糖。天已很晚。雨水顺着店前的窗户往下滴,在街对面塞姆的意大利煎饼店灯光的映照下,丝丝雨水呈现了粉红色。格罗弗的脸也一半呈现粉红色,一半给覆盖在阴影里。

"天好出现阳光的时候,人们来买鸡,因为他们可以在公共游憩场所吃。但是雨天来的时候,他们就去吃意大利煎饼。今天下午你应该看到他们,拥挤不堪地挤在里面。下雪的时候,我们的生意怎么办?"

"好主意。"格罗弗点燃了一支烟,心不在焉地说道。

"顾客需要坐的地方。"

"嗯。"格罗弗又偷偷摸摸地拿了两盒糖塞进衣服右边的口袋里。"好主意。"

"你该问问坐在哪儿。没有房间,对吗?"

"坐在哪儿。"

"我的想法是,再建一间。"

"一间,不是两间?"格罗弗开玩笑道。他把烟灰弹到地板上。"你是说另建一间。"

拉尔夫认真地点了点头。"在屋顶上。"

"屋顶上。"

"屋顶。"

"不管如何,忘了它吧,伙计。你不能这么做。"

"傻子说不可能。聪明人想怎么去做?"拉尔夫在餐巾上比划着。"加高屋顶。瞧这儿。"

格罗弗凝视着墙。"忘了它吧。"

"为什么忘了它?这是个好主意。'为顾客着想。''天是极限。''怕担风险的人根本就不是个男子汉。'"拉尔夫抽回标语牌,又在门上加了一个大牌号：拉尔夫鸡宫。"一个新名字。"

"鸡屋。不是鸡宫。"

"但是鸡屋……你知道，是个脏地方。"

"瞧——"

"全部诀窍就是广告。"

"听着——"

"一个人只有他的梦那么大。"

"我告诉你，你不能这么做。相信我。"

"相信我！我是工程师。你所需要的就是一根大梁。那些钢梁很有用，老兄。"

"听着——"

"我们能够加倍我们的生意。我敢保证。"拉尔夫想得越多，他的预感就越强。"肯定能成功！"

整个第二个星期，拉尔夫上床的时候都在考虑着这个想法。他为此规划着。他，如痴如醉，一遍又一遍地计算着，计算这额外一间的重量，计算这座房屋是否能轻易地承受这个重量。他设计图表，优美的图表，按 8∶4∶0.5 英寸的比例。他联系了六个承包人，作了一下估价。鸡店会多赚多少钱！足够支付抵押金，还有盈余。"我知道下一步我就可以成为百万富翁。"拉尔夫可以听到自己在餐桌上和一些无望的人讲述这个故事。他正了正浴衣的小翻领，一个大人物。

开始感到鸡店太小。生意好的时候，他像平时一样吆喝着雇员。"迈克，眼瞎了吗？那只鸡的棕褐色还不够，里面或许还是生的。"或者："奥提斯，竖起耳朵听听，蜂鸣器不响了！"但是生意清淡的时候，他会在店窗前来回踱着步，监视着塞姆的意大利煎饼店。他非常欣赏他们的蓝色帆布雨篷，尽管有一边是粘叠起来的；他还认为置办汽水机是个好主意，还有夏天用的平顶扇。他还计算了一些别的东西。利润，亏损，回报。这次扩建要花多长时间才能还清债务，譬如说生意得到加倍增长,或者说生意得到三倍或四倍的增长？这些数字开始了自己的生活,而这种生活是他赋予它们的。踱着步,他越来越感到,只要他愿意,无论什么时候他都可以让这些数字变为现实。他可以预测生意上涨。他可以预测生意穿越屋顶。如果他有一间停车场多好！要不削减一下汇报收入？他算了一下,如果他们只汇报一半收入,那么他们能省多少钱。三分之一。四分之一。十分之一。

他得扩建。他对海伦说:"我是对的。"他草草写了一张纸的数字递给海伦。"你认为怎么样？"

海伦皱了皱眉,她那副娇嫩的身子皱折到了一起。

"这是个好主意。"他轻轻地敲着铅笔。"我不明白格罗弗为什么老是说不行。他很愿意讨论这件事。他甚至专程到这儿来讨论这事。但是到了最后,没有结果。你的看法呢？"

海伦咬着嘴唇。

"也许他不愿再拿钱出来。但是他为什么不告诉我？"此刻,拉尔夫也皱起了眉头,集中精力思考着。"你说说看吧？"

"也许他没把一切都告诉你。"

"也许。"拉尔夫把铅笔放进口袋,铅还留在外头。"多告诉我一些。你在想什么？你一定在想什么事情。告诉我。"

"这儿不行,"海伦告诉格罗弗,"求求你。"

"这儿不行？"他既感到惊讶,又感到无奈,于是一屁股坐在双人沙发里,双臂懒洋洋搁在沙发顶上。他很容易从沙发的一头够到沙发的另一头。

"拉尔夫怀疑出了什么事。他就在楼下,我不喜欢这样。太危险了。求求你。"

格罗弗交叉着双腿。

"我很担心。"

"该找一个更好的地方?"

"没有更好的地方。"

"没有?"他搂着她的腰,将她拉到他的大腿前。

"请不要这样。"

他笑了笑,放掉了她。"好吧。不过我给你带来了一些花。"他拿出五朵六月牡丹,全是粉红色的,就像街对面肯尼迪家所种的那样。

"借花献佛,"海伦说,"你知道这种说法吗?"

"什么?"

楼下,她能够听到现金出纳机的声音。咔嚓!咔嚓!

他放下交叉着的双腿,徐徐地向前面的躺椅移动,两腿夹紧她的双膝。"你征服了我。你说什么我都去做。"他用手抚摸着她的膝背,然后又缓缓向上移动,将手伸进她的裙子。"我是你的奴隶。"

她变得酥软起来。"小心我的袜子。我不想让它们有脱针。"

"我什么都可以做。"

"好吧。只要告诉我一件事。你是从哪儿弄到这些花的。"

他笑了起来,再次放了她。"噢,见鬼。我把这茬给忘了。不过,最好把它们放到水里。"他又坐到枕垫上,扣好腰带扣眼。他那件衬衫像波浪一样荡漾在他的身上,翻领既光滑又昂贵。"今天出了什么事?拉尔夫找你麻烦了吗?"

"他当然找我麻烦。他是我丈夫。"

"噢,对,你的丈夫。"

"你这是什么意思?"

"我的意思是,你得到的应该更好些。"他坐起来猛然抓住了她,好像知道他这次得到了她似的。她得到的应该更好吗?她很喜欢他的牡丹——上面缀有点点粉红——这时,格罗弗在解她衬衫的纽扣。"只解一只。没别的。"他解开了两只纽扣。

"孩子们。"她抗议道。

拉尔夫的新主意　217

"我知道。"他就此停住了。"你爱这些小家伙。"

"是的。"

"你这么爱她们,你这样维系你们的婚姻,就是为了她们的缘故。"

她没有回答。

"拉尔夫是个幸运的家伙。他怎么这么幸运?"

"你的话是什么意思?"

"这个,你先同意嫁他的吧。"

海伦挣脱了格罗弗的大腿,用花挡住了她。"我再也不要这些了。"但是一个星期之后,三个纽扣开着,她在凝神细听。

"我知道发生了什么,"格罗弗说,"要我告诉你吗?"

"什么?"

"你出嫁了,像个淑女一样,我知道。"他用嘴唇挨擦着她的肚子,透过胸罩,挨擦她的乳房。"你出嫁是因为他是你朋友的弟弟。你们家的朋友。你想你父母会让你这么做。这是正确的处理方法。"

"我很骄傲我做对了。"

格罗弗轻轻地把她推回去,将她的衬衫开得更多,缓缓地将衬衫掀到肩膀上,这样她的膀子就不能动了。"你做得对。你不知道,这是美国,只要愿意,我谁都可以娶。你没想想。"——他模仿着美国女孩——"我要选择。我要挑选。"

"住嘴。"

"你是一个很不错的中国姑娘。"

"住嘴。"

"这是正确的处理方法。"

"住嘴。"

"你没有浪费爱情。你的双眼盯在责任上。"他咯咯笑了起来,"责任。这很重要。"

她想站起来,但是他的一双手放在她的肩膀上,还有他的重量。她扭痛了脖子。

"怎么了?"

"孩子们在睡觉。白天已经过去。你现在可以放松一下了。"他趴在她的身上,手伸进了她的裙子。

"住手!"

"嘘。你想吵醒孩子吗?"

"拉尔夫。"这时,她轻轻地叫了起来。过了一会儿,她大声叫道:"拉尔夫!"但是楼下所传来的全是咔嚓咔嚓声。

"怎么了? 你觉得不舒服? 快点,坐起来吧。"

她开始哭了起来。

他拿出一块新烫过的手帕。"放松一下吧。你全搞错了。听着,我只问你一件事。"

她摇了摇头,但是他还是说了下去。

"我只想问你,你有没有意识到你可以离开那个拉尔夫?"

她没有回答。

"听着,"他说,"你和我,也许我们有个更美好的未来。我是说,我拥有这幢大房子,但不大像常住居民。"

"你这是什么意思?"

"我们以后再说。"他说,过了一会儿,他又缓缓地将她放倒了。

"我该走了。"格罗弗说。

"噢,不不不!"拉尔夫表示反对。"就住这儿! 把沙发放下来。"他喝着酒,谈论着扩建,一张脸红彤彤的。格罗弗似乎同意了他的想法。整个晚上,他一直感到很兴奋——只是有时他似乎完全忘记了他曾讨论过这个问题。"那么你认为这是个好主意?"有一次,格罗弗问道。

你在开玩笑吗? 拉尔夫几乎要说了出来,但是相反,他回答道:"我认为如此。"

拉尔夫的新主意

格罗弗转向海伦。"你认为怎么样?"

"太迟了。你该回家了。"

格罗弗和拉尔夫交换了一下眼色。后来,在厨房里,拉尔夫责备她:"你不知道你在说些什么。你不知道你在做些什么。"

她一言未发。最后,格罗弗不仅待了下来,他甚至还讨论了新招牌应该用什么样颜色的字母。"红色。"拉尔夫说,"远远地你就能看到它。更为醒目。我们还应该有只灯,这样,晚上它也会闪闪发亮。我告诉过你,我想起了一个新的店名吗?"

格罗弗摇了摇头。

"鸡宫!拉尔夫的鸡宫。你觉得怎么样?"

黑暗中,海伦和格罗弗一起躺在放下来的双人沙发被单上。"不,"她说,"不。"

他哄骗着:"你应该得到更好的东西。一座大厦。仆人。漂亮的衣服。"

"不。"

"你不应该这样生活。去挣扎。"

海伦没说什么。

"你应该得到爱。"

"拉尔夫爱我。"

"拉尔夫!"格罗弗哼着鼻子说。

"你也不爱我。"

"你怎么这么看,小姐?你知道什么叫爱?你在杂志里看到了些什么?你认为为什么我要帮你丈夫做生意,嗯?你觉得为什么我要卷入?"

痛得及时

　　自从特蕾萨搬出去之后,海伦给她打了四次电话。每次说话都不自然。她们的谈话小心翼翼,就好像穿过房间,看到一个孩子正在睡觉。分别看上去是多么的糟糕啊!——至少在海伦看来——这一切又是多么的真实啊!她充满深情地认为所需要的一切就是道歉。她认为事已定局,无可挽回。为什么不能呢?特蕾萨空旷的房间甚至使拉尔夫都感到不安。他无法忍受她的门开着,也无法忍受她的门关着。这种情况根本就不是他们所选择的。如果有人指出他们行为的后果,那么毫无疑问,他们就不会这么做。但是,谁会料到这轻而易举的日常活动细节会造成这个样子——凝固,巨大,超出了他们的控制?

　　没人去看过特蕾萨。她也没有看过他们。有一次,拉尔夫向海伦问起了特蕾萨的情况。特蕾萨也向海伦问起了孩子们。不可能出现什么新情况。在中国,家庭成员住在一个院子里,家庭的分裂叫作分伙,他们常常也真的这么做。在中间搭起一堵墙——一种努力。然而,再把墙推翻是多么困难啊!丢掉的面子太多。

　　海伦仍然站在特蕾萨那间被人遗忘了的公寓门口,既感到绝望,又感到脸上无光。她按了按门铃。

"你忙吗?"

特蕾萨目不转睛地看着海伦,好像以前从未见过她似的。实际上,正是海伦给她理的发。她那头好看的圆发髻一去不复返了。她的头发松松地夹在耳朵后面。她身后是什么?

"你养了一只猫。"

"两只。"特蕾萨指着猫说,"这只叫凯丽,那只叫蒙娜。"它们是暹罗孪生猫,一只舒舒服服地躺在床上,抽动着耳朵,无暇他顾,另一只踱步走向门口。"作为伙伴。"

海伦看到了一块红地毯,地上的一堆堆书,窗户上的白色小圆孔半截窗帘。墙上挂着中国画的复制品,大多数是山水画。"我给你带来了一件礼物。实际上,两件礼物。"

特蕾萨清了清喉咙。"我希望不是,嗯,鸡?"

海伦递给她一只棕青两色瓷烟灰缸。"凯丽做的,看看是谁签的名。"

特蕾萨将烟灰缸翻过来,看到了歪歪斜斜的大字母:亲爱的,蒙娜。回来吧!"真漂亮!"她凄楚地笑着。

"还有这个。"

特蕾萨打开一梗淡紫色飞蛾兰花。"象征不受赏识的美德。"她又凄楚地笑了起来。"你吃过了吗?"

海伦犹豫了一下。

"不必客气。"特蕾萨说。她趁凯丽逃到走廊之前将它抱了起来。"进来吧。"

星期一早晨,一想到特蕾萨(一定有你能做的事情,她说,你这么聪明,别忘记你是如何修好取暖炉的),海伦就给救世军打了个电话。"你们要买家具吗?什么,要等三个星期?是的,不错,这是全新的,很漂亮,请允许我向你描述一下。不要？那么让我向你老板描述一下,好吗？"

到了晚上,生意没了。

"出了什么事？"拉尔夫想知道。

"颜色出了问题。太亮了。"

"你疯了吗？那只沙发很贵。"

"它还有跳蚤。"

"跳蚤？"

格罗弗咳着。"给救世军打电话？"

"不错。"

海伦正在磕西瓜子,中国风味。这要用嘴巴灵巧地将瓜子壳去掉。她将手伸到嘴唇上,灵巧地将空壳吐出。

"我懂你的意思了。"格罗弗说。

"是吗？"她像个小女孩一样放低了目光,将瓜子壳放到碟子里。"但是我自己还没懂。"

"是这样吗？"他犹豫了一下,过了一会儿,他伸直手臂去解她上面的纽扣。

她等着。

他又解了一只。他的指尖从锁骨伸到了胸罩。

"孩子们。"她表示不肯。

"你爱那些小家伙。"他缓缓地将她拉到身边。

"没地方躺下来。"

他嘟哝着。

"你看到了我的指甲吗？"她把她的红指尖放到了他的手心。"专为你留的。瞧,我没有捏。"她唱了起来。她紧紧地掐住他的大拇指。

格罗弗纵情地笑着。"我告诉你这只手是做什么的？"

痛得及时 223

"做更好的事情?"

"最好的事情。"

"再也不次次清扫厨房地板了?"

"一次也不清扫。"

"你保证? 你给我一个女仆?"

"两个女仆?"

"三个。"

"你要多少有多少。四个女仆。"

"五个?"

"一名雇员。这是你要的,是吗? 一个雇员?"

她点了点头,这时,他解开了自己裤子的拉链。

"这就是你所得到的。"他说。

她小心翼翼地看着自己手上的这一把。"全是我的?"

"全是你的。"

她犹豫了一下。

"放松一点。"

"我想做什么就做什么?"

"不管你亲爱的想做什么。"

"你是说,我说左,它就向左?"

"当然。"

"我说右,它就向右?"

"当然。"

"我说这是好的,它就该得到宠爱。"她抚摸着他,她的指甲一闪一闪的。"我说这是坏的,它就——"

格罗弗大声叫喊着,楼下的出纳机停止了响声。

靠数字生活

"什么也没发生?"猜疑使拉尔夫的脸红一阵白一阵的;他将双臂交叉在面前,形成一个挡墙。"什么也没有?"

海伦羞愧地低下了头。

"说吧!"

"我需要……需要……"需要什么?"想想。"

"你要想想?"拉尔夫的这个语调是从格罗弗那儿学来的,这就好像海伦仍要从这个人身上找出证据。他会就此不走吗?

"他走了。"拉尔夫说。

他说:"发生了什么事?"

"说出来。"他说。

她沉重地摇了摇头,她的红指尖迅速地依次触桌面。

"说出来!"他狠狠地晃着她,使劲地将她推到椅子上。温暖的挫折变成了冷酷的盛怒,一种快速冷冻。

她开始啜泣起来。

"够啦。"他小声对自己说道。他感到不知所措。"够啦。"他心神不定地摊开手指。

他不会问。这是一种契约。这是一种谨慎,同时也是一种生存,如果不这样,那么他们就得过另外一种生活。他们选定了这种共谋关系;他们不会治愈这种裂痕——他们之间那种神秘的裂痕——但会用礼貌去弥补它。双方都会冷淡,一对孪生的冷淡。

三天之后,依然不冷不热。"告诉妈妈这个星期我们花椰菜吃得太多了。""告诉妈妈她可以自己拉下纱窗。""告诉妈妈我的蓝夹克有一只纽扣掉了。我不会再问第二次。"

"爸爸让我再告诉你一遍,他确实需要将那只纽扣缝上。"凯丽告诉海伦。

"是啊!"蒙娜说。"他说他,"——她模仿着拉尔夫的声音——"不会再问第二遍。"

"告诉爸爸他可以自己缝。"海伦下定了决心。她在冲洗着更多的花椰菜。

孩子们从厨房飕的一下跑进了起居室。"妈妈说你可以自己缝。"凯丽汇报道。

"我自己!"拉尔夫说。

"她是说丢掉了。"蒙娜解释道。

"猜猜晚饭是什么!"凯丽大声说道。

孩子们咯咯笑了起来。

又一天。"告诉妈妈格罗弗叔叔同意扩建,我们支付百分之五的利息。"

两个孩子一起跑到厨房门口。"爸爸说——"

"你说什么?"海伦毫无表情,转身进了起居室。"不要说'告诉妈妈',说给我听吧。"

"百分之五利息。他要给我们再写第二张抵押金。"拉尔夫看上去若有所思。"他真好。谁会接受一座房屋,而且还要拿这一笔大的第一次抵押作为担保品？只有朋友。"

"嗯。"

沉默。外面,报纸扔到了纱门上——哗啦!

"那个男孩!"海伦叫道,"我告诉他别这样扔报纸!"

"他会砸坏我们的纱门。"拉尔夫表示同意。

又是沉默。

最后,海伦调整了一下身体的重心,问道:"你将衣服放到缝补堆里去了吗?"

拉尔夫清了清嗓子,一种讲和的反应。"我们一拿到所谓的造房许可证就准备开工。"

"你肯定这是一个好主意?"

"我肯定。"

她犹豫了一下。"他也这么认为?"

"谁?格罗弗?"拉尔夫故作随便地说,"你知道,很长一段时间,他对此事不冷不热。但是现在,他突然对此事热心起来。"

"突然之间?就像这样?"

"他想给我一次机会,试试我有多聪明。"

他们如何才能像平时一样做生意?不错,只要人多,什么事都有可能出现,但是海伦不得不感到奇怪,这里面是否还有她没有发觉的曲折故事?格罗弗突然之间改变了主意。这意味着什么?

她为这些细节所缠绕,心里感到很担心,但是,正如她对特蕾萨说的,没有结果。

不管怎么样,只要这项计划尚处于商谈阶段,她就觉得这不大会是真的。这就好像在1月份的一个黄昏,她正戴着一副防寒用的皮手筒,别人都让她去想象小溪潺潺,玫瑰盛开的夏天,想象被臭虫咬过,身上沾满了草印的孩子们。谁会相信这样一个时刻正在来临?这种时刻会

靠数字生活 227

来的,但是那天她还是感到大吃一惊,因为拉尔夫真的拿到了土地契据、证书、标绘图、照片和图表(这是立视图和侧面图),不用说还有他的楼层平面图——现有的和计划中的。他已经写好了声明,完成了图表,搞到了签字。他出现在会议上。在董事会前。他已支付费用。最后,他掌握了市政厅的停车模式——他甚至还知道哪些汽车停放计时器比较忙,这样他就可以免费停车——他拿到了建房许可证。他回到家,像挥舞红旗一样挥舞着许可证。"准备动工!"

这时,海伦突然清醒过来,她要求看看数字。

"当然!"她姗姗来迟的兴致使拉尔夫感到很高兴。他们挤在厨房的桌子上,他热烈地吻了她好几次,而她也回吻了他,尽管今天她所关心的主要是摆在她面前的计算结果,这些计算结果就如同一顿煮好了的丰盛午餐,美味可口。

"一年三百六十五天,"拉尔夫说,"乘以三顿饭——"

"没有假?"海伦感到奇怪。"一天三餐?"

他把她的问题甩在一边。"要关注的是管理费用。比方说一个月的暖气费达到这么多,夏天,空调费达到这么多……我们得考虑到鸡价可能会上涨,或许不会加倍,不过我们可以把它算进去,以防万一——"

尽管海伦没花什么力气就理解了购房,但是她发觉理解这些数字更加困难。她每一页每一部分翻了好几遍,但是她仍感到没有完全弄懂;有些数字像霉菌一样一遍又一遍地出现,令人不可思议。三页纸下来,她想知道他们是否能全面开工。

"这给了我们一些数字——"拉尔夫还在说。

"但是扣除所得税后的收入取决于计划收入。"她表示了不同看法。

"随便你怎么叫,"拉尔夫解释说,"我要说的是,这个数字就是你最后得到的数字。所谓的袋中钱。"

"但是这不是袋中钱。这是猜测。"

"这当然是猜测,"拉尔夫耐心地说,"所有的数字都是猜测。"

"它们不是真的。"

"它们当然是真的。它们是真的猜测。"

"如果是错的怎么办?"这张纸在海伦眼前移动,变得模糊了。

"如果你不想相信什么,那么你就无法做生意。"拉尔夫拍了拍她。"放松一下。要有信念。"

盖房

扩建正在进行。首先,商店得关门——拉尔夫挂了一块牌子——接下来就是拆除。这么多的灰尘!这成了一个冷冰冰的地狱。就是这么走一下,拉尔夫发现他的眼睫毛上落满了灰尘,满牙齿的风沙。在洗澡间的镜子前,他看到连他的鼻端都变白了,看上去就好像是一副摆放古怪的眼镜。尽管如此,他仍然去查看。他对格罗弗说(格罗弗在场的时候):"你真聪明,在楼下等着。"格罗弗站在一边笑笑,回答道:"我见过各种各样的事情发生。"这么热闹!几个街区之外都能听到这种喧闹声,一大帮人来回晃动,来回搬弄,一会儿猛撞,一会儿用杠杆撬,破旧的阁楼像雪崩一样落在金属垃圾堆上,那一声轰的撞击就像是飞机起飞。屋顶在慢慢扩大。又是一声撞击,但是这一次撞击比较小心。比较讲究。

接下来是一片沉默。一块干净的塑料油布像气球一样在微风中飘浮。拉尔夫感到烦躁不安。收入丧失了!但是毫无办法。钢梁必须起吊进来,大家都在等起重机。又是一天。又一天。一天接一天,一个错误的猜测,拉尔夫没有把这事考虑在内。晚上,拉尔夫在梦中看到店边有一只红铅笔写的×。错,错,错。充满了活力的扩建工程现在死去了。工地上没有工人,只有拉尔夫,一位孤独的哀悼者。后来,起重机终于到了,一只庞大的臂伸向天空,一切复活了。

生命!希望!

接下来是更多的耽误。现在,大家在等建筑检查员。拉尔夫重新计算了一下数字。

"到目前为止,我们失去了多少天?"格罗弗认为他们应该起诉。

拉尔夫向承包人巴德抱怨:"你知不知道,我们已经失去12天了?12天了!到现在屋顶还像那样开着!我们要起诉!"

巴德给激怒了。"不用吓唬我。"他们争吵着,没有结果。

不过事情还是有了进展。框架上去了,还有外墙和墙板。屋顶抹上了焦油。室内梯级生出了支材,变成了楼梯。砖瓦匠来了。粉刷工也来了。

此刻,拉尔夫驱车经过,惊叹着生活。他的生活,一切都在上升,他也在直线上升!他还要什么,只是夕照给他的新屋镀上了一层金色,宛如旗杆柄。拉尔夫鸡宫。他想,尽管原先那个店面的木瓦比新建的要小,但是它们组合得很好,况且招牌也可以分散人们的注意力,谁会看到?他很喜欢楼上的两只滑窗,但是他模模糊糊地认为,他还可以再要一样东西,一样小东西——这就是海伦回到他身边。他在心满意足中还不愿想到这事,但是有时候他瞧着她,好像他的海伦,那个活生生的海伦,已经不见了。他和她好像是在电话里说话。你好?即便是看到她,他也很想念她。特别是看到她的时候。旧海伦和新海伦之间的相似之处太明显,他不能看得太长。这就好像他在路上发现了一个陌生人,如果他不向旁边看去,或许他会抓住这个人的手臂,坚持说,你看上去真面熟,不料这个陌生人却将他一把推开。你疯了,她对他说,将他的爱撞到了人行道上。

不过,他的生活在某些方面仍然得到了改善,他做梦也没有想到会

盖房　231

有这些,正如谚语所说,一步登天。现在,他看到对美国不抱希望的人——比方说,世界上的各种彼得——时,他的眼光并不旁视。他并不担心他会和他们一样。他只感到难过,有些人工作很卖力,但到头来运气还是不好。例如墙角边歇业了的那家杂货店。有一天,他散步经过,正好看到他们——一个小姑娘,她的父母,还有一位助手,他们看上去衣衫褴褛,茫然不知所措,就好像是从书上撕下来似的。他们低着头,是悲哀还是祈祷?拉尔夫经过时也同情地低下了头。他的命运是生活在另一个美国,一个传说般的美国,这儿,一切愿望都能实现。他的心里惦记着他们会有什么伤害。走到路头,他从地上捡起一只非常干净的纸袋,将口袋里的钱全部放到纸袋里。然后他转过身来,向这一家走来,他的手汗津津的,好像一个求婚者。

他们开玩笑说要雇一个风水先生来为他们的重新开张择定良辰吉日,但是最后拉尔夫和海伦——更为现实——决定还是尽快恢复生意。"让承包人选个日子吧。"他们开玩笑说。结果证明那一天非常合适,晴空万里,艳阳杲杲,他们得眯着眼睛看,即使是在室内。他们将带有红绶带绒球的花盆放在窗户上。他们提心吊胆地将缎带扎成花彩,悬挂在店前的服务柜上——他们以为人们不大会来。

但是人们确实来了,他们坐下来嚼食物咽东西,喉结上下滚动。室内,墙纸红白相间,宛如樱桃,红红的火车座和皎皎的塑料贴面与之交相辉映。但是在他们看来,这一切似乎毫无诱人之处,连侍者奥提斯(从前是一个专唱反调的厨师)严格按照吩咐所进行的服务似乎都无惊人之处。有几个人问楼上是否一直是这样,他们祝拉尔夫和海伦好运,诸如此类的东西——没人不喜欢这新名字——但是他们多半是吃,内心感到心满意足,打着自己生活的小九九,外表上却心不在焉地擦着嘴。偶尔,拉尔夫会在楼下大声喊叫:"奥提斯!"拉尔夫在新屋里装了许多镜子,这样,透过屋角的一只小孔,他就可以留心楼上所发生的一切。奥提斯称这东西为潜望镜,有时候,他会透过地板开口向楼下说话。"唉,唉,镜子,"他常回答说,"我马上就来收拾那张桌子。"

拉尔夫注意到,这一声使得人们抬头相望。

那个星期下了三天雨,正如他所预料的,他们那几天赚的钱要比从前多得多。海伦开始放松。这几天,她是多么的紧张啊!晚上握紧拳头,指甲掐进手心。她还一直瞪大着眼睛,直到眼睛开始抽动。想看什么?也许她过高地估计了她对格罗弗的重要性。也许他一时发疯,过了一会儿又不疯了。谁知道?感情有时候像温度计里的水银柱一样,久久停留,但是有时候却又一下子跌落下来;一切难道不是取决于计划,受生意支配?她放弃了窥视,看穿了显而易见的事情,也看穿了深不可测的事情。拉尔夫描述了一个顾客还没开始吃就先向鸡道起歉来,她哈哈大笑。他告诉海伦说奥提斯已经回到炉边,她摇了摇头。新来的餐厅侍者助手莫尔顿空余时间将自己锁在房里。和拉尔夫一样,海伦希望他不要在鸡宫惹什么麻烦。有人撕破了一只新的红乙烯基座椅,她同意再换一只,而不是用胶布把它粘牢。

刚得到的消息则使她大吃一惊。"格罗弗进了监狱?"

不是因为偷油,拉尔夫解释道——正如他所吹嘘的,他已经驳回了那个指控——而是因为逃税。

"我还不知道他有这个麻烦。"

但是这是格罗弗的得力助手查克告诉拉尔夫的。他们一边散步,查克一边伸伸甩甩手臂,样子既和善又凶猛。他的血管偏离了他的肌肉,宛如根根蓝线。他的牙齿既窄又尖,脚上穿着一双牛仔皮靴,手上拿着一封信,"任命"他代表格罗弗管理所有的"企业,利息,事务和贷款"。这封信(很清楚是格罗弗的笔迹,拉尔夫认得出)得到了公证。

"那么我们开支票给格罗弗,但是却把它交给查克,"拉尔夫告诉海伦,"我们不要去打电话或写信,直到事情得以平息。格罗弗不想让政府知道他在和谁做生意。"

"这么突然!"

"一点暗示都没有。"

"又一件突然的事。"

还能出什么错?生意兴旺发达。人们似乎厌倦了意大利煎饼。从长远考虑,人们也会厌倦鸡,拉尔夫想在菜单里加进汉堡包。或者烤炙排骨。或者蛋卷怎么样?

"我们一切还好吧?"海伦问。

"比一切还好还要好。"拉尔夫解释了一下情况。"这是一件好事。"

"你这是什么意思?"

"想想。格罗弗刚为逃税进了监狱。"

"没有更多的带子了吗?"

拉尔夫和海伦计算了一下支付全部税款将意味着什么。在他看来,这些错误很难从他的脑海里抹掉。他在用一支不同的铅笔吗?这些数字本身似乎也很顽固,更没多少乐趣。如果有许多渠道,他还可以挑选,但是这些数字只有一条渠道。面对这一渠道,他和海伦罗列了一下哪些可以勉强通过,哪些无可否认地低于标准。也许它们还可以再欺骗一阵,他说,在饭店生意中,人人都这么做。

"但是他们是这么做的吗?"海伦问。

"这是格罗弗说的。当然,格罗弗给抓进了监狱。"

"至少说这是查克说的。"

拉尔夫开始慢慢地擦去数字。

他真胆小!害怕查明实情——先是他的妻子,接下来又是他的合伙人。拉尔夫甚至都没有问这是什么监狱,他不想打电话。那么他如何鼓足勇气给格罗弗家打电话?他坐在电话机旁,希望他能够忘记格罗弗的电话号码。他记起有一次他怎么也想不起这个号码。现在,他再也无法将此从他的脑细胞中驱除掉,他只能将他的过去和未来隔开。海伦。格罗弗。查克。

他那台黑色电话温顺地坐在融融的灯光之中,作好了询问的准备。拉尔夫关上灯,伸出了手。他感到话筒在散发着热量,他希望从这一储存的能量释放中鼓起勇气。事情真难预测,灯光居然会产生热量,而电话居然能吸收这股热量。谁曾想过这种事情?当然,他是根本不懂的,只有聪明人才知道。像他这样的人,不知道的事情和搞错的事情多着呢。庆幸的是,他也许只是预感错误。他抓起话筒,端正了信念。

作为削减成本的第一步,海伦自告奋勇地提出要到鸡宫去工作,做一名出纳员。拉尔夫表示反对,但是他俩都清楚,没有别的选择。因此,她发觉自己不知不觉地坐到了出纳机后的凳子上,再也不是淑女了。所有的诀窍就是注意企业一般管理费用,她对自己说。

一旦适应了离开家庭外出工作——在美国这么多年来,她依然觉得她家和世界隔着一堵墙——那么她对什么样的工作也就不怎么在乎了。她也不在乎全家现在每天晚上在餐馆吃饭,一只油煎鸡接一只油煎鸡。她只是觉得难以和顾客打交道,特别是男人,他们透过她的衣服去评论她,盘问她。"你是中国人?日本人?"他们会斜着眼睛看她。"菲律宾人?"有时他们会加上一句:"战争期间,我曾有过一个你这样的女人。"他们会随意地拍拍她,抓抓她的手。她装出一副笑容。"你们觉得鸡怎么样?"她常说,然后摆脱他们的手。或者:"谢谢你,欢迎下次再来。"这是她为到信箱里去取丁香花而悔恨的表现。"欢迎再来。"有一天,一个流浪汉一把抓住了她。"你是我的龙女。"他喝得醉醺醺的,发音含糊不清。他将脸凑到她的脸上,迫使她去吸收他的臭气,他那只没有修剪过的指甲掐进了她的手臂里。

从此以后,她系了一条大围裙,将前边全部罩住,而不仅仅是腰端

盖房 235

以下,围裙上满是褶裥花边。这当儿,她假装说不了几句英语。"塞塞你,番迎再来"①。然后她大胆地看着别人——甚至目不转睛地看着——发现她的肆无忌惮使得他们全都挪开了眼神。她很高兴她无法看到自己的表演,如果是别人这样做,她会有何想法,尽管这样做更为有趣,一想到这,她就感到不寒而栗。她感到她好像又一次来到了一个全新的国家,这里,一些心情沉重的姑娘拖着脚走路,双膝几乎外翻。一些男人走在前头,老婆跟在后头。要看的还有时装,新的紧身连衣裙,蓬松的发式。但她看的主要是妻子们如何捋一捋她们那蓬松的头发;孩子们如何簇拥到一对又一对的父母跟前;他们的婴儿如何地左右扭曲,浑身不自在,好像发现了这个世界太紧了一样。她看到男孩们如何将双手小心地放在口袋里,相互用两只胳膊肘捣来捣去。

过了一会儿,她还看到鸡宫一楼的墙已经出现了几道新的细缝,看上去好像是有人用铅笔在新的镶板和新的吊顶篷之间画了几道线。

---

① 原文"Dank you. prease come again",表示海伦故意发错音。——译者

留心屋顶

"没什么,"拉尔夫说,"只有一点下沉。"他说这句话的时候紧了紧胃。

"一点下沉,"海伦说,"我明白了。"从这时起,他们就这样谈论着。"今天,下沉得似乎更多了。""我不知道下沉是否会减轻一些。""也许我们该想想办法把它整治好。"他们还能怎么办?他们已经是骑虎难下,很难摆脱。他们自己用一只小容器盛着混合灰泥一点一点地修补着裂缝。"你看到没有?那个讨厌的下沉又有了。"

"又有了?"拉尔夫说,"我从未见过这种有下沉问题的房子。"

其他的墙也出现了下沉。他们按夸特购买混合灰泥已有多久了?

这一年也就是人们开始谈论节俭和失业的一年。人们举行抗议活动——当军队将枪口对准南方的游行队伍时,他们家已经开始按半加仑购买混合灰泥。接下来按桶买,那桶和废纸篓一样大。

"检查员检查每一步骤。"拉尔夫感到疲倦,衰老。他一直感到胃痛。"我们又加了一根支撑梁。我一遍又一遍地核对着计算。"

每天晚上,帮手走了之后,他们就蹑手蹑脚地溜回厨房,修补着有裂缝的墙。蒙娜和凯丽已经不小了,她们帮着做点,而且也知道有些事情不能外传。"我们发誓,说了不得好死。"

尽管如此,有一天,参加拳击的侍者助手莫尔顿还是宣布说:"我要辞职。"

"出了什么事?"拉尔夫问。

"我不想在这里到处转悠,无论是你还是别人都没法付我钱,"他声称说,"这座楼房要倒了。"

拉尔夫查找了一下档案。这个房屋的前主叫杰里米·芬奇,他售房时住在拉奇蒙特。当然,他有可能搬到佛罗里达去了。但是拉尔夫还是打电话给了问讯中心,一点不错,那儿有一览表:芬奇先生没有搬走。现在他已有了电话号码,因此,他所能做的一切就是试试运气。

但是,他还没来得及三思就已拨通了格罗弗的电话号码。三声之后传来了一个熟悉的声音。"丁宅。"

"你好,格罗弗。"拉尔夫说。他的声音似乎在回荡,既大又不自然,听上去好像他的声音来自扩音器。"我是拉尔夫。"

"拉尔夫。"

"我还以为你在监狱里。"

"哈,哈——"格罗弗笑了起来。

说些什么? 拉尔夫挂上了电话。

他去看了一下杰里米·芬奇,带回来这个消息:土壤里有原木。从前,这块地方是个坑,人们把树堆放在这里。后来,这些树木无法搬走,于是就开始腐烂,因此,这块地不稳定,无法盖房。

"而且便宜。"拉尔夫描述了格罗弗是如何买下这块地,盖了房,然后又将它出售的。他描述的时候喉咙里似乎塞了根卡纸管。不错,这位芬奇先生后来发现房子在下沉,于是他想上诉。但是法官是格罗弗的好朋友,芬奇无计可施。

幸运的是,他屋后丢失了不少桶油。对他来说,这倒不算什么大问题,但是当他听说格罗弗又一次受到起诉,这一次是个不同的法官,他威胁说要指控格罗弗,除非他将这财产买回去。但是格罗弗不愿意,他认为这会丢面子。

"就我们而言,这笔生意倒不坏。这座楼房会下沉,但是很慢。在这期间,我们不用资本就可以将它买下。所以说了不起。但是后来格罗弗让我们盖房。现在麻烦来了。"拉尔夫凝视着空气,就好像一个游客在观赏景色。"不错,我是想建,这是我的错。问题是,他为什么让我们这么做?"

海伦屏住气。

"树不是树,树是机会。"拉尔夫顽强地咽了一口。"哈,树是树。"

他们该怎么办?晚饭的时候,他们还在谈论这个问题,孩子们则不声不响地吃着饭。

"爸爸说 san banfa(散办法)是什么意思?"最后,凯丽问道。

"是 xiang banfa(想办法)。就是找一条出路。"海伦解释说,"那是中国人的说法。我们得找一条出路。"

"找一条什么出路?"

"典型的说法。"拉尔夫心不在焉地说,然后又和海伦用中文交谈。他们可以停止为格罗弗支付鸡店。但是扩建贷款怎么办?他们讨论着这个问题,因为他们知道格罗弗有权索回这座房子。

"看上去好像我们可以起诉一个人。"海伦说。

但是他们怎么能为不属于他们的财产起诉格罗弗?

他们还在卖着鸡,能卖多久就卖多久吧,他们一边卖一边计算。如果海伦找到工作,或者说除了他的日常教学量,他再教个暑期班和夜校,那会怎么样?"我们应该卖掉房子。"海伦有一次承认,但是当拉尔夫还在谈论这个问题的时候,他的常识似乎成了一只冰箱,里面找不到让她鼓起信心的东西。因此,他不仅没有卖掉房子,反而将书房里的所

留心屋顶 239

有标语都取了下来,代之而起的是一张新标语:Bai lian cheng gang(百炼成钢)。

他们又卖了一个月,每天晚上都要去查看一下,看看房子有多危险。他们毕竟不想让任何人受伤。他们张贴了不少标语——请不要跳!——无论是楼上还是楼下,这样别人就不会疑心。他们张贴标语挡住裂缝。

裂缝越来越大,屋外的一个字母落了下来,再也无法贴上。现在,这只招牌成了:拉尔夫鸡吕。

看到这,拉尔夫耸了耸肩。"至少这还有点样子。"这是他新实用主义的一部分。

他们开了一个月,又开了一个月。他们尽量找体重轻的小伙子在楼上工作。他们尽量不让胖子上去。

"也许房子根本就不会倒,"拉尔夫沉思道,"如果没人年年检查……"他们开始想办法如何打发检查员,让他们的房子通过。

但是,就在他们在出纳机旁商谈的时候,他们就听到了房子的吱吱裂缝声——这声音听上去既陌生又遥远,和鸡的噗哧噗哧声与嘶嘶声,出纳机的咔嚓咔嚓声完全不协调。拉尔夫通过潜望镜大声喊着,"大家都下来,"他命令道,"请全部到楼下来。"

第五部
寝食不安

钢铁巨人

鸡店关闭后,海伦和拉尔夫在各方面达成了一致意见。他们同意由谁去挂牌,牌上应该说些什么,什么时候挂出。他们同意如何应付雇员,如何应付邻居,如何应付查克。如果结婚就是成为一体,那么他们终于获得了他们在境遇好的时候没有得到的东西。甚至连他们的情绪都融为一体,一个人精神不佳,另一个人也会感到萎靡不振;如果海伦随遇而安,那么拉尔夫也会伸长脖子,清清喉咙,好像前景和明晰启迪了他的心智。"每条河都有它自己的河道,"海伦沉思道,"人们不会改变命运。"

拉尔夫耸了耸肩,应答道:"不能老是赚钱,有时得输一点。"

尽管困难重重,但他们像竹子一样,弯曲了,但是没有折断。他们一致认为,他们是世界上最幸运的人,拥有对方,拥有孩子——一个人人都会羡慕的家庭,尽管没有男孩。凯丽和蒙娜长得多快啊!令人难以相信的是,她们已经上学,而且还会跳绳,念祈祷词,弹钢琴。她们正在上芭蕾课。蒙娜想当芭蕾舞女演员。凯丽想当一个圣徒。拉尔夫和海伦又在谈论多要几个孩子,两个男孩将会非常美满。不过,即使没有儿子,他们也要比格罗弗幸运得多! 他的生活多么空虚啊! 他们同意他们决不和他换位置。"即使是出1百万美元也不干。"拉尔夫说。他们一致认为格罗弗有毛病。"他的大脑。"拉尔夫说。海伦说她曾在杂志上看到谈论这种人的文章。"或许他的家庭没有好好照顾他,"她说,"他像一个孩子,需要有人照看。"

"不像一个大人。"拉尔夫说。

"这种人什么事都做得出。"海伦说。

"再让我碰到,我要他的命。"拉尔夫说。

听到这话,海伦说道:"我很可怜格罗弗。"

这时,拉尔夫的气消了,他意识到他也可怜格罗弗。"这个人,没有家。他所有的一切就是他的帝国,这么多的钱,不知道怎么花。"拉尔夫摇了摇头。

他几乎对所有的人都同情起来——不仅仅是对流浪汉,孤儿和鼻上长满了豪猪刺的狗,而且还有他在其他场合可能会羡慕的人。公司总裁,州长,还有电影明星——他不认识这些人,但是他知道他们很孤独,担心失败。他比他们聪明得多了! 他翻着海伦的杂志,对着他们的照片说话,解释生活困境的性质——今日显赫一时,明日皆成幻影。他对他们说:"你们一定会感到吃惊,我的思想从来没有现在那么清静。百炼之后,我已确实成钢。"

有时候他驱车经过这屋,就是想感受一下他看这屋时是多么的冷静。他已获得了自控! 他成了孔子。他成了佛陀。他成了空转车马达,看,看,看——从外表看,你几乎根本看不出里面将要倒塌,对于这一点,他感到一丝满足。屋外招牌上的那一个字母丢了,框架外倾得有点失调,但总体来说,它还和往常一样牢固。这种房屋不会可怜地下陷,而只会在逆境中变硬,特别是设计良好的扩建部分,一点裂痕都没有。

如果他能将这一部分和格罗弗的那一部分分开多好!

但是他当然无法做到。他泰然自若地接受了这一事实。他走出车子，四下走了走。他来回踱着步。这公正吗？格罗弗干了些什么？这对吗？

格罗弗空胜利了一场，他想他为格罗弗感到遗憾。他想象着格罗弗悄悄地告诉查克他刚刚想出的一个小方案："告诉他我蹲了监狱怎么样……"

拉尔夫静静地踱着，脚步更快了。正好绕过这个街区，他甩着手臂，既神情冷漠，又情绪激昂。天灰蒙蒙的，乌云低沉，雨意颇浓，拉尔夫暗忖，这些乌云厚得只要被重重一击，就会哗哗哗地下起雨来。他多么为格罗弗感到伤心啊！多么伤心，伤心，伤心！他的同情就好像那一朵乌云，沉默，伤感——这就是他的伤心之处。这么伤心，伤心，伤心。怎么会这么伤心？他感到特别的伤心，伤心得送了叫化子一个美元，伤心得泪水都流了出来，他感到自己不知不觉地在为一位手拿两只购物袋的妇女和一位散步者拉门。他碰到一对夫妇要扔掉一箱汪汪叫的小狗，伤心之余，趁雨还未下，箱子还未淋湿，他迅速地从中捡了一条最吵最闹的家伙带回家送给女儿。

"一条狗？"一回到家，海伦就说，"现在，我们真的美国化了。"

这条小狗竖起耳朵，对着她狂叫不已，露出一排排牙齿，好像厨房里的碗柜就是给它用来保护自己生命似的。这是一条短毛狗，身上满是灰色、黑色和棕色斑点——说它难以形容就已不错了。它的头扁平，呈三角形，就像鳄鱼头一样；它的腿瘦得出奇，看上去根本就不是它的腿，而是它的亲朋好友出于好意而将多余的一副腿捐赠给它的。

"我很可怜它。"拉尔夫解释道。

海伦皱了皱眉。"你姐姐不久前弄到一只猫。我告诉过你吗？实际上是两只。"

"这与此无关，"他坚持道，"这是送给孩子们的。"

但是孩子们给吓坏了。这条狗变得越来越兴奋，狂叫着扑向凯丽，咬住蒙娜的袜子。

"站住!"拉尔夫大声叫着,想抓住它。

"它咬人。"蒙娜哭了起来。

"还尿尿。"凯丽说,她看到厨房的地板上有几摊黄水。

"你能不能把它唤回来?"海伦问。

这条狗仍然在叫,绕着孩子们跑,而孩子们则挤在房子的中间。拉尔夫在后面追它。"到这儿来,狗!过来!"

"滚开,"凯丽叫道,"嘘!"

"它为什么不咬你?"蒙娜哭着问道,"它为什么咬我?"

"因为你最小。"凯丽解释说。

"它为什么不追爸爸?"

"因为我不怕它。"拉尔夫压低了声音,严厉地命令道:"站住。"

小狗抬了抬头,歪着脑袋。它的舌头伸在外头,挂在嘴边上,长得不自然。

实际上拉尔夫也对狗保持警觉,但是由于孩子们在看,于是他把它抱了起来。小狗又叫了几声,然后舔了舔拉尔夫的手,喘着气,然后挣脱走了。

"请把它送回去吧。"海伦恳求道。

但是到了第二天早上,孩子们已经觉得小狗非常可爱了。拉尔夫下楼吃早饭,发现海伦和她们已经重新安装了几扇挡住婴儿外出的矮小的旧婴儿门;她们还摊开报纸给小狗尿尿,送一盘食物给小狗吃。它的爪子哗啦哗啦地抓在油地毡上,听上去就好像是在打麻将。

"它舔了我!"蒙娜说,"我们成了朋友!"

"我们准备像称呼你那样称它为爸爸。"凯丽说。

蒙娜吃吃笑了起来。

"孩子们!"海伦警告说,"我们要给它取个好名字。"

"不,爸爸,爸爸,"孩子们吟唱着,"我们想给它取名爸爸。"

"不行。"拉尔夫坚定地说,正像他驯狗一样,他对孩子们严厉起来。

至少是过了一会儿,凯丽又尖声地叫道:"叫作格罗弗叔叔怎么样?我们可以叫它格罗弗叔叔吗?"

"他不是你的叔叔。"

"他过去是。"

"他再也不是了。"

"不管怎么样,"海伦说,"那些是人,这是狗。"

"那么——"孩子们思索着。"那么——"

"格罗弗。"拉尔夫说。

"格罗弗!"孩子们尖叫道,"我们叫它格罗弗!"

格罗弗摇晃着它的花尾巴,抬起扁平的头,跨过报纸,又去尿尿了。

"它需要训练。"拉尔夫严厉地说。

拉尔夫从没听说过要让狗上学,但是海伦说狗在美国就是这样训练的,因此,他给狗报了一个名。不时地到处溜达溜达倒也蛮好,尽管他不喜欢狗与狗之间挨擦的样子——这么亲热!这么下流——但是他非常喜欢这个班。谁会相信人能理解狗?拉尔夫感到非常骄傲,他的狗在接受纸训练,它将纸揉成一团,成功地将它扔到窗外。他感到有一种巨大的成就感,所有的器官都感到放松,安静。他的胃一直不舒服,海伦认为是吞吃空气的缘故,但他觉得更像是火。不管怎样,他的胃口又好了,吃得也更多,将火气压了下去。

拉尔夫教格罗弗蹲,蹲的时间比班上其他的狗要长。教它不要急于摆脱束缚更难,但是拉尔夫始终不渝,好像是一个知道自己追求什么东西的人。过了一会儿,他可以带狗出去散步了,他为此感到狂喜不已。特别是格罗弗从不咬人,尽管它给人看上去常常是一副凶相。有一次,拉尔夫碰到了亚瑟·史密斯,后者对他非常尊敬。一个月前,这个史密斯曾问拉尔夫如何处理饭店,拉尔夫说:"我们有这么多的买主,我们得从中挑选一下。"当时,他曾暗笑。"我从前也曾做过生意。"他说。现在,他目不斜视,瘪着嘴巴,慢慢地走开了。他不是唯一的一个。总的来说,拉尔夫不必像过去那样随意乱聊,除非他们有狗。过了一段时间,随着狗的社会化,他可以按狗的风格进行聊天。他学会了在狗培训班上他应该说些什么——这是一条什么种类的狗?这条狗有多大了?它的名字叫什么?这很容易。

他带着格罗弗在附近一带安安静静地巡逻,宛如一位钢铁巨人。这给他时间去评估不同人家的草坪、灌木丛和汽车,给他时间去思索。"我们怎么办?"海伦已经问了一百次。拉尔夫知道,她是问他怎么办。

"办?"他开玩笑说。当然了,他意识到他们得做点事情。他为什么要花那么多的时间和狗一起漫步?

"我们得做点事情。"她说。

"不要着急,"他安慰她,"放松。你将会看到'死灰复燃'。我们将'东山再起'。相信我吧。"他一直无法告诉她他不在的时候,格罗弗假装也不在;他注意到,尽管如此,她睡得还是不好。"我在研究各种可能性。"他说,"我有一种感觉,也许我们在税务上错了。也许我们还可以欺骗。"

"我们怎么还好欺骗?你说不要着急是什么意思?"她似乎已经没有信心,只有睡觉。"你做了什么?"

"当然了。我有办法。"

"什么样的办法?"

从什么时候她开始盘问起他来?他不喜欢她的语调,他想他应该像训练格罗弗一样训练她。第一步要保持镇静。"这个,比方说,我们也许可以拆掉扩建部分。将大梁再拿出来。"

"你刚才说过这样做没用。"

他犹豫了一下,然后笑了笑。镇定自若。他看看远处岸边的火,说道:"我是在开玩笑。"

她已失去信念。在拉尔夫看来,这是主要问题。他正在考虑,比方说,也许他应该打电话给老赵,问问学校情况怎么样。这时,海伦打乱了他的倡议,说:"如果你想签名教暑期班,最好现在就打电话。他们正在排课。"

"你怎么知道?"

海伦的脸腾地一下子红了。"是珍妮斯告诉我的。"她说。实际上,不是珍妮斯,而是特蕾萨。

"珍妮斯告诉你?珍妮斯?你对珍妮斯说了些什么?"

"什么也没说。"一点也不假。

"什么也没说?"拉尔夫盯着她。"她会对老赵说些什么?你想过这吗?"

"我没有。"

"你没有?但我认为你想过,你一定想过。"

海伦的脸又红了起来。

"我知道,"拉尔夫说,"你以为我不知道?你以为我就像这里的格罗弗,什么都不知道?我知道。"

"你不能老是带着格罗弗到处转悠。"

这时她把银行存折拿给他看,第二天又拿给他看,过了几天又拿给他看,希望引起他的反响。

但是这没用。"你以为我不知道?"拉尔夫说,"我知道。"

海伦的房屋

"他说他知道,"海伦告诉特蕾萨,"他说他知道一切。"

她们互访越来越多。此刻她们坐在幽暗的房间里,背对着窗户。特蕾萨的双脚可以靠地,海伦则弯脚钩住椅子的横档。两只猫则悄悄地走向纸袋。

海伦双手捧着茶杯。"你知道,我们有了一条狗。"

"一条狗!"

"我们将它取名为格罗弗。"

特蕾萨咯咯笑了起来。"这是谁的主意?"

海伦也笑了起来,忘了回答。一只猫大胆地跳到她的大腿上,她忙握紧茶杯,高高举起,让它够不着。

拉尔夫报名参加了优秀狗培训班。格罗弗终于掌握了衔回猎物的诀窍。现在,拉尔夫教它装死。他将全部精力投入到这项计划上,甚至做着示范,教狗怎么做。"像这样。"他说,仰面朝天躺在书房的地上。他将手指捏成一个爪形,抬起手臂和腿。格罗弗好奇地看着他。

电话铃响。

拉尔夫接完电话,又躺了下来。

"老赵,让我回去教书。"海伦将头探进门来时,他主动地说道。他用一只手搔鼻子。"邀请我。"

"那么你怎么说?"

"我说不行。"

有时候海伦觉得真正的格罗弗就躺在她和拉尔夫之间,就在他们两张床之间的过道上。这就好像她以前放在床垫下面的一堆杂志有一本不见了,只是这本不是杂志,这是一个人躺在地板上,提醒她可以离开了。她什么时候开始这么健谈,拉尔夫最近问道,她摇了摇头,作为回答。她自己也感到奇怪,大概是自从扩建开始,她的话就多了起来。打破一个大原则就可以使她打破其他原则吗?她可以离开——现在她知道了。当然她决不会离开。但是她居然会有这种想法,这是多么大胆啊!

她有胆量向拉尔夫坦白格罗弗吗?

她思想斗争着:是否应该?结论总是一样的。是的。她下结论说,她应该告诉他。她的秘密迟早会露出来,纸包不住火。问题只是要寻找一个适当的时间和地点。反正拉尔夫似乎已经知道了。

但是一个晚上又一个晚上,她还是没有告诉他。这是灯光的问题。她简直无法想象关灯之后,她会在黑暗之中宣布她曾和别人有过关系。同样,她也无法想象开着灯宣布这项秘密。她躺在床上得出她的结论,脑袋里的灯光一闪一灭,直到她看到了别的东西。有一次,她看到拉尔夫和狗在一起。格罗弗的链条是红色的——她想,红线,然后她又看到她自己在学装死。跟着。当然了。妻子应该服从丈夫,这是儒家的三从四德所规定的。但是她仍感到不寒而栗。

又一次,她看到拉尔夫在甩着一根套索一样的东西,在他的头上甩来甩去。起先她不知道这是什么,后来她意识到这是格罗弗,奇怪地蜷缩着。住手!她想对他说。你会把这套到别人的脖子上的。

拉尔夫转向她。是的,我可以扼死一个人,他简单地说了一句,然后又去甩。他向她靠拢。我这么冷。

我应该如何对你说? 如何?

我是一个疯狂了的人。

我要开灯。

我是一个钢铁巨人。

我要关灯。

拉尔夫似乎没有听见,身体靠得更近了。

她填着这些表格,觉得自己高高地飘浮在上面。她回忆着(她把她的生活全都挤进这一栏栏空白和横线里)自己曾想去做房地产生意,像珍妮斯一样。"这很简单。"珍妮斯说过。她是怎么回答的? 不会,不会。她不想得罪她的朋友。

完全是礼貌。谁能相信她不会? 但是现在看来,许多人是这么认为的。到了黄昏,她只希望在一家百货公司做女店员。这又不差,她对自己说,无论买什么东西,她至少都可以拿个折扣。

但是如何应付这场新的战争,失业率据说是在下跌,仍有那么多的女人待业,商店就此可以吹毛求疵。他们要雇用白人女人,她们的英语没有外国口音。"你知道,我经常到这家商店买东西。"她告诉人事部门的一个办公人员。随意地——她并不想让人看出她是在表白自己。"我在这儿买了许多东西。"

"太好了,"办公人员说,"你想申请管理吗?"

她又去试了几家小店——书店,文具店,礼品商店。"你是外国佬吧?"有人问她。"外国佬?"她说道。她又试了小零售店。

她让特蕾萨请老赵再给拉尔夫挂个电话。

"小张！老朋友！"老赵说他想请他帮个忙。他并没有提拉尔夫上次挂断电话一事。

拉尔夫担心地听着。

夏天两门课，那么他秋天的位置呢？他回来吗？这是他的位置，老赵强调了一下。"我们需要你，我们真心希望你回来。"

"这是珍妮斯告诉你的吧，嗯。"拉尔夫说。

"什么？"老赵说，"珍妮斯？"

"他对我说谎。"拉尔夫告诉海伦。

"我到处去找工作。你不知道找工作有多难。"

"他对我说谎。"

"我们再也不能不工作了。"

"你知道我们承担不起什么？我告诉你我们承担不起什么。"

海伦作好了准备。

"我们所不能承担的，"拉尔夫说，"就是你这座房屋。"

"我的房屋，你这是什么意思？"

"你的房屋，"他坚持道，"你只是想把这座房屋的照片寄回家。"

"你在说些什么？我甚至连家在哪儿都不知道。我怎么能把照片寄回家？"

"我们多幸运啊，"他说，"结了婚，成了家。"他像捡一碗蒸米饭一样，将一只青铜花瓶随手扔出了起居室的窗外。

一个黑洞

争吵就是这么开始的,大家都想了结。这件事本应加上标点,记在书里,然后将书合上。蒙娜和凯丽找回了花瓶。幸好,花瓶没有给刮破。肯尼迪家的房屋像海市蜃楼般闪烁了好几天,景致奇远,但很好看,房子外面,灯光五颜六色,闪闪发亮。

后来拉尔夫用一块四方形胶合板将窗户挡住,这块胶合板很大,外面的世界根本就看不到。"需要开几盏灯。"走进起居室后,海伦轻声说了一句,但是拉尔夫说她在浪费电。于是房间就这样黑黑的,成了家庭中心的一个黑洞。当然,他们还得修补被打坏了的窗台。但是拉尔夫说他不愿为此付代价。"你可以支付。"他躺在睡椅上告诉海伦,他一整天就是这么躺着。"既然这是你的家。"他抚摸着格罗弗,格罗弗身上的斑点似乎随着它的喘息而一张一缩。"在这座房屋里,你想干什么就干什么。"拉尔夫发出了一声怪笑。有一天,他在前面的草坪上挂出了"出售"的牌子。

海伦还在找工作,省吃俭用。他们喝奶粉而不是新鲜牛奶。他们不再订报纸。有一天晚上,街沟里的水溢了出来,屋前是一大片水。

"就像尼亚加拉瀑布,"拉尔夫评论道,"我们辉煌的蜜月。"幸运的是,这个问题原来只是一只网球落到了水落管里。但是又一个晚上,屋顶上有好几片木瓦都给风吹走了。海伦第二天找到了它们,零零落落地撒在草坪上,好像是巨人撒的肥料。

"我们的屋顶为什么有这么多的麻烦?"拉尔夫想知道。

"我们要赶紧采取措施,"海伦回答道,"否则就要漏了。"

拉尔夫表示同意。他终于意识到必须采取措施!他们进行了一番争论,得出的结论是他们需要一个专业人员。但是,由于他们请不起专业人员,因此,拉尔夫自告奋勇地去想修补办法。

"一位老家伙,他想重新开始,"时隔不久,他宣布说,"他只希望,如果我们满意的话,我们可以将他推荐给别人。"

"太好了。"海伦说。如果他不是一脚踏在木瓦下面的木瘤上,扭伤了他的脚踝,那么他本来是可以成功的。

拉尔夫和海伦两人之间的争吵将他们俩隔了开来。她怎么会像青铜花瓶那样,漂游出了卧室窗外?后来,他们都无法理解自己;他们严肃地筛选着事实。他们在破碎的玻璃前面叫嚷着什么?如果他们的生命是他们自己的,他们为什么不能再占有这一部分?他们尽心尽力地去思考这一问题。但是谁也记不起究竟说了些什么,说过的话早已烟消云散,只留下紧张气氛。上,还是下,这很重要。她在找工作。当然还有房屋。他们在厨房里吵了一会儿。楼上,海伦打开了收音机来掩盖噪声。"孩子们,"她警告说,"安静点。"如果他无法保持安静,那么她就告诉他许多事情——说她想离开他,说她但愿没有嫁给他,说有许多男人在追求她。她的话真多,一辈子的话全在这儿了。但是她说的话算数吗?她的话从来没有这么淋漓尽致。她说这些话是想伤害他,但是一旦成功,她又感到惊愕。她不停地叫他失散者,失败者,失散者。拉尔夫一把将她推到地上。她反手拿起一把发刷向他扔去。这是一把她最喜爱的发刷,象牙一样白,后面还有浮雕图案。她以前从没扔过东西,所以扔起来像个孩子一样——实际上只是投——她把发刷放在耳边,发刷梳理了几绺头发,然后才像直升机一样向拉尔夫冲去,既沉重又危险,使人感到吃惊。甩出之后,她才想起,这把发刷是他给她的,看到发刷砸碎了照片,而不是他本人,她感到松了一口气。他向她扑来时,她感到吃了一惊。他不是也应该感到宽慰吗?但是他没有感到宽慰。收音机里,有人在用柔和的颤音唱歌,这时他的大拇指钩住了她的气管。他的脸看上去阴郁,淡黄,令人感到奇怪。他的手就像是一根根蜡烛,而他则好像是圣灰星期三的一个牧师,准备为她祝福。但是,当她准备从圣坛围栏里站起来的时候,他几乎是毕恭毕敬地掐着她,好像他只是暂时要让她屏住气。屋子仍在旋转,后来他回过神来,用他那双剑子手一般的手猛力将她推了出去。这时,他像父母一样大声喊着:"Xiaoxin(小心)!"——但是太晚了。玻璃哐啷一声,后来她感到一阵剧痛,被坚硬、冰冷的玻璃穿破了。

阖家团聚

令人惊奇的是,海伦没有打破什么东西。由于有一排蔓生的铁杉,所以她摔得不怎么重,她没有落在石板天井里,而是跌到了厚草坪上。从前,没人想到过后院的斜坡,但这条斜坡倒也帮了忙。她滚了几滚才停下来,这个帮助真不小。也许是帮了忙,谁知道。他们想弄明白是什么力量救了她。他们未来的命运要落在哪个偶然的细节上?

"你真是一个幸运的活宝宝。"医院里,蒙娜说道。

但是,除了切伤和刮伤——很明显,有些是三维的——海伦还有脑震荡。头疼,她向孩子们解释说。她无法再去找工作了。现在医药费也在急剧上涨,但是,还有一根钢梁威胁着要把他们全部撂倒。他们应该请特蕾萨搬回来吗?

"随你怎么办。"拉尔夫小声地同意了。"我感到十二分的抱歉。"悔恨之余,他主动提出要将格罗弗送走,但是海伦却说,他给老赵打个电话怎么样?于是拉尔夫打了个电话。老赵答应全力帮忙。"谢谢你。"拉尔夫说他现在遇到了麻烦。他把草坪上的"出售"牌取下,将草籽喷洒到地里。他修好了卧室和观景窗,小心翼翼地给窗户配好了玻璃。

他擦着窗格玻璃,直到他的映象毫无斑点地映在玻璃上。

与此同时,特蕾萨在打点着行李。这是她的责任,她自言自语。在许多方面,她已经美国化了,但在这方面,她仍是个中国人——全家前进时,她和他们齐步走。这不就是她所渴望的吗?团圆,这是中国人的理想,她像过新年一样,一吃橙子,嘴里就要念叨着:全家团圆。她的流放已经结束。海伦给她打了电话。特蕾萨真希望她能在另一种情形下和他们见面。但是——她要回家!她不停地收拾着。她的皮箱鼓鼓囊囊,塞满了她所累积的东西。这些东西真多,她感到很吃惊。照片,书籍,锅子,罐子,四只一套的蓝白碗,她并不需要这些碗,她买它们只是觉得好玩,一只空调窗扇,一副棒球手套,还有几条围巾。她变得多么大手大脚啊!三条新裙子。一朵天竺葵花。她卧室里的光线够吗?两只猫怎么办?会喜欢呆在那儿吗?

问题够多的了,她用胶带纸将盒子封好。她已经作出决定。此刻,她已振作精神,准备碰到意想不到的事情。真的有回家这件事吗?她不愿这样去想,她很清楚。一旦离开,事情就会发生变化,回来时已面目全非。时间挫伤了一切。她已无法偷偷摸摸地通过这个粗鲁的门卫,即使是回到一个人所熟悉的自己的院子里。

尽管如此,她还是要勇敢地突破这道边界。

"欢迎回家!"

"小弟!"特蕾萨觉得她会受到疏远,因而作好了充分准备,但是拉尔夫——这个留着洗瓶刷似的头发、两耳鼓出的弟弟对她那么亲热,她倒是觉得大吃一惊。

"姐!"拉尔夫紧紧地握着她的手,目光敏锐,镇定自若,像个外交官一样。"来救救我们。"

"这不是说话的地方。"海伦说。

这种交流语调,特蕾萨也知道。

"特蕾萨姑姑!"孩子们大声嚷了起来,"特蕾萨姑姑!是的!特蕾萨姑姑回来了!"

格罗弗露出牙齿,尾巴一甩一甩的,像把剑。

"这是格罗弗。"拉尔夫说。

"真幸运,"特蕾萨说,"我的猫在箱子里。"

"猫?"拉尔夫说。

"我有两只猫。"特蕾萨笑了起来。"蒙娜和凯丽。"

孩子们一下子沸腾起来。"蒙娜和凯丽。"

拉尔夫皱起了眉头,特蕾萨转过身来叹了口气。

格罗弗汪汪地叫了起来。

拉尔夫先是彬彬有礼地请特蕾萨给猫重新取个名字。大家都表示同意,因为她现在可以尽情地看真正的蒙娜和凯丽,而猫则应该恢复本来面目。但是取什么名字呢?"你们选吧。"特蕾萨对孩子们说。这样猫就成了巴比和肯,尽管它们俩都是雌猫。

拉尔夫的第二个恳求——两只猫应该关在特蕾萨的房间里——却不太容易得到答应。尽管蒙娜和凯丽发誓她们决不放它们出来,但是巴比和肯还是挣脱了。有一天发生了一起争吵,结果格罗弗的鼻子给抓破了,肯掉了一块星状毛。最后他们决定,两只猫可以在房间里跑来跑去,而院子和车道则是格罗弗的天地。拉尔夫给格罗弗盖了一间狗屋,狗屋装有窗户,还配有一道有铰链的门。他用三根木桩给狗屋标出地盘,这里面全是它的。至于第四个角落,他钉了一颗钉子。大家都满意了。

只是如何处理猫的垃圾箱?拉尔夫想把它放在特蕾萨的房间。特蕾萨想把它放在地下室里。拉尔夫认为,放在地下室里会使他的办公室臭气熏天。最后,垃圾箱给放到了厨房的一个角落里。从前,双人沙发曾放在这个地方。

"我想就这样吧。"海伦叹了口气。"谁知道我们什么时候会拿到新

阖家团聚 259

房子?"

大家都表示同意。特蕾萨的薪水勉强凑合,他们的银根不像以前那样紧张,但是他们还得留心开销。他们到底如何处理双人沙发?放在那儿也没人用。

后来老赵开始来看特蕾萨。"我们是一起回来的,"特蕾萨告诉海伦,"现在他想娶我。但是珍妮斯怎么办?他们的孩子怎么办?我告诉他,我不能同意。他说这样也许更加诚实。但是诚实的是应该与此断绝。我甚至让他告诉珍妮斯。当时我曾确信会出什么事。但是没有,什么事也没出。"

海伦犹豫了一下。"她告诉我,她对此事已习惯了。"

"真的?"特蕾萨想了一下,然后说道:"我对你说,反正我也不知道会有什么意思。你知道,我年龄太大了,无法生孩子。"

尽管如此,老赵还是到这儿来,他不由自主,她无法拒绝他。他来访特蕾萨起先很尴尬。老赵和特蕾萨互相僵坐着,在海伦面前手足无措。但是随着时间的消逝,大家都适应了。

"老赵变了。"海伦评论道。这不仅仅是他的病全都好了,或者说他现在开始去看电影,玩棒球游戏。他和特蕾萨一起在后院里种植草莓,这是真的。他还和她一起烤鱼,争吵。有时候他们互不理睬,有时候他们玩相互传接的手球游戏。当然了,他从没有这么顽皮。但是海伦注意到的主要是别的,一件小事——老赵并不监视特蕾萨。珍妮斯当然在监视着他——她似乎理所当然地认为丈夫经得起监视。他也在冷冷地监视着她,但是看上去不太明显。她倒可以成为一个正在进行着的试验品。他们俩从没有过沉思的表情,但是现在老赵有时候却会出现这种现象。过去,他的脸看上去一直很光滑,在现在的这种新状态下,看上去更光滑了。他几乎使海伦想起一个和尚——一个男人极为悠闲。这就是信赖的结果吗?老赵已经变成了一个懒洋洋的人。他休息得越来越多。他懒散度日。

在猫屋里

老赵一来,拉尔夫就将自己关进卧室。"因为太吵。"他告诉海伦。

"他们的声音并没有那么大。"

但是在拉尔夫看来,老赵和特蕾萨即使是在安静的时候也在大声喧哗。或许安静的时候尤为厉害。因为谁知道他们在嘀咕着什么?有时候,拉尔夫像儿时一样将双手捂在耳朵上。但是他仍然听到他们在说话,在笑。他们在屋子里来回走动时更糟。他真希望他们能坐在厨房的角落里,这样他们至少可以不外出!但是他们在第一层楼面上来回走动,从厨房到餐室到起居室,好像这地方是他们的。他甚至连书房都无法使用,因为书房有一扇窗通向车道,透过这扇窗,老赵很有可能会看到他。

"他看到又怎么样?"海伦说。

"那么我就得打招呼。我怎么好不打招呼呢?他是我的头儿。"

"那么就下来打个招呼?"

"他们的道德感哪儿去了?"

他穿着短袖圆领汗衫和裤头,摊开手足躺在床上。他的脚趾头在不断地拨弄着床脚坚板,他希望能有一瓶啤酒。他似乎看到自己一口气喝下了六箱啤酒。他的卧室里还需要一台电视机,这样他就像亚瑟·史密斯了。他想他现在理解了亚瑟·史密斯;他很想自己有杆枪。亚瑟就像房管员彼得,傲气多,尊严少。这至少比没有傲气和尊严要好——他自己的情况就要看秋季班了。他想象着老赵不停地从汽水机里拿走最后一瓶汽水。他拉尔夫怎么会成为这样一种人,发现汽水机是空的?

阵阵笑声雀起,好像是烧菜味从楼下传来。那么老赵得了一分。那么,不对——真的是烧菜味。海伦在做什么?拉尔夫翻身下床,双手撑在长绒地毯上,慢慢向门口靠近。他伸长了鼻子使劲一嗅:里面有火腿。什么?他又嗅了一遍,但是嗅不出来;他意识到地毯上有一股猫味,除此以外什么也嗅不出。

又是笑声。海伦和特蕾萨的声音像矶鹞一样栖息在牢固的防波堤上,而这防波堤就是老赵。

这是他的家吗?拉尔夫双肘撑在地上,双腿依然跷在床上。为什么他的妻子要给另一个男人做饭?他教书的时候,海伦有时候会帮他穿衣服——他多么喜欢她帮他正正领带,披披衬衫啊!这样衬衫的四周就很平坦了。有时候她帮他刷刷夹克衫上的头发和头皮屑;而他则整整她那件穿旧了的睡袍,拽拽肩膀,扣上莱茵石纽扣。他将手悄悄地放进她的纽扣眼里,里面很暖和,她的法兰绒睡衣更暖和。但是,即使是在这些时候,像这样亲热的时刻的可能性也不太大。这些时刻从其他的时刻中跳出来,如同青蛙从孩子们的口袋里跳出来一样。

他,一个遭人抛弃的人,又嗅了几嗅。他弯下腰,将耳朵靠在门后。现在是特蕾萨说话,她在说医院里的事。海伦祝贺她。老赵高声叫着。拉尔夫用手臂搂抱着头,哭了。

最后,老赵一来,他就带狗出去散步。他来回走着,不时绕着房子转转,看是否能进屋。老赵这辆最新的车他看了有一千遍了。这是一辆福特车,紫酱红色,里面是米色的凹背单人坐椅和空调。拉尔夫一看到它就感到心痛。但是车比房子好,现在他知道这座房子已经成了特蕾萨的房子,满是猫味和猫毛。

有时候老赵晚上来访,这时孩子们已经入睡了。或者说他们猜想是入睡了——有一次她们醒着,拉尔夫透过厨房的窗户看到了。灯开着,他看到蒙娜和凯丽依附在老赵的沙发扶手上,簇拥着他,就像在电视里一样。他像父亲一样一会儿转向这个,一会儿又转向那个,逗她们乐。他用什么逗她们乐的呢?拉尔夫看到了小小的月亮,几棵窗花格般的小树镶在深蓝色的天空。邻居的草坪相互衔接——一条连绵不断的地毯;灌木丛密密匝匝,枝叶繁茂。这一切表明了富裕,安静,是一个永恒的世界。那天晚上,他要是能多吸进一些安宁多好!但是他还不如再去绕平克斯家的住宅转一转——景色似乎涂刷上了一层虫胶清漆,把他隔开了。他的女儿,他的女儿啊。有这么一天,凯丽和蒙娜会希望他像老赵一样吗?她们会尊敬他吗?他意识到他以前的绝望又出现了,一颗个人的扫帚星。他的女儿!生活有法则吗?他可以用方程来加以描述吗?如果能这么做,如果能设计出方案,知道曲线的尽头,从而不再一直下跌,那么他会感到莫大的安慰。但是没有保证。连偌大的中国都在下跌,衰败,成为回忆的往事。现在这似乎已成了一项试验,而这项试验的前提就站不住脚。一个稀奇古怪的想法。一个使人误入歧途的想法。他怎么才能证明自己更经久不衰?

他仍在绕着圈子走。一条条街道形成凹形,像走廊一样;树变得黑了。头上飞过的一架飞机使他的骨髓都在发颤。他紧紧地抓住链条,让格罗弗带他去他最喜欢的几个地方。他想了解一下树篱的魅力。格罗弗被死动物迷住了,只要得到许可,它就低着尾巴,向它们大声狂吠。拉尔夫觉得这倒衬托出宁静。"大声点!"他对格罗弗说,"再大声点!"他开始教格罗弗冲着链索狂吠,这是一种有益的冒险精神。墙角一带越来越暗,小偷躲在阴影里,但是在凶猛的格罗弗的威逼下,不得不三思而行。

格罗弗,格罗弗,格罗弗。

院子后面的格罗弗屋又给了他一丝小小的安慰。他为什么这么看重它?这并不是一个真屋。即使当狗屋,它也摇摇晃晃的。地上的标桩立得也不合适。但是他仍然告诉特蕾萨:"我就不想看到猫在外面。"

"它们根本就没出去过。"

为了得到保证,拉尔夫开始训练狗去辨认猫味。他把一块旧的洗碟布在猫身上擦一下,然后把它拿到格罗弗前,使劲一拉链索,格罗弗就叫了起来。过了一会儿,只要一看到洗碟布,哪怕是链索,格罗弗也会猖猖狂吠。有一天,格罗弗一口咬住了洗碟布,疯狂地摇着头,一副咬牙切齿的模样。

"很好,"拉尔夫说,"很好。如果猫一出屋子,你就这么干。"

他说这话的时候,心里倒真希望猫会出来。

但是海伦、特蕾萨、蒙娜和凯丽都知道规矩。所以他等着,就像他等别的事情一样,徒劳无益。这就好像在等这个世界翻个个儿似的。多么荒唐的想法!

后来终于出现了变化:有一天,他通过亚瑟·史密斯发现,他们家后面的一片树林已被一个中国人买去了。

"我希望这不是姓丁的家伙?"拉尔夫说。

他在家里没有地方,现在,格罗弗·丁一回来,他连外面的地方也没有了。拉尔夫绕着房屋走来走去。给他留下了什么?狗屋?再过六个星期才好动工。这给了他一点时间。去干什么?拉尔夫带着狗走进树林,冥思苦想。他不知道他的老搭档在计划些什么。路在何处?这个一直帮着他的格罗弗为什么一下子和他反了目?他的胃在熊熊燃烧。他是多么想再度和格罗弗合作啊!只是他如何能和一个向他出售下沉商店的人工作呢！他考虑着，如果碰到格罗弗，他应该说些什么。他是否该说，格罗弗，我想让你见见格罗弗？想到这，他不禁大声笑了起来。格罗弗，见见格罗弗！他打定主意当着格罗弗的面笑。

就在他排练的时候，他看到了他的老搭档。这个场面很平常。格罗弗正向一座小山顶上爬，查克跟在他后面。他停了下来，自负地做了一个手势。查克点了点头，也做了一个手势，明显是在模仿他。他们倒可以玩一出儿童游戏。两人都穿着外套。格罗弗的那件是淡棕黄色，查克那件是蓝色。格罗弗的夹克衫开着，查克的夹克衫则给拉上了，一直靠近屁股。和往常一样，查克穿了一双牛仔靴，但是这一双拉尔夫以前却没见过，是血红色。拉尔夫惊奇地看到，在树林和查克的映衬下，格罗弗的个儿看上去是多么的矮小。但是很明显，格罗弗是个大亨。他大步向前走着，他巡视了一下周围环境。他把手伸进胸部口袋里去掏烟。暮色渐浓，他为背后的夕照所陶醉——阴影，半阴影。

拉尔夫爬到了半山坡。"格罗弗？"

格罗弗斜眼向下瞥了一下。

"我是拉尔夫，拉尔夫·张。"狗的链索缠住了他的胫部。

"拉尔夫·张，"格罗弗说，"我最喜爱的打电话者。"

查克笑了起来："你怎么能和他说话？他在坐牢？"

"我当然记得你。"格罗弗说。

"这个有老婆的家伙。"查克说。

格罗弗转过脸去，点燃了香烟，吹了一口烟圈。

"她的手不错。"查克进逼了一句。"对不对？双人沙发蛮好吧？"

格罗弗咧着嘴大笑。"我确实欣赏你的……沙发套子。"在阴影罩上的面孔的映衬之下，他的金牙闪闪发亮。

在猫屋里

拼命

"我带你出去兜兜。"拉尔夫告诉海伦。他使劲地抓住她的上臂,将她向车子推去。

"怎么了?"她说,"出了什么事?"

"出了点事。"他冷笑着打开了车门。

她爬了进去,按摩着手臂。"给你捏红了。"她告诉他。

拉尔夫看也不看,脚踩车底板,猛然倒车开出了车道。一辆正在向他们这儿开来的车子突然停车,差一点给撞上。尽管如此,还没等拉尔夫改变方向,汽车保险杠就已轻轻地撞了起来。"你撞上了那辆车子,你不能就这样开车。"海伦向那辆车里的一对招了招手。他们都头发灰白,双颊下垂,戴着一副绿色太阳镜。"我想你把什么东西给弄瘪了。"

"我告诉你什么给弄瘪了,"他说,"我会告诉你的。"但是他并没有告诉她,他正集中精力将车子开到邻近的街道上。"你疯了?"她说,"你一定疯了。你已经疯了。"但是他仍在不停地开着,穿过十字路口的停车标志,穿过红灯。尖叫声。"警察在追你。"她说。但是他们的这座小镇已经成了一个没有警察的镇。他们跃过路面的凸块,车子一蹦,结果汽车上的贮物箱门砰的一声给撞开了;海伦吓得一声尖叫,然后哭了起来。"那些空头支票,"她说,"停车。一切全完了。"他们已经来到了旧城区,这里"景观优雅",如果有钱,他们本来是应该搬到这儿来的。海伦曾希望,再过20年,他们的邻里就会像这个样子。富有田园风味。过去,这些布局零乱的街道,石墙和巨大的树给人一种恬静之感,而今同样是这些东西,但它们却给人一种不祥之感。拉尔夫加大油门,开上一座长长的小山,沿边擦过一只金属垃圾箱;空的,垃圾箱吵吵闹闹滚下了斜坡。一声小孩尖叫。海伦想转过身来看看出了什么事,但她的脖子吓得扭不动了。山坡越来越陡。"出了什么事?"她小声地问道,"出了什么事?"

他们开到了山顶。拉尔夫第一次放慢了速度。车子停下了。马达空转着。"你告诉我,"他说,"你告诉我出了什么事。"他的眼睛闪闪发光。她想,如果他是个孩子,她会因为他发高烧而把他放在床上。她会用冷水浸浸洗碟布,然后放到他的前额上。她几乎可以感觉到她手捧着的他的面颊,潮湿,热乎乎的。

车子开始向下开去。"你呼吸,"他告诉她,"你深深地呼吸一下,然后告诉我你和格罗弗之间出了什么事,要不我就把车子撞到这棵树上。"

他向一棵橡树驶去,这棵树有一间小木屋那么粗,但是到了最后一刻,他还是来了个急转弯。海伦给重重地摔到了门上,头撞到了窗玻璃。拉尔夫歪歪斜斜地又向另一棵树开去。"没有刹车!"他嚷道,"你听见没有!没有刹车!你说!你说!"

海伦张开嘴巴,她给吓坏了。但是说不出来。

他又来了个急转弯,哈哈大笑。他又加快了速度。"格罗弗!格罗弗!格罗弗!"他大声嚷着。"说!"他把车子从路缘反弹回来。"说!"

海伦紧紧地抓住车门的把手。门给撞开了。

"我听不见!"拉尔夫吼叫着,车子径直向山下驶去。海伦边上的门

拼命 267

像一只断了的翅膀来回摆动着,海伦紧紧地抓住仪表板。"我听不见!我听不见! 你说了些什么?"海伦滑离了座椅,一屁股坐在座椅下的脚坑里。"大声点!"拉尔夫吼道,"再大声点!"

喂狗

出了什么事？将蒙娜和凯丽单独留在家里，这不像是拉尔夫和海伦的行为——特蕾萨发现孩子们在向小猫扔锡箔纸球。"爸爸和妈妈哪儿去了？"她们问。她们说她们放学回家的时候，门就开着，屋里没人。"去什么地方了？"

"我不知道。"特蕾萨说。

晚饭——蛋炒饭和剩菜。她们挤在电视机前。"我们应该打电话问问吗？"凯丽最后问道。

"再过一会儿吧。"

"过多久？"

"一个小时。然后我们打电话给警察。"

应该有人把电视打开，但是为了这一小时，她们都挤在空白屏幕前，和猫偎依在一起，直到她们身上弯弯扭扭地沾了许多猫毛。

一个小时过去了。凯丽说道："我想有一个小时了吧。"

"一个多小时了。"蒙娜说。

"好吧。"特蕾萨说。

但是警察没有线索。"该上床了,"特蕾萨宣布道,"等到你们醒来,你们就会知道一切。"

"他们上哪儿去了?"凯丽埋怨道。

"也许他们给谋杀了,"蒙娜说,"是用机枪扫的。"

"这会儿就上床去。"

怎么回事? 特蕾萨将孩子们引上楼,尽量不去担心。她想吃完饭后再给警察挂电话。她准备喂狗,这条狗也许几小时前喂过了。罐头而不是干粮,特殊待遇。

外面,天还没黑,人们很难想象一场灾难正弯弯曲曲地向她驶来。她松了一个腰带口,闻着空气中的烤肉和新草的味儿。天空闪烁着虎黄色,她不知道这是大气效应的结果。她惊奇地看着它,就像她惊奇地思考着自己的人生一样。她怎么会落到这个地步? 她几乎不知道。珍妮斯说她习惯于此,这是什么意思? 不可能的事情。但是自从海伦第一次说起这事后,这个想法就印在了她的脑海里,她几乎可以想象出这样一种未来:她和老赵与珍妮斯重归于好。希望得太多了。但是,她将空碗从格罗弗旁边拿走之时,她仍是这么想。再也不用将自己关在房间里,她可以享有一半老赵,珍妮斯和孩子们可以享有另一半。这个安排将会公开。得到众人同意。为什么不? 在中国,小妾很多——她根本不想做这种人,但是这证明人性可以承受不同的婚姻。也许应该有个仪式,这样一来,像她这样的人就会被纳入家庭。一想到这,她就感到格外幸福。一群萤火虫在草坪上一闪一闪的,好像它们也为此而充满热情似的。为什么不呢,它们眨着眼,为什么不,为什么不? 她想象着老赵咧嘴笑时耳朵隆起的样子——实际上它们竖起来了,她从没见过哪个人的耳朵这个样子,她告诉老赵时老赵还不相信。但是这是真的,她坚持道。他们应该到百货商店去买一面三用镜子,这样他就可以自己看了。

格罗弗对着她嗥叫。"怎么回事,你不觉得这样很好笑吗?"她问它,"要不你就是想知道我是如何将食物从罐头里取出来的?"她意识到她应该带一只调羹或别的什么东西。

格罗弗又叫了起来,声音更加深沉,然后又向前扑去。狗屋发出了嘎吱嘎吱的声音,向旁边歪去。

"安静。再过一会儿就好了。"

她用棍子缓缓地将食物拨进碟子。拉尔夫和海伦出了什么事?一只瓢虫落到了她的右手腕上,她一动不动。薄暮时分,瓢虫的褐紫红色外壳像珍珠母一样光辉灿烂。

格罗弗又向前冲了一下。它的鼻子皱起来了,它看上去好像是在笑。特蕾萨用那只空手将半碟食物轻轻推向它。"安静一点。这不是吗,你不用再等了,对吗?"

但是格罗弗没有静下来。它竖起双耳,露着牙齿,第三次向她扑来。什么事它不喜欢?她的表情?她的味道?这时,瓢虫的壳裂开了,展开了羽翼,而狗屋摇动了,格罗弗直着脖子,拽着狗屋,想向前奔跑。铰链门给撞开了。"你要的就是这个吗?"特蕾萨追着将罐头向它扔去,罐头擦着它那张咆哮的嘴巴而过。幸好它只是拖房子,她想,这时狗屋后墙和边墙已同前门分开了。它那双瘦长的腿开始飞奔起来。天变得多么黑(沼泽般的棕色,极不自然),变得多么快啊。特蕾萨无法将狗拖到前门,于是就向开着的车库跑去,在这儿她至少可以用铁锹或草耙武装自己。但在这时——汽车!一切都很正常!随着车子飞速驶进车道,驶入角落,特蕾萨看到拉尔夫和海伦都在车里——谢天谢地——如果她再追,拉尔夫就会把格罗弗撞死。"狗!"她大声叫着,挥舞着手。她向车灯冲去。

喂狗 271

走进白色走廊

　　特蕾萨是唯一一个没有尖叫的人。孩子们在尖叫,海伦在尖叫,没准儿他也在尖叫。格罗弗困惑不解,摆着尾巴,抬起头,希望得到抚摸。警察在哪里?救护车在哪里?我杀了她,我杀了她,拉尔夫想。这简直是晴天霹雳,他感到奇怪,狗屋怎么了?为什么有这么多的血?

　　他们匆匆忙忙地把她托上车,她还温暖,他感到很惊奇,也正因为如此,他们才急急匆匆,因她还活着,没有死,尽管血顺着她的嘴巴和鼻子往外淌。此刻,他又像疯子一样,将车子开得飞快。这些路使他感到困惑,它们纵横交错,漆黑一片,与他为敌。他勇敢地向它们冲去,为爱而战。这时他记起他有一次打喷嚏的时候,她曾去看过他,疑虑地看着他。或许那是一种更好的帮助法。或许他只要再打一次喷嚏,她就会爬起来,显得忧心忡忡。即使是现在,他也在想象着她的帮忙。他仍然在开,开,最后,急诊室终于露出了笑容,那个令人眼花缭乱的白色,他必须将他姐姐送进去。急救。最后,护士们认识了他,和海伦站在一起,她们全都知道他,人人都知道。他是最后一个接近电动玻璃门的。

　　特蕾萨浑身是血,像一具尸体一样躺在轮床上。她披头散发,脸部松弛。医生们全都围在她身边。拉尔夫走进灯下时,他们突然奔跑起来。叫喊着。特蕾萨在前头,他们绕过了尽头的一个转弯口。去哪儿?他应该跟上去吗?他急急忙忙跑进走廊,绕过转弯口。什么也没有。海伦也不见了。只有他迷了路。他又试了一个走廊,一个又一个,他想他认得一只洗涤槽,他推开一扇自动门,结果却踩到了亚麻地毯上。最后,他又独个儿走回到休息室。他坐在一张黑椅上。休息室里的同伴们都看着他。他身上的血真多啊!他还没意识到他身上有那么多的血。他应该把它们洗掉,但是无论什么时候都会有人来告诉他出了什么事。他姐姐哪儿去了?他等着,悬在那儿,脑袋里计划着如何去道歉。如何道歉?他希望能想出一个办法。他内心一直在盘算。他想树起信念。他为特蕾萨祈祷。他站起来。他坐下。他回忆起特蕾萨在他车灯前的情形。回忆起袭在他身上的寒冷。他感到人性是如何地在攫住他的手,而他又是如何地放开这只手,就好像一个小男孩面对着一个过分热情的崇拜者。不错,他妻子刚刚说给他的那些话使他心潮起伏。她的话如同一把把刀子在他耳朵里搅动。但是这又有什么关系?他看到了他姐姐。在她身后还有一位第二个自我,她那僵硬的阴影靠在车库的后墙上——这个他也看到了。他看到这个阴影在增长,蔓延,一只怪物在挥动着一双畸形而有触毛的手臂。它够到了天花板。它没有脸。

  他想停车。他能回忆起刹车时那甜蜜而牢固的感觉。但是他的脚动作得多快啊?尽管他一下子就闪出了这个念头,但是除了这个念头,他这颗冷酷的心又怎么样?他不是哲学家,但是他知道,没有善意的行动等于半个等式。他看到自己在方向盘上。他想象着亚瑟·史密斯和他的那杆枪,知道装备好意味着什么——一个人的房屋就是他自己的庇护所。在中国,人们住在自家的房屋里。在美国,人们总是可以说得出住在谁的屋子里;住在一个不属于自己的屋子里就等于没怎么成人。在美国,一个人需要一柄武器。他本该杀掉格罗弗·丁,那个闯入者。但是相反,一个影子从墙上滑了下来。突然闪耀之下,特蕾萨的身体砰的一声撞到了汽车保险杠上,软绵绵的。这时他看到了她——她的姐姐,没有影子,她的手臂伸到了摇摇晃晃的汽车发动机罩上,那刺耳抖动的马达声赋予她纤细的手指和突出的手腕奇怪的一息生气。他回想起来,她的双手像乞丐一样抽搐着,她的指尖咚咚地敲着,有气无力地恳求着,尽管她的眼睛已经闭上了。他曾见过这些眼睛放大,闪现红色吗?这些眼睛一定如此,他一定见到了。但是他没有目睹过。她面露惧色,他也从没见过这种现象。

她颓然倒下,摔到了地上。他关上了引擎。

现在特蕾萨处于昏迷状态。拉尔夫请医生为他拼出这个词。"昏—迷,昏迷。"他仔细地重复了一遍。"懂了。"他说,就好像人人都可以懂似的。睡眠怎么这么严重?这就好像是蒙娜和凯丽的童话故事。接下来会发生什么?在书里,她会被一位浪游的王子所亲吻,然后他们幸福的结局就会蔓延全书,涡卷形花体字信件就会出现,红黄小旗就会飘扬。但是在这个故事里,没有自由自在的王子;游来游去的只是她的思维。但是他们仍然希望他会碰到她那伤痕累累,缠满了绷带的躯体。他们希望,在那一刹那的亲吻之中,她会复活过来。这时他们会挥动什么样的旗帜啊!

但是她仍然躺在那儿,躺在那些管子和机器之中,成了她自己的人体模特儿。绷带蒙住了她的脸。在心电图屏幕上,他们可以看到她心脏的正常努力。有多少次他们希望她能屏住气,现在他们所需要的一切就是她的呼吸能够通畅。一次又一次,她的呼吸管道给拿走后,有人就会看到她动了动嘴唇,像是要叹气或说话。但是进展不稳定,从医生那儿他们知道,这只是盛衰。他们知道这要盛衰好长时间。他们观察着进展图像。

没有进展。没有进展。

医生们用绷带轻轻地蒙住了特蕾萨的眼睛,他们还用绷带将她的手臂绷到了夹板上,用一团团纱布裹住了她的一双手。但是她的手指仍像爪子一样紧握着,她的身体也蜷曲着。随着一个星期又一个星期变成了一个月又一个月,她缩得像只最僵硬的胎儿,枯萎,她的皮肤既蜡黄,又灰黄。医生的神情也更加严肃。她的机会,他们说,然后摇了摇头,不会多久的。

守夜摊开了,既残忍又不分季节。蒙娜、凯丽和海伦坐在一起。拉尔夫单独坐着。老赵也坐在一边,双手抱着头。他偶尔和珍妮斯一起来,尽管他们俩正在办离婚手续。大家都对这事感到吃惊。她难道不是一个圣徒?!但是珍妮斯摇了摇头,说不,她不是。随着折磨的延续,更多的圣徒册封会出现。有好几个护士认为海伦是圣徒,甚至还有一位护士称拉尔夫为圣徒。

但是不,拉尔夫神情哀伤地说,他不是。

他独自坐在一边,这样他可以祈祷。一位牧师给了他一本玫瑰经,并教他怎么念。拉尔夫一天又一天地数着念珠,张动着嘴唇。他害怕他会丢掉这一串,于是又买了一串放在衬衣口袋里,后来又买了一串象牙的挂在特蕾萨的床头板上。我们的圣父,他祈祷道,万福玛利亚。有时候,他还呼唤祖先的灵魂,父母的灵魂,他甚至希望他们没有死,或行将死去。他也没忘了呼唤佛陀和他所能记得的菩萨,特别是大慈大悲的观音菩萨。慈悲——他希望有个人能发发慈悲。求求你发发慈悲。他祈祷着。他乞求着,双手握成拳形——求求你,求求你,求求你。一个奇迹。一种解救。但是这一次,既没有奇迹,又没有解救。他是个普通的人,一个恶毒的人,没有别的,只有一个姐姐,但却快死了。震惊已经变成了悲哀,变成了伤痛——越想越悲痛。血的变化。这个变化又带来了思想变化——想象已让位于思旧。有时候他凝视着一动不动的特蕾萨,看到她又移动了。他看到她走路,说话,看书。他看到她在背书,取笑仆人。他记得她是如何随和,也乐意将鱼放到人的床上闹着玩。一想到他的姐姐,他就感到心碎了!但是这颗心是为他所不认识的姐姐而悲伤的。他以前从未见过她打棒球,但是现在却见到了——她旋转着身体,戴着棒球手套,伸出手,像摘水果一样从空中接住了棒球。她真是那么好吗?他得作如此想。他充满感情地给他的想象着了感情色彩,因为没有别的颜色。他看着她检查病人,她的医术是无可挑剔的。他看着她亲吻老赵。他像一个陷入了危机的国家,不断向回看——其历史也许是丑陋的,但是其过去却是闪闪发光的。

展望未来,前途未卜。他如何才能弥补?他可以把狗送给邻镇的一个小男孩。他可以在厨房门口装一道宠物门,这样肯和巴比就可以自由出入。他可以善待它们,永远善待它们。不过这又有何用?

但是,他仍然做着各种无济于事的事情。他每天梳理着特蕾萨毫无光泽的头发。护士说他可以这么做,并给他作了示范。有时候他还将头发洗一洗,在海伦的帮助下,他给她剪过两次头发。他们用一瓶水和一只脸盆将她的头发浸湿,然后再将它们分成各个部分。她的头皮真白!她的头发似乎渐渐变白,太残忍了。她的生命已为时不多。他们开始用理发师的剪子为她剪发。这之后,他看着海伦修剪特蕾萨的指甲,这是她的工作。特蕾萨的手指无法伸直,但是海伦尽量将它们修剪得光滑些。她工作的时候无法看他——他们之间既亲密又疏远。他还看到她在修剪特蕾萨的脚趾甲。他从地板上拾起剪下来的脚趾甲。他们听着特蕾萨的呼吸。一进,一出,她的呼吸和常人一样,但是她呼吸的气味却很沉重,难闻,就像凝固了的牛奶,他们无法将其同生命联系在一起。最后,他们开始感到惊奇——他们不得不感到惊奇:在这个阳光灿烂的国家里,有可能出现死亡吗?当然会有。他们知道这一点。但是他们也开始认识到,在他们生存的神经纤维之中,他们差不多已忘却了死亡,就像忘却了黄包车一样。因此,对他们来说,死亡已经是双重死亡,双重荒诞——在某种程度上,死亡就像是第一朵开放的番红花。它带着露珠,纯洁而清新。世上根本就没人死过。他们用手抚摸着特蕾萨凸起的蓝色血管,感到不寒而栗——随着理解的渐渐渗透,他们颤抖得更加厉害。她好像已经消失,进入了一个旋转门;取代她的是一位男子,坐在晚饭桌旁,却咽不下一口饭——这个人的眼睛盯着每一个人,甚至海伦,凯丽和蒙娜。

方寸已乱

光想着特蕾萨又有什么用呢,但是他们也没别的办法。医院天天将账单送来。由于格罗弗已准备取消抵押品赎回权,因此受伤而未得到社会保险的屋面工请律师来向他们讨钱。尽管拉尔夫已回去教书,但是他们还有更多的事情要去做。因此,他们取下"出售"牌,修补一番,然后将其钉到屋前的草坪上。由于地面的泥土已经变硬,因此要想把牌子钉进去尚需费点力气。

如今,陌生人陆续来查看房子。他们打开壁橱。他们折叠起椅子,掂量着长绒地毯,而他们的经纪人则大谈"潜力"。"想想看吧,"他们说,"想想看吧。"海伦知道,这些话的言外之意就是房子"看上去不怎么样"。如果换个房主,他们"会大加装修"。本来她会觉得自己受到了侮辱。但是她不在乎另一个房主能做什么或不能做什么。她穿着浴衣,头发未整,拖着脚走,不在乎买主怎么看她。这有什么关系?在她看来,万物意义均已消逝,就像镀的金一样。

他们谈妥了的买主是一对没有孩子的夫妻。这倒使海伦感到为难。他们应该把秋千架取下吗?房屋的其余部分就像是真正的房地产。有时候她记起,曾几何时,这对她来说是多么宝贵啊,这个回忆萦绕在她的心头,排遣不出。那时特蕾萨还在这里。此刻海伦却意识到:是特蕾萨使这一世界成为可能。一旦她不在,这一切就成为泡影。有一件事格罗弗是对的——海伦一点也不懂得爱。她一点也不懂人们是如何区分她的。例如,她把自己来到美国的时间作为伟大的分水岭。来美国之前,来美国之后。但是她错了。这根本就不是分水岭。

她开始想去找一套公寓。她知道,这需要她精心打扮,打电话,查地图。她尽量迫使自己想象已经行动了。但是最后,珍妮斯为他们在附近找到了一套花园公寓。孩子们不必换学校。海伦很高兴。但是,悲哀冲散了每一个幸福,就像灰泥一样。她想起了一句中文成语,吃得苦中苦,方为人上人。一丝小小的安慰。她仍在飘浮。无所企求,无所加快,无所减慢。她的时光已经一个又一个地驶去。懒散度日。

什么能改变这一切? 也许只有她和拉尔夫所一直谈论的儿子。最好是及时怀个孩子。但是怎么个怀法? 她和拉尔夫彼此非常客气,无尽止地客气——彼此保持一定的距离。爱情飘浮在他们的婚姻之上,神圣不可企及。拉尔夫的胃开始剧烈疼痛,不得不到医院去检查,回家后只能吃一些食物,即使如此,她也不闻不问。这倒不是她为所发生的事情而责备他,或者说不单纯是——她也责备自己。当他无精打采地搅拌食物时,她握住了特蕾萨的手;当他变瘦了的时候,她觉得她失去了控制。

搬家之前得把特蕾萨的房间清理干净。这些天来,海伦累得连路都走不动,于是这项工作就落到了孩子们的身上。她们已经承担起许多家务活。除了不乱扔东西,她们还一直自己铺床,盛饭,切菜。她们用吸尘器打扫,用拖把拖洗。她们不断地留心着洗澡间的头发。她们买了一顶新的淋浴帘。她们的变化真大! 她们为自己感到骄傲。蒙娜变得尤为乖巧。凯丽不必再去踢她,摆她,或捏她。有一次,蒙娜告诉一个人说,她爸爸用车子撞倒了她姑姑,姑姑现在还昏迷不醒,但是她这句话没有说完,此后她再也没有提起。"我们家出了一点事。"她常说。这话不错。要不她就学凯丽(抬起头,学着可怕的罹难模样):"我们出了一场家庭悲剧。"

过了一段时间,这两个女孩自然而然地可以多帮些忙。一个晴朗的星期六早晨,凯丽穿上了一件灰色的圆领长袖运动衫,蒙娜穿了一件红花衬衫,外面又罩了一件海伦的黑衬衫。她们工作非常小心,用午餐袋包好特蕾萨的鞋子,将她的衣服折叠好,这样就可以一丝不差地放进她们爸爸的旧黑皮箱里。她们扣上所有的纽扣,拉好拉链。她们把行李整理在一起,悠闲地把上面和下面放放好,心中既感到满足,又感到悲伤。她们只争过一次。尽管特蕾萨买了一件乳白色的衬衫来配一件绿裙,实际上她穿着这件衬衫配米色裙,这样绿裙就没有衬衫配了,这使凯丽很为难。如何处理她曾经穿过的那件淡紫色运动衫?蒙娜觉得她们可以将这两件衣服单独放在一起,为什么不呢。但是凯丽却觉得这样不妥——淡紫色和绿色?最后,绿裙和米色裙之间夹进了一件乳白色衬衫,而淡紫色运动衫和凯丽觉得特蕾萨有可能穿的一件灰色裙放在一起。如果她能征询她姑姑该多好,如果她能认可该多好!她们将卫生片撒在里边,然后将箱子锁上。

工作还没完,还要处理特蕾萨的书。她们将这些书放进纸箱里,按照她书架上的顺序摆好。但是哪本归哪类?她们可以看出医学书籍是放在一起的,但是有许多书是中文的,不可思议。其中有几本书的边缘还有中文写的简短笔记。它们是什么意思?凯丽翻着一本画了特别记号的书,开始哭了起来。这些衣服宽松,熟悉,但是这本书却属于陌生者。她把手中的书向房间里扔去。接下来又是一本,又是一本。"住手!"蒙娜叫道,"你在干什么?你把它们全弄脏了!"她的话不错。凯丽看到有一本书中的一页给她扔撕了,还有几本给弄皱了,于是哭得更厉害了。"不要哭了,"这时蒙娜说道,"不要紧。也许她再也不会看它们了。"凯丽仍在哭。蒙娜假装记起凯丽一本又一本扔的是什么书。但是她们俩都知道她只是想使她的姐姐心情好受些,实际上次序已经没有了。后来,她们一声不吭地用胶布将纸箱封住。"现在,"蒙娜说,"一切都完成了。"凯丽表示同意。她们把特蕾萨的天竺葵搬到窗外,发誓天天给它浇水。

是珍妮斯叫来了搬运工,是珍妮斯看着箱子一只一只给卸下来。她冲着这帮人喊道:"小心!这个容易碎。"她双手放在后面,确信起居室的东西仍放在起居室里,厨房里的东西仍放在厨房里。她用手指着。她就是这个样子,永远这么忙。海伦想谢谢她的光临。这种事毕竟发生了。如果她不理解,谁会不理解?

珍妮斯缓慢而优雅地回答着。双手非常柔软。"我根本就不怎么骄傲,"她说,"我根本承担不起。"过了一会儿。"亨利只是想离开我。我说,如果你想哀悼,我可以和你一起哀悼。但是他说他只要自己一个人哀悼。"她不说了。

海伦不知道说什么好。过了一会儿,珍妮斯斜眼看了一下椅子,感到奇怪。"这是擦伤吗?"这时,尽管海伦认为不是,但她还是斜眼望去,附和地说道:"是吗?"

忠诚取代了希望。没人知道如何或什么时候出现了变化,但是他们知道他们到医院来主要是表达他们沉痛的慰问。所以有一天,医院说有消息,他们都感到目瞪口呆!进展!海伦大叫着,说她听到特蕾萨开始断断续续地呻吟,如果使劲擦一下她锁骨下部,她的呻吟就会更大些。"这是好消息,好消息,"海伦啜泣道,"我真高兴。"

家里的其他人大吃一惊,仿佛特蕾萨已经死去了。他们安安静静地挤在她的床脚前。等待着。

什么也没出现。

"她呻吟了好长时间。"护士声称。

方寸已乱　281

什么也没出现。

"嘿,你怎么了,像个好孩子一样,给你家人呻吟一声。"护士又用手擦了一下她的胸。

像个好孩子一样,特蕾萨温顺地呻吟了一声。

"她哼了!"蒙娜叫道,"她哼了! 她哼了!"

特蕾萨又呻吟了一声,仿佛做噩梦。

"她哼了! 她哼了!"孩子们又蹦又跳,碰撞着床脚竖板,海伦轻轻地拍了拍手。现在是拉尔夫高兴地哭了。进展! 特蕾萨又呻吟了一声,全家人像经常看歌剧的人一样倚在扶手上,为这声音感到欣喜。

但是她什么时候会睁开眼睛? 什么时候能说话? 医生们直截了当——进展只是进展,他们说。拉尔夫和海伦点了点头。他们把进展解释给了孩子们。但是她们谁也不懂。在新公寓里,蒙娜搬进了凯丽的房间,两人合住,这样特蕾萨就可以一间了。她们将房间打扫干净。她们打开了皮箱。根据花园中心的一位老人说,特蕾萨的天竺葵已经淹死了。于是她们买了一棵新的,同样的颜色,发誓一个月至多浇一次水。

特蕾萨又不呻吟了。为了透露这一消息,护士们给两个孩子准备了一些棒糖。复发,她们从口袋掏棒糖时说。

进展,复发,进展,复发。一次次的进展看上去根本就不像是进展。全家人对这些进展有思想准备,就像他们面对这些复发一样。没有消息的这几天倒是更为安心。至少他们可以平静地忍受着痛苦! 这种痛苦使得他们无法安宁,这看上去简单,但却很残忍,就像地质循环期一样:冰冻,融化。这种痛苦可以劈开巨砾,而且它也确实劈开了巨砾。

如今,拉尔夫做完工作后有时会看看电视,就像亚瑟·史密斯一样,他根本就不想去调频道,而只是想让对白和图像冲洗他。这些故事根本就不像故事,为此他感到有一种几近爱恋的感恩之情。关电视的时候,他看到图像一个一个消逝,就好像这是一个真实的世界,本来他的世界应该是真实的,但现在却被吸回到电视里去了。空空的绿色屏幕回视着他,他看到自己上了曲线玻璃中,他的故事非常安静,就像其他的故事非常乖张一样。这个故事只有一个人物,无所事事。这个故事谁也不会把它安排在黄金时间。他摇动身子,看着他的鼻子、嘴巴和耳朵变大。一切都被歪曲了。

他静静地坐着。有一天晚上,他正这么坐着,海伦给他打电话,报告了消息。他真希望他在场!特蕾萨眨了眨眼,她眼睛上的棉纱带晃动了一下,就好像是假睫毛。凯丽看到了,她尖叫一声,于是蒙娜和海伦急忙奔去。特蕾萨的眼睛略略睁大了一点,这眼神就是她的,而她脸上的棉纱带、鼻子上的管子——一切他们认为理所当然的医院措施都敷得吓人。她又看了一眼,瞳孔放大,她的眼睛浮向右边,避开她的家人,然后像电梯一样停在地板中间。这是眼睛移动,还是视力?她们顺着她泪汪汪的眼睛向窗户看去——外面正下着大雪。呆在家的一天。她也是这么想的吗?显然如此。当她们回神看她的时候,她的眼睛又闭上了。海伦开始哭了。"醒来吧,"她恳求道,"醒来吧,醒来吧,醒来吧,醒来吧。"

"汗。"这时特蕾萨睁开了眼睛,声音嘶哑地说道。

海伦僵住了。

这一刻膨胀了。特蕾萨真的苏醒了吗?她漂浮在饥饿的大海上,一颗脑袋在远处忽隐忽现,随时有可能再次被大海所吞噬。虽然他们对此已有所准备,但他们还是作好了欢迎她回来的准备。

"凯丽。"特蕾萨又说道。她虚弱地伸动着手臂。"蒙娜。"

信念

拉尔夫的心像火箭一样发射了出来。"我来啦！我来啦！"海伦讲完之后，拉尔夫高兴得大叫起来。海伦说特雷萨想见他。"我马上就到！"

但是他如何面对他的姐姐呢？他刚砰的一声放下电话就已感到四肢沉重，几乎站不起来。但是他仍要去，他神情严肃地说，他是一个男子汉。这毕竟是一个好消息。他提醒自己注意这一点。这么惊人的消息！真令人难以相信。如同有人告诉他说，他已经死了。直到他看到她还活着，这时他感到他有一种难以形容的幸运感。他的神秘精神开始膨胀。她活着。活着，活着，活着！这是一个奇迹，一个恩赐。

他在孩提时代曾有一次溜离跷跷板的一头。此刻他记起他的姐姐一下子跌到了地上，像一只打翻了的花瓶一样侧卧着。后来她站了起来。他们沿着那条非常熟悉的小路走回了家。他记得脚下的砂砾如何嘎吱嘎吱地在响，他们如何单腿第一步就跳上了桥。当时，他们的脚啪哒啪哒地踩在木板上，就像踩在一张旧的厚鼓皮上一样。他们跺着脚，增大这种效应。另一方面，他们甩着手臂，双腿一蹦一蹦蹦回到了砂砾上,然后开始奔跑。他们穿过精心围拦起来的大牡丹园,进行赛跑。当然是他姐姐赢了。最后,他们挖起前一天所埋藏的石头。这些石头只是被拿着——尽管天很热,但是石头摸上去很凉爽。他记得他把石头放在脸上,高兴地喃喃自语,他姐姐也是一样。

这就是孩提时代的单纯,他现在想道——往事已逝,无话可说。他把一条围巾披在脖子上,欣喜之情不见了。这一次已是大人了,他应该说点什么。但是说什么呢?离开公寓后,他感到自己好像是穿着一件冬天穿的大兽皮外套。事实上,他的确穿了一件外套——外面正下着大雪——外套很重。但是他的骨头似乎都给压弯了,这真奇怪,他可以想象出所有压力线的一个光测弹性图像。如果他能把外套脱掉多好!他慢慢地寻找帽子。他的钥匙。他拍了拍裤子,摸索着钱包。他的胃开始收缩。这么令人高兴的消息!

海伦已将车开到医院,拉尔夫只好坐出租车。出了门之后他才意识到,他应该在公寓里叫一辆,但他又不愿走回去。走回去多少总给人一种没有进展的感觉。于是,他举起了沉重的手臂。早些时候,雪就像蒲公英叶一样纤细,雪花随意地堆积起来了。但是从那以后,风暴就变得湿漉漉的,这好像不是暴风雪,而是某些工业品未经许可,却以反常的吨位从天上倾泻了下来。汽车停住了。驾驶员坐在冰封玻璃之后,紧紧地握住方向盘。拉尔夫的帽子浇铸在他的头上。寒冷遮盖了他的脸。

没人停下来。

他外面的那层外套僵硬,如同监狱。

有可能逃掉吗?他站在那儿耐心等待的那一刻觉得他似乎陷进了自己的外套里,一个人在中国注定要灭亡,在这儿也同样要灭亡。看不见,听不见。他不是想要做什么就能做什么的人。一个人就是他自己限度的总和,自由只不过使他看清了自己的限度所在。美国根本就不是美国。拉尔夫抑制自己强烈的感情。

信念 285

但是,尽管他领悟了此种凄凉的道理,在这冬天最冷的一天里,他仍回想起夏天最热的那一天他亲眼目睹的情形。这个记忆涉及观看——透过他卧室的窗口看看特蕾萨和老赵在干什么。那天下午真热!他想知道他什么时候能出来。所以他偷眼看了一下:窗外,在供孩子玩耍的一对浅水池里,特蕾萨和老赵各自浮在一只充了气的气垫筏上。他们像飞机推进器一样转来转去。特蕾萨俯卧,老赵仰卧。两人都在用吸管啜柠檬汽水。"一起来,一起来!"他们轻浮地向他妻子喊道。

海伦站在院子里笑道:"这是谁的主意?"

"他的主意。"

"不,她的!这是她的主意。"

"他的!"

"她的!"

"不对!"特蕾萨将水泼到老赵身上。

老赵迅速坐起,准备反击。"小心。"他开玩笑地警告着,双手窝成了一个杯形。

这些就是他所认识的人吗?拉尔夫伤心地看着他们打水仗,根本没想到这一景观有一天会使他振作起来,就像现在这样。说不出来。谁能说得出他的用意是什么,发生了什么,他做了些什么?然而,拉尔夫还是把手臂高高地举在漫天的雪中,想起他连特蕾萨有一件游泳衣都不知道。一件橙黄色的!老赵的是灰色的,一种更加可以预料的选择。

译后记

　　1991年左右,来自美国洛杉矶、在我校担任外教的美国友人斯科特·辛克(Scotty Schinke)女士送我四本美国华裔小说:李健孙(Gus Lee)的《支那崽》(China Boy)和《荣誉与责任》(Honor and Duty),雷祖威(David Louie Wong)的《爱的痛苦》(Pangs of Love)和任璧莲(Gish Jen)的《典型的美国佬》(Typical American)。我对这些小说颇感兴趣,先在《文汇读书周报》上发表一篇短文《崛起中的华裔美国文学》,然后开始翻译《典型的美国佬》,但译好后未找到出版社落实,译稿便搁在书房里,取消了原想继续翻译《支那崽》和《荣誉与责任》的打算。1996年,去美国佛罗里达访学,出国前夕,我的恩师、南京大学的张子清教授写信给我,说他正在主编华裔美国文学丛书,可以将我翻译的小说纳入其中,交由译林出版社出版。但出国在即,无暇校稿。当年的稿子都写在方格稿纸上,不像现在有笔记本电脑可以随身携带,出门修改很方便,只好把稿子寄给张老师,他非常严格,帮我修改了不少误译,而且后来应邀翻译出版了《支那崽》和《荣誉与责任》两书。

　　到美国之后,我设法和任璧莲取得了联系。我在南部,她在北部,本想去北部见见她，但通了电话后才知道，她当时怀孕，行动不便，我们于是在电话里作了长时间畅谈，其中涉及小说、美国文化和中国文化诸方面。她十分健谈，也非常风趣。我问她这些都是从哪里继承来的，她幽默地说，来自她的父亲。她说，她父亲身上所体现的中国文化给她、给他们整个家庭都带来了很大的影响。她兄弟姊妹五位，全在美国常春藤高校求学。中国文化里的那种求知欲一直影响着他们。虽从未谋面，然而她当时谈话的内容和语气至今记忆犹新。在网上搜索，看到宜兴"任"姓家族的名人录，任璧莲名列其中，由此可见她的中国根之深，尽管她和汤亭亭声称自己首先是美国人，写的是美国小说。

任璧莲的父亲是宜兴人，后来到美国读工程博士，留在了美国。任璧莲1955年生于美国纽约长岛。按照她父母的设想，三个儿子经商，大女儿从医，全家对她也抱有很高期望，希望她在哈佛选修法律或医学。她喜欢文学，最终选修英语，毕业后在双日出版社工作一年，对此颇感不适，于是去斯坦福大学商学院选读工商管理硕士，但又不合她的志趣，只好中途辍学，使父母颇感失望。1983年，在爱荷华大学写作坊(the University of Iowa Writers' Workshop)获得小说艺术硕士学位(MFA in fiction)，随后开始文学创作。《典型的美国佬》是她的处女作，此后她陆续发表了《蒙娜在希望之乡》(Mona in the Promised Land)、《爱妻》(The Love Wife)、《谁是爱尔兰人？》(Who's Irish?)、《大世界与小城镇》(World and Town)等长篇小说。曾先后获美国全国艺术基金会奖学金(1988 National Endowment for the Arts Fellowship)、美国最佳短篇小说奖和古根海姆基金会奖学金（Guggenheim Foundation Fellowship)等。

《典型的美国佬》格调轻快，充满诙谐和反讽。小说主要人物有三：拉尔夫·张及其太太海伦和姐姐特蕾萨。一家在归化美国、抵制美国社会的贪婪和维护自身利益等种种压力和挑战面前，毫不气馁，坚持着对美国梦的追逐。小说的标题体现了张家作为移民在美国所面临的困惑:刚开始,张家人提"典型的美国佬"是因为他们对美国的行为和文化感到了某种蔑视和不适应,但是随着时间的推移,他们渐渐地开始和这个给他们提供了很多机会的文化展开了沟通和协调。同样,他们一家人模仿美国佬(Yankees)的称谓,将自己命名为张家佬(Chang-Kees),而这一命名过程本身也包含了某种矛盾:为了尽早归化美国,他们模仿美国人,想变成美国人,可是在骨子里他们依然还保留着中国文化的根,因为虽然经历了种种磨难,但是到了小说的结尾,和谐的"家庭"观得到了深化,突出了中国文化对于华裔家庭的重要性。整个小说既含有悲剧成分,又充满喜剧效果,幽默诙谐的语言和曲折生动的故事吸引读者去深入思考什么样的人才是美国人,美国人应该包含哪些种族和文化要素。这里面既有融合,也有保留,既有冲突,也有调和,既有转换,又有重构,所有这些都对美国主流社会的族裔观和刻板印象进行了彻底颠覆。

王光林

2015年6月3日